大鱼

有爱的青春陪伴者

呐，余生请打扰

Ne,Yusheng Qing Darao

言七 著

花山文艺出版社
河北·石家庄

图书在版编目（CIP）数据

呐，余生请打扰 / 言七著. -- 石家庄 ：花山文艺出版社，2021.5
ISBN 978-7-5511-5641-7

Ⅰ. ①呐… Ⅱ. ①言… Ⅲ. ①长篇小说－中国－当代 Ⅳ. ①I247.5

中国版本图书馆CIP数据核字(2021)第064922号

书　　名：呐，余生请打扰
NE，YUSHENG QING DARAO
著　　者：言　七

统筹策划：张采鑫
特约编辑：蒋彩霞　魏归期
责任编辑：于怀新
美术编辑：胡彤亮
责任校对：张凤奇
装帧设计：颜小曼　西　楼
封面绘制：Dear寻
出版发行：花山文艺出版社（邮政编码：050061）
（河北省石家庄市友谊北大街330号）
销售热线：0311-88643221/29/35/26
传　　真：0311-88643225
印　　刷：长沙鸿发印务实业有限公司
经　　销：新华书店
开　　本：880×1230　1/32
印　　张：9
字　　数：214千字
版　　次：2021年5月第1版
2021年5月第1次印刷
书　　号：ISBN 978-7-5511-5641-7
定　　价：39.80元

目录

LOVE YOU FOREVER

目录

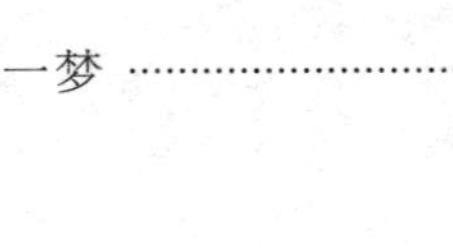

/ 第一章 /

你早已走进我心里

汴京路 17 号。

古朴的院落静静地隐藏在闹市之中，尊贵而神秘。

到达约定的用餐地点，竺暖才想起这是一个什么地方。

东邯苑，一家由明清时代王府改造、只限会员进入的餐厅。取得会员资格的不是政坛要人，便是商界名流，这里不仅菜品精致昂贵，且每年要缴纳数目惊人的会费才能保留会员资格。

竺暖眉心皱起，这根本不是她能消费得起的。更何况，她并不是会员，能不能进得去还得另说。

正犹豫着要不要折返回去，一位身着手工对襟唐装的中年男子从斑驳沉重的大门走出来，与她微笑相对：“竺小姐，里面请，顾先生已经在房间等候多时了。”

园内建筑物错落有致，山水萦绕，宫灯的微光透过层层叠叠的银杏树叶落至竺暖身上。她越走越心虚，她要工作多久才能挣得这里的一顿餐费。

走过曲折的青石回廊，竺暖终于到了楠阑阁，她直直地推开门。看她进来，里面的年轻男子气定神闲地合上手中书本，起身向她伸出手，微笑道："你好，竺暖。"

竺暖也顾不上这些，单枪直入："这顿饭是你请，还是 AA？"

顾世弈不动声色地收回手，依旧淡淡地微笑："我请。"

竺暖这才舒了一口气："相亲来这种地方，你有点吓着我。"

她坐下，接着说："我不是那种能在事业上帮携你、在经济上支持你的女孩，如果你想用结婚来掩人耳目或向父母交差，倒是可以考虑我。"

顾世弈一怔，完全没有想到她开场会这样说。他挑眉："你觉得我只是来随便找一个人结婚？"

竺暖的笑容变得有些清冷："不然呢，用这种方式找真爱吗？"

说着，她抬眼望向他，却是一愣。多好看的男子，眉目如画，却带着一种凌厉的王者之气，让人很容易沉迷。

竺暖好不容易才收回目光，微微皱起眉头："你好像不太符合我的要求，长得太好看了，跟你结婚一定会过得不安宁。"

顾世弈未语，只是笑着为她倒了一杯 Romanee Conti（罗曼尼·康帝）。竺暖的嘴角不禁抽了抽，她一个月的工资或许都买不了这一杯酒。

看到自己与他巨大的反差，竺暖放松了下来，明知道没有了可能便也没了拘谨。竺暖开始放松地吃着饭，菜肴可口，口感醇厚的贡米海参、鲜美的古法煎虾、爽口的蔬菜沙拉，还有木瓜芙蓉燕窝、黑松露墨鱼汁豆腐，皆是价格不菲。

竺暖边吃边想着，明天一定要好好感谢介绍人尹姐，这顿饭简直是她枯燥生活中莫大的福利。

“想什么呢，这么专注？”顾世弈为她加了点儿红酒，眸光温柔。

“这一顿饭不算酒能抵我半年工资，你们这些不知人间疾苦的人们啊。”竺暖叹息，“记得以后少喝花酒多做慈善，尊重女性、勤俭节约。”

顾世弈哑然失笑：“喝花酒？多做慈善？”

竺暖道：“今天我在给一个意向客户打电话时，被调戏说要是想签合同晚上就到丽思卡尔顿 806 号房去找他。”

“出差的住宿标准能到丽思卡尔顿这种级别的，经济实力至少要向你靠近吧？”竺暖看他一眼。

顾世弈轻晃酒杯，不置可否，脸上虽保持着微笑，却微微收紧了手指。

竺暖接着说：“他还说，不要觉得这样有什么不公平，他手中握有我期盼的资源，我就要一定程度地给他点回馈。然后，我骂了他。”她笑了，那笑容却是未达心底，“跑题了，不该跟你聊这些。我不是仇富也不是针对你，只是感叹，这个世界有时候真是让人失望。”

顾世弈安静地听她说完。

半晌，他放下酒杯，夹了一只海参放在竺暖碗里：“多吃点儿。还有，不要以偏概全。”

竺暖目光触及他骨节流畅的手指，突然心底一痛——在她记忆中，也有这么一双温润如玉的手。

以前，她经常缠着他无比羡慕地说，凭什么你一个男生会有一双这么好看的手,骨节分明、细腻修长,如果能换给我该有多好!

而司靖尘总是会把黏在他身边的她推开。他总嫌她烦，开始她总是会厚着脸皮又黏上去，权当他是欲擒故纵。

可后来，竺暖才真正明白，司靖尘是真的烦她。

记得去年冬天，大四的她刚来到这家期货公司实习时，第一次电话营销就被人骂得狗血淋头。她很委屈，心情低落到了极点，下班后坐了两个多小时的公交车回到学校向司靖尘倾诉。

可他只是冷冷地道："你心情不好时，找别人倾诉，别来烦我。"

说完，他就转身走了。

去年的冬天那么冷，是近二十年来北临市最冷的一年，她就在那样零下几度的冬夜里，眼泪一行一行地被冻结成冰。

四年的感情，换不来一句安慰。

顾世弈静静地递过来一张纸巾，带着浅淡青柠的香气。竺暖有些尴尬地接了过来，她自己都没有意识到，她在回忆这些的时候，不知不觉便已泪流满面。

之后，谁也没有再说话，直到吃完饭，顾世弈提出要送她回家。

当竺暖看到他价值不菲的银色车子时却吓了一跳，她连连摆手："不用了，我还是坐公交车比较合适。"

顾世弈也没有强求，倚着车看她边掏着零钱边向站牌走去。

顾世弈嘴角的笑容渐渐收敛，心底微凉。如果他没记错，她还只是个二十二岁的年轻姑娘，这不应该是对爱情憧憬幻想、对未来充满希望的年纪吗？而她却仰着还没有褪去稚嫩的小脸，一本正经地说着与年龄不符的家庭、经济、婚姻。还有，她那么悲伤的眼泪又是为谁而流？

顾世弈有些烦躁地点了一根烟，她到底经历了什么？

回到公寓，竺暖趴在床上有一搭没一搭地翻看着一本《期货投资分析》。这大半年来，竺暖一直忙着开发市场，投资分析师证考了两次都没考过，下次再不过，估计就要被扣工资了。

暖色的灯光直醺得她欲睡，玻璃窗上掠过的梧桐树影一瞬间让她恍觉自己还睡在学校的宿舍里。

半梦半醒间，竺暖突然听见手机响了起来，条件反射地按下接听键，迷糊中猛地一惊："哎呀，我今天忘记去给你提水了。"

清明的声音从电话那端传过来，伴着低浅的笑声："你这半夜要为我去提什么水？"

听见这陌生的声音，竺暖立刻清醒了过来。她环视了一下熟悉得不能再熟悉的公寓，有些失落，声音也低了下来："没什么，做了个梦，请问你是？"

顾世弈在那边苦笑："这么快就把我给忘了？"

"哦——"竺暖按了按额头，带着微微的歉疚语气，"一到晚上就犯晕，顾先生这么晚了有什么事？"

"竺暖，睡不着就陪我去看夜场电影吧。你是喜欢喜剧片、科幻片，还是悬疑片？"

"你怎么知道我睡不着？"

"你家的灯一直亮着。"

竺暖往楼下看了看，果然看见一辆银色的兰博基尼在远远的路灯下闪着微光。她"啪"地按灭了灯，摸索着回到床上，好一会儿才适应黑暗。

“何必呢？我们之间的差距何止天壤之别，没有结果的事情，就不要开始了！”

顾世弈听着手机里传来嘟嘟的忙音，停顿了一会儿，把手机扔进中控台，又点了一根烟。火光摇曳着映出他精致如雕刻的脸，他微蹙起眉头，拿着烟的手指逐渐收紧。

他平时几乎不抽烟，今天已是第二根了。

他也不知道自己为什么这么生气，是因为被她冰冷地拒绝？抑或是她根本就遗忘了他？

去年深秋，阳光明媚，顾世弈站在办公室的落地窗前，看着明朗的天空突然想出去走走。恰巧那天顾氏集团去同仁大学校园招聘，他便和下属一起去了。

刚进仁大，他就被校园里干净路边的两排枫叶所震慑，火红的颜色在阳光下肆意地燃烧跳跃着，异常艳丽的美。

因为顾氏集团是国内最大的金属贸易商，并涉及人工智能、生物工程、金融等行业，知名度和薪酬待遇都比其他的招聘企业高很多，所以来顾氏集团投简历的学生数不胜数。此时的招聘会场被挤得水泄不通，乱糟糟的。

顾世弈和下属被挤散，他有些不耐烦，想暂时离开，却听见一道清甜的声音说：“先生，你的纸巾掉了。”

面前的女孩正莫名其妙举着一包纸巾，可那并不是他的东西。

他下意识地摸向口袋，却注意到有可疑男子缩回手，随即可疑男子隐匿回人群快速溜走了。

她在提醒他注意小偷？

他抬起头，女孩白得透明的皮肤让她在人群中格外显眼，还有那如清水般晶亮的眼眸，甜蜜得像是被糖果浸透了的笑容，似乎染得整个世界都是快乐的。

当时他清楚地感觉到自己的心颤动了一下，随即又笑着摇了摇头，小姑娘一个，他怎么可能对她动心。

向小姑娘致谢后，他移开目光，出去接了个电话。再回到招聘场地时，他惊诧地看见，恰好轮着她面试。

“竺暖，”面试的 HR 拿着她的简历缓缓念出，“你的姓倒是特别。”

竺暖首先回以微笑，又说：“闲吟竺仙偈，清绝过于玉。‘竺’容易让人产生悬空之感，父亲便给我取一单字‘暖’，期望我这一生能清和温暖。”

面试官点点头，又问了她一些专业问题。她不徐不疾，声音轻悦，娓娓浅述。

“专业知识不错，”面试官露出欣赏的笑容，“再问你一个问题，如果有一次机会能让你立刻拥有两千万资产和 150 的智商，你选哪一项？请做出选择并解释。”

竺暖笑了笑，不假思索：“我一定会毫不犹豫地选择拥有 150 的智商。

“因为，如果我选择了两千万，我并不认为以我目前的智商和知识积累能妥善、理智地管理这笔资金。纵观现市，各大投资担保公司频现跑路，P2P（互联网金融点对点借贷平台）理财集体爆雷，甚至连欺诈团伙都开始利用大数据来分析受害者的心理以求骗得更多。拿到这两千万，这笔资金我怕是还没捂热就已经被骗得所剩无几了。

“这也是我应聘贵公司投资部风控岗助理一职的优势，我很清楚自己的能力和行为底线，明白什么该做什么不该为之，有足够的自制力与专业素养控制住贪欲。”

听闻这番话，面试官脸上的欣赏已被惊讶所代替。对于一个应届生来说，能睿智地说出这番话，无疑是超出了她的意料。她不禁重新打量眼前的这个女孩，清透稚气的外表，回答问题却能面面俱到，真是始料不及的优秀。

顾世弈轻笑，一个简单的问题能被她冷静评估出背后的风险，并巧妙地与应聘岗位相结合，这无疑是他今天见到的最聪明的应聘者了。

最后，面试官问：“除此之外，你有什么特长和爱好？”

“摄影。”竺暖笑，眉眼弯得动人心弦，侧首指向房间的一面墙壁，“这些都是我拍的。之前我在这个会场开过校园摄影展，主办老师很喜欢我的作品，就留下了一部分，装裱好后挂在这里用来装饰会场。”

顾世弈顺着她的手指随意看去，顿时便被她的摄影作品吸引了。光影处理独到，画面生动有趣，即便拍摄的场景简单，也能鲜明地吸引人来赏阅。

不错，他在心中默默赞叹。

而看到一幅日出图时，他却当即愣住。

图片中赤红的朝阳只显露顶端微芒，天空一角还残存着浅淡的下弦月。在朦胧未明的光线里，一道清素背影似茫然无措却又心存希望地寻觅着阳光。这幅作品叫作《我在日出里等自己》。

他见过这幅作品。

当年，他在接管集团之初集团陷入危机，巡视旗下子公司生意时，偶然路过一处小众摄影展，被角落里的这幅《我在日出里等自己》吸引。他那种在茫然绝望中寻找希望的心境，竟与作品所表达的意境如出一辙。

但他并未能在作品简介里寻得作者信息，询问工作人员，得知这幅摄影的作者是匿名投稿。之后，他便一直心存遗憾。

而此刻，却在这里看到了这幅作品，他再次看向竺暖的目光便带了些奇异。

竟是她？竟是眼前这个清秀的小姑娘拍出了与自己心灵契合的作品？

他正准备代替面试的HR再问她几个问题，一个电话进来，打断了他的深入探寻。等他挂了电话再次来到招聘会场，竺暖的面试已经结束，再寻不见她的身影。

之后，他便不自觉地对竺暖多关注了一分，在复试的时候还特意放下当天的工作去了招聘现场。遗憾的是，竺暖放了顾氏集团的鸽子，没有去参加复试。倒是她同宿舍的程悠悠一路披荆斩棘脱颖而出，优先被录取。

他以为这事就到此为止了，可不知道为什么，他总是不自觉地想起她的笑容，便把她的简历从人事那儿要了过来。他没事时就喜欢一遍一遍地翻看，翻看着她的喜好和经历，页角因他多次的翻动而磨得微绒。

他干脆把竺暖简历上的照片撕了下来，顺手放到了自己的钱包里。无论遇到了怎样的烦心事，只要一打开钱包看见她那甜蜜无忧的笑颜，心情就会立刻晴朗起来，就好像她那笑容带着一种治愈人心的力量。

也不知从什么时候起，他开始喜欢在电脑上查看她的状态。从微博到微信、从脸书到知乎，凡是他所知道的社交工具他都搜了个遍。他默默地看着她所发的每一条心情，斟酌她每一个状态，不知不觉间便看了她很多个日夜。

竺暖发的大多是一些摄影作品。那些未曾被人注意到的角落，那些在匆匆中被错失的风景，在她的镜头下都格外玲珑美好，她有时候会给图片配上一些诗词，有时候会配上一段感悟，总是能触他心弦。

顾世弈不由得叹然，生活中怎么会有这么细致可爱的人。

有一天，她突然在微博上异常忧伤地说："我累了，想找一方净土，想找一个人，筑一个家，免我无枝可依。"

他不得不承认，在看到那句话的瞬间，他动心了。他越发强烈地想结束这种默默的关注，想走进她的生活，去护住她一生的笑容。之后，他便找人从中间介绍，以相亲的方式安排了自己和她的见面。

他记得竺暖上学早，比同级人都要小，现在也只有二十二岁。可再次相见，她再也不是当年笑容灿烂的模样，如今她身上那与年龄不符的苍凉如此明显，以至于在笑的时候都戴上了厚厚的面具。

也许，这才是他对她气急的根本原因。

第二天上班的时候，顾世弈在投资部助理程悠悠给他送资料时，似不经意地问她："你上大学的时候都是怎么提水？"

难得顾总说一句与工作无关的话，程悠悠愣了一下，又很快受宠若惊地接上："我们学校也算是百年老校了，宿舍里连热水器都没有装，平时用热水都要提着暖壶去食堂边的水房里打，很不方便的。"

顾世弈似乎是笑了一下："有男朋友的女生，每天有人帮着打水可省了不少事。"

"大部分是这样的，可也不一定。"程悠悠有些唏嘘，"比如我们宿舍的一个女生，从大一开始，每天风雨无阻地为她男朋友提水。我们住在最北边，她男朋友住在最南边，她每天跑到最南边打水，一个来回都要大半个小时。冬天最冷的时候，看她回来脸都能冻紫，她还乐在其中。她对她男朋友好得恨不得把心肺掏出来奉给他，可那男生却一点都不知道珍惜，最后还是把她给辜负了。"

程悠悠越说越气愤，竺暖这样优秀，却遇人不淑，在最好的年纪遭遇了这么一场绝望的感情。她说："顾总您不知道，我那室友去年也参加了咱们公司的招聘，好不容易过了笔试、一面、二面，最后到复试的时候却因为她男朋友的一句'你别这么早就去工作，在学校多陪我一段时间'就放弃了这么好的机会。您说这——"

平日里泰山崩于前而色不变的顾总，此时面色陡然森冷，甚至无意识地把她刚送来的文件握得皱巴巴，最后掉落进垃圾桶。

"顾总……您……"程悠悠惊惧。

好一会儿，顾世弈才恢复了沉静的表情，声音无波："这份文件你再重新打一份。"

程悠悠这才吁出一口气，逃似的跑出了总裁办公室。

从办公室出来后，程悠悠狠狠地拍了一下自己的脑袋，明知道顾总一向不喜欢在办公室说与工作无关的话，她还滔滔不绝地说了这么多，真是找死啊。

程悠悠转而又疑惑，顾总为什么要提起这么奇怪的话题？

下班后，顾世弈不知不觉开车到了竺暖公司附近。路上有点堵，他干脆就把车停到了一旁的车位里，不一会儿就看见竺暖从公司里出来。

她穿着一件红色的大衣，这么热烈的颜色都没有在她脸上映出一丝鲜艳，她的脸色苍白如雪。

竺暖往前没走几步就停在了一个楼盘的广告牌前，驻足良久，甚至还用手触了触那画布上精美温馨的房子。直到她身旁的同事小莜等得有些急了，碰碰她说："怎么，打算买房子了？"

竺暖笑了笑："没有。"

她只是羡慕图片上的那个温暖安宁的家。

"那就别看了，"小莜往她身边挤了挤，"我听说前面开了一家特好吃的日料店，我们晚上去吃吧。"

竺暖瞥了她一眼："我爱国，不去。"

"少来！老实交代，你晚上是不是有别的'勾当'？"

"嗯，晚上我相亲。"

小莜哀号了一声："你就这么迫不及待地想嫁出去，天天相亲？"

坐在车里的顾世弈盯住竺暖的背影，眉头动了动，一路紧跟。

竺暖相亲的地点是一个中规中矩的饭店，连点的菜都是传统的四菜一汤。顾世弈脸上浮现淡淡的阴霾，坐在不近不远的位置，打量着那个和竺暖相亲的男人。

那人一身黑色的中山装，中分的头发梳得一丝不苟，比瓶盖还厚的大圆眼镜重重地压在鼻梁上，正襟危坐地把竺暖从头到脚审视了个遍。

如果有人告诉顾世弈，这个男人是从民国时期"穿越"过来的，他绝对会毫不犹豫地相信。

顾世弈有些吃味，面对着这种与时代格格不入的男人，真不知竺暖是怎么吃得下饭的。更令他惊讶的是，她好像对这个眼镜男还挺有好感，一直不停地微笑着。

比昨天面对他时的态度好了不少。

顾世弈听见那男人态度奇怪地说："竺小姐如果没什么别的要求，明天我便带着你去体检，如果没什么问题，我再同您试着交往。"

顾世弈坐不住了，他起身一步步逼近他们："你怕她有什么病？我倒是觉得她脑子有病。"

他拉开竺暖身旁的椅子随意地坐下，似笑非笑地看着对面眉头皱起的眼镜男："您别误会，我不过是先前相亲没被竺暖看上，心理不平衡，来看看她今天能不能遇见一个比我好的。"

"不是这样的，墨先生……"竺暖连忙解释。

"苍蝇不叮无缝的蛋。"眼镜男霍然起立，扫视着二人，愤怒地打断了竺暖的辩解，"没想到竺小姐是这等水性杨花的人，汝乃未出阁的女子，怎能与不同男子频繁亲密接触！墨某先走一步，竺小姐好自为之。"说罢，他扶了扶他那似有千斤重的眼镜，头也不回地走了。

竺暖瞪了顾世弈一眼，拎起包就要走，手腕却被他紧紧地箍住。他把她按回椅子上，目光灼人："你是怎么想的？嫁给这种人，你一生的乐趣都没有了！"

"这种人怎么了？"竺暖用力甩开他的手，"起码人家是大学历史教授，知识渊博、思想干净，不会为了一些利益背叛感情，不做损人利己的事，没有被金钱所污染！"

“还有，你是谁啊？我与你只有一面之缘，喜欢管闲事就去找别人，我没空与你纠缠！”竺暖越说越激动。

顾世弈微微地叹了一口气：“竺暖，其实有些人，失去了不一定是不幸，得到了也不一定是幸福。何必把自己套上情感的枷锁，不肯放自己一条生路。”

竺暖的脸色从白变青，腾地从椅子上站起来：“你到底是谁？我的事情你怎么知道？”

“我不会无故靠近一个人，更不会无缘由地跟过来管你的闲事。”顾世弈长身而立，眉目染上一些柔和，“互联网的时代想了解一个人很容易。”

而后，却见竺暖看着他，眉心越发蹙紧：“干卿何事？”

顾世弈挑眉：“这么快就被这教授同化了？如果你非要一个解释的话，你可以算作我在向你表白——竺暖，我很喜欢你，我认识你的时间比你以为的要早很多。”

竺暖的神色一瞬千变万化，似讶异，似难解，似疲惫。最后，她只是蔫蔫地坐回椅子上，不再多问，摆摆手道：“你走吧，以后别在我这儿浪费时间了。”

说罢，竺暖惯性地揉了揉额头。移开目光，她按在额头上的手却突然僵硬住，目光滞在门口。

顾世弈顺着她的目光看了过去，餐厅里刚走进一对年轻的恋人，男子清隽挺拔，旁边的女孩正亲昵地挽着他，巧笑倩兮。

“想吃什么？”男子的声音淡然轻和。

女孩大致扫了一下菜单，摇着他的手撒娇道：“我们换一家吧，我想吃西餐。”

“好。”他温柔回应着，目光似是扫过了竺暖，却没有半分停留。

顾世弈心念电闪，再看向竺暖时，她正跌撞着站起来，连手都在颤抖着，似乎要追上去。

他一瞬猜测到，这人便是程悠悠口中辜负了竺暖的那个人，迅速拉住她："你这是要做什么？追上去自取其辱？"

竺暖身子一震，慢慢地蹲了下去，不顾形象地放声大哭。

顾世弈俯下身子缓缓地拍着她的背，听她断断续续地说："我们这么多年……都比不上……他看她一眼……"

大一开学时，竺暖刚过完十七岁的生日，高挑纤细，青春逼人。站在新生中出众耀眼，刚进校门就成了众多学长追求的对象。

那些日子她真是像活在梦幻中，众星捧月般过得像个小公主，生活中唯一不开心的就是想家。竺暖偶然一次在和高中同学聊天时得知，同学正好有一朋友也是仁大的，高她两届。

竺暖当时相当高兴，终于在仁大找到了一点熟悉感，顿感亲切，同学的朋友就是她的朋友。她当即要了这个叫司靖尘学长的电话号码，给他发了很长的一条短信。竺暖自我介绍后问了他很多问题，从仁大哪个食堂的饭好吃、哪个教授的课有意思到四六级好不好过等等，最后问了一句：听说你也是学金融的？

那边很快就回了短信，只三个字：自动化。

竺暖对着手机看了半天不明所以，开始还以为他发错了，问了这么多问题怎么就回了三个字？最后她才反应过来，他这只是在回答她的最后一个问题。

竺暖气极，没见过这么敷衍的人，闷闷地把手机扔向一边，之后也就没有再联系。

军训后的一天，司靖尘却突然给她打电话，约她在校园里走走。

竺暖本来是不打算去的，可是同宿舍的几个姑娘硬是连拉带扯地把她给拖了下去，力求她用美貌把这不知好歹的男生给“拿下”。

很多年后，当竺暖回想起这些时，一直无法想明白，如果那天她没有去见司靖尘，此生是多了一丝遗憾，还是多了一份幸运。

如果没见到他，可能她永远也遇不到让她这么不顾一切的挚爱了，但也不会遭受到那般撕裂心肺的打击。

她记得那天的月光皎洁到近乎明朗，司靖尘就站在那样的光线里对她微笑：“你好，竺暖。”

那天，他穿了一件雾蓝色衬衣，袖口微微卷起，站在学校的九月栾下，眼眸如星，就像是从漫画里走出来的。

竺暖愣愣地看了他好久，最后连说话的能力都没有了，只剩下连她自己都控制不住的心跳。

一见倾心。

那晚他们并肩走在校园里的时候，竺暖脸红得甚至不敢抬头去看他。这是她十几年来的第一次心动，站在他旁边就像是被人猜中了偷藏的心事，心中像是有烟花在腾空绽放。

低着头的时候，她看见了他的手。那是怎样好看的一双手，就像是用玉石细细打磨出来的，骨节分明，细致修长，让她忍不住想去碰一碰，想去……牵一牵。

脑袋里闪出这个想法的时候，竺暖自己都吓了一跳。可这个想法一旦产生，就像是魔咒一样在她脑海中萦绕不止，越来越强烈，最后压得她几乎喘不过气来。

终于，在司靖尘送她回宿舍的时候，她再也忍不住，一路上演练了无数次的话脱口而出：“我能牵一下你的手吗？”说完之后，她紧张的心脏几乎都快要停止跳动，他却沉默了。

周遭极度安静，在竺暖等得快要绝望的时候，却看见一只晶莹的手在她面前缓缓地摊开，掌心仿佛带着照亮她世界的星光。

可她没抬头，因此未看见此刻他眼中突然迸发的烈烈恨意。与掌心的那片光芒相比，这道暗芒，几欲将她的世界刺破。

他们就这样在一起了。

竺暖感觉她的世界好像一下子丰盈了起来，每天有人可以去念想着。真好，无论做什么都好像有一种没来由的动力。她本来就爱笑，这下更是时时刻刻脸上都挂着甜蜜的笑。

室友楚楚却因此特别嫌弃她，说她完全丢了美女的矜持，作为经济系公认的大美女，只见了人一眼就特没出息地倒贴上去，简直是丢了整个经济系的面子。

竺暖从不在意这些，沉浸在对司靖尘的崇拜中无法自拔——

“我第一次见到司靖尘的时候啊，才明白什么是少女心，那颜值简直能让我融化！还有，楚楚你看他上个月参加的那个高校量化投资大赛，他明明学的是自动化啊，却能跨专业赢翻那帮金融高才生！

“还有还有，上周他参加的那个辩论赛，论点角度新颖，句句精辟，既像一个师者娓娓授予，又像一场头脑风暴席卷全场，打得对方哑口无言毫无反击之力！简直是全才啊我的司靖尘！”

楚楚听得不耐烦，推开竺暖。竺暖又笑嘻嘻地黏过去，蹭一点楚楚永远也吃不完的零食，接着说：“哪天你发现谁比司靖尘更好，就拿来介绍给我，我立刻就把他给抛弃。”

楚楚顿时无言，她不得不承认，在她认识的所有人中，只有司靖尘能配得上竺暖。他们两个站在一起，男孩如诗如画，女孩生动明媚，就好像是天作之合的一双璧人。

/ 第二章 /

她的卑微痴恋是撕裂

楚楚是竺暖的下铺，“楚”只是她的姓。她的名字有点特别，叫……楚雷人。

熟了才知道，是因为楚楚出生那天春雷阵阵，久旱的天气终于有一点洒甘霖的迹象，楚家的人觉得楚楚的出生是大吉征兆，便应景给她起名叫楚雷人。数年之后，当“雷人”这个网络词汇诞生时，楚楚吵着要改名，家人却不依。没办法，她只能逼着身边所有人喊她楚楚。

楚楚一米七的身高，永远都是短发中性的打扮，“楚楚”这个名字与楚楚本身的形象对比……总让竺暖觉得心灵和视觉受到了不小的冲击。不过后来竺暖也都习惯了，名字只是个代号，只要能一起逃课一起花痴一起吃零食，革命感情统一战线，管她是楚楚动人还是雷人，都是好朋友。

学生会招新，竺暖因为出众的外表成为各个部门争抢的对象，而她却哪个部门都没有去，原因只是因为司靖尘的一句话：“学生会太忙了，你别去。”

那时，大三的他已经是院学生会的主席，所以竺暖毅然决然地放弃了进学生会锻炼表现的机会，全然沦为给他打杂跑腿的小迷妹。

为此，进了文艺部的楚楚还狠狠地嘲笑了她一番，说她胸无大志，只会被男朋友牵着鼻子走。

竺暖依旧笑嘻嘻地说：“有人牵着多好，才不会迷了路啊。”

楚楚对她翻了个白眼：“你就不怕他把你牵入万丈深渊？”

竺暖便凑过来咬她的苹果，摆着视死如归的表情，道：“即便是深渊，只要他让我跳，我也会毫不犹豫地蹦下去。”

几年后，当楚楚再想起这段对话时，手心都冒出了层层冷汗，真是一语成谶。

学生会里的人的确很忙，尤其是像司靖尘这些主席团的，整天大会小会不断。仁大却在晚上八点半之前就停止供热水了，在他们开完会时往往已经来不及去水房打水，竺暖便自告奋勇地要帮司靖尘提水。

当竺暖第一次提着两个新暖瓶，偷偷出现在司靖尘宿舍门口自报家门时，宿舍里五个在游戏中血战的男生握着鼠标傻愣愣地看了她半天。

最后还是老大先反应过来，边热情招呼她进去，边说：“这老三也真是的，什么时候交了个这么漂亮的女朋友也不说一声。晚上他回来一定要敲他一顿饭！”

老六接过她手中的暖壶，满脸堆笑：“这提水的粗活哪能让你来做，靖尘天天忙，我们兄弟几个每天打水的时候顺便都帮他提了，你多陪陪他就行啦。”

竺暖一愣：“你们都替他打过了？”

“是啊。”老四指着墙边一排整整齐齐的暖壶，“你看，六个。”

竺暖顺着老四的手指看了过去，果然看见六个暖壶。不过让她更惊异的是，这男生宿舍的地板和窗户竟然纤尘不染，所有东西都摆放得井然有序，就连空气中都飘浮着薄荷清新的味道，甚至比她的女生宿舍都整洁得多。

仿佛看出了竺暖的惊诧，老大叹了口气，无奈道：“还不是你家司靖尘，有洁癖一样，天天逼着我们把宿舍整理得跟总理要来检查似的，稍微乱一点都不行。”

竺暖哈哈一笑，特豪气地一挥手：“以后我来帮你们打扫好了——靖尘的床铺是哪一个？”

老大啧啧了几下，手往左侧一指。竺暖走了过去，目光缓缓地扫过他书架上的书，《未来简史》《生命不可承受之轻》《纳兰词》……恰巧很多都是她喜欢的。她把《纳兰词》抽了出来，一页一页翻看着，书纸摩擦在指间微涩的感觉让她觉得格外温暖，就像有暖风轻轻地拂过心尖。

他平时也是这样的吧，就在这样一方干净清爽的桌前，轻轻翻动着书页，修长的身影被灯光微微地拉长……多么让她心动的画面。

“别把我的书弄乱了。”清清冷冷的声音突然响起。

老大第一个反应过来，放下鼠标迅速蹿到刚到宿舍皱着眉头的司靖尘身边：“喂，你和竺大美女什么时候开始‘狼狈为奸’的，老实交代！”

老五也凑了过去：“这么凶干吗，把人家小姑娘吓到了怎么办啊。”

“就是！你看你，我们都帮你提过水了，你还劳累人家大美女，一点都不懂怜香惜玉啊！”

室友们你一句我一句地调侃着，而司靖尘的面容却依旧无波无澜。

似乎酝酿着什么，他终于在一片嘈杂中侧过身来，缓缓地绽放出一个笑容，看着竺暖，放柔了声音对她说：“快回去吧。”

竺暖不得不承认，她被这个笑容蛊惑了。

司靖尘很少对她笑，他总是皱着眉头，吩咐她安静一点。即使看着她，他眼睛里也是清冷的。

而这个笑，就像是激发了她所有热情的一抹阳光，从此以后她便任劳任怨地为他做任何她能做的事情，再苦也甘之如饴。

但这场恋爱还是和竺暖想象的不一样，一个学期过去了，司靖尘从未主动牵过她的手。面对她，他如一潭深水般无法捉摸，沉默得几乎到了一种无视的程度。

不公开恋情，与她见面每次必会迟到至少一个小时，白天看不见人影，只是偶尔晚上与她在学校里走走……

竺暖安慰自己，既然他愿意和她在一起而没有选择别人，那她对于他肯定是特别的。

宿舍里没人赞成她的观点，司靖尘的薄凉几乎到了诡异的程度。楚楚日日冷着脸，劝她赶紧分手。只有她自己，一腔孤勇，企图用她的所有热情去感化他。

终于有一天，她受不了了，发疯似的缠着他要一个解释。而司靖尘那双眼眸却始终如潭底的冰块，对峙到最后，他只冷冷地丢下一句话："竺暖，你不愿意在一起就分手。"

那天，竺暖在他眼底看见了深深的厌恶。

她当时就安静了，瞪大了眼睛看了他半天，哭着跑回了宿舍。当时她发誓，她再也不要见到这么没心没肺的他了。

可是第二天，她还是不知不觉地就走过整个校园为他提好水，不知不觉地走到他们经常去的小树林，坐在平时等他的青石台上，放声大哭。她还是做不到离开他，她想见他，她哽咽着给他打电话："对不起，我再也不任性了。"

司靖尘在电话那边沉默了很久，最后淡淡地"嗯"了一声，竺暖欣喜若狂。

从那以后，竺暖变得异常听话，以一种卑微的姿态仰望着她的爱情。司靖尘的每一句话都是她小心翼翼尊奉的圣旨，全心付出，毫无保留。

大一的寒假对竺暖来说是异常难熬的，不仅见不到司靖尘，而且他连她的电话也很少接，更不会回她的短信。好不容易熬过了正月十五，竺暖就立刻返了校，本来仁大是正月二十才开学的，可她觉得自己实在是等不了了，即便提前来面对的只是清冷的校园，最起码也能走走与他一起走过的路，这样也是好的。

司靖尘是三天后来的，竺暖提前两个小时就等在了车站，在他出站的第一时间穿过人群，冲上去帮他拎东西。

司靖尘一向清冷的表情竟带有一丝笑意，在熙熙攘攘的人群中对她说："慢点。"

竺暖蓦地抬起头不可思议地看着他，看了好一会儿，最后绽放出一个极度灿烂的笑容："你是在关心我吗？"

司靖尘瞥了她一眼："我是怕你把我的箱子拎丢了。"

即便是这样，竺暖也很满足，到宿舍上楼时特别有劲，一口气把司靖尘的箱子扛到五楼。幸亏现在大部分人都还没来，男生宿舍楼几乎是空的，要不然仁大的男生们看到竺暖这副美女被野兽附体的强悍模样，绝对会惊得三天都握不住鼠标。

宿舍一个多月没有人住，落了一层灰。竺暖熟门熟路地开始打扫，好不容易把他的宿舍从里到外都打扫得干净清爽，一看时间已经快晚上六点了。

虽然有些累，但竺暖看到在暮色中静静翻书的司靖尘，听着微风拂过深蓝色窗帘的轻响，在那一瞬间，她心突然就满了。

她擦掉额头细碎的汗珠，站在他身后看着他的清隽背影：“我去买饭，靖尘，你想吃什么？”

“我点了外送，应该很快就到了。”

竺暖欢跃：“我下楼拿。”

当她拎着大大小小的盒子回来，司靖尘正在打电话，看她进来便拿着电话出去了，似乎有意躲避。她好奇，等他打完进来便凑到他身边：“给谁打电话呀？神神秘秘的。”

司靖尘看了她一眼，移开身体，与她保持着不远不近的距离：“吃完饭你就回去吧。”

“一个多月没见了，你都不想我吗？”竺暖不满地嘟起嘴，突然眼睛里又充满了期待，“你们宿舍的人都没有来，晚上我不走了，睡老大的床铺好不好？”

“不行。”司靖尘斩钉截铁地拒绝，之后顿了几秒钟，“你可以晚一会儿走。”

竺暖却是欢呼雀跃：“我就知道你舍不得我走！”

但是很快，竺暖就知道是自己自作多情了，司靖尘自顾自地看书、发消息，全程没有与她说一句话。

她趴在他的桌子边，支着腮痴痴地看着他。微暖的灯光下，他清冷的表情格外能触动人的心弦，直挺的鼻梁闪着琉璃般的微光。

此时，整间宿舍气息都格外干净，他的存在像是夜空中皎洁的上弦月，让人一不小心就沉溺其中。

“你可以走了。”司靖尘合上书，起身去柜子里拿东西。

“啊。”竺暖蓦然回神，不舍地把目光从他脸上收回来。

手机铃声突然响起：“剪一方你的模样浮于西窗，弹一张思念的琴隔着东墙……”

“靖尘，你的手机响了！”竺暖拿起响着动人乐曲的手机追递给他，手指顺势在屏幕上一划，帮他接通了。

“亲爱的，在做什么呢？”柔美的女声从电话里飘出来。

司靖尘蓦然顿住脚步，转身抢过手机迅速挂断。竺暖拿手机的手僵在了半空中，像是石化了一样。

很快，那边发来了一条短信：“亲爱的，不方便接电话吗？”

这次竺暖看清了备注，两个字“念雪”。

如此亲密的语言像利剑一样瞬间穿透心脏，竺暖不可思议地看着他，眼睛里急速聚集起大滴大滴的泪。她颤抖了很多次才勉强哽咽地说出话来：“这就是你寒假不让我给你打电话发短信的原因？这就是你不公开我们关系的原因？

“司靖尘，你有女朋友了为什么还来招惹我？”

竺暖用尽全力喊出之后，如同被抽去了骨头般瘫坐在他身旁的椅子上。

她伸手，拽住他的衣角，像是溺水时抓住一叶无根的浮萍，握得再怎么紧都无济于事。

司靖尘静默在原地，眉头紧皱，似在挣扎。

对于这场感情，竺暖觉得最坏的结果也不过是她一厢情愿。可如今，本质已变，她宁愿这是一场永无止境的暗恋，也不愿让她这么小心翼翼维护的感情打破她的道德底线。

“我们分手吧。”她松开他的衣角，终于知道，什么叫悲伤哽喉。

一句话，几乎抽空了她全身所有的力气。

司靖尘转过身，影子掩埋了她泪痕斑驳的脸。

他望着窗外的一片虚无，一反往日清冷的声音，缓缓低喃：“没有别人。”

竺暖目光移向他，心里却翻腾了起来，是悲愤，是羞辱，是窃喜，还是……对他怎么也无法淡化的痴迷。

没有别人，他说。

她掩耳盗铃地，信他。

事后，楚楚知道这些时，扬起手对着竺暖的脸就是一巴掌，异常愤怒地骂她恬不知耻，可骂完、打完便紧抱住了她。

竺暖靠在楚楚的肩上眼泪大颗大颗地流，嘴角却还是噙着一丝笑：“楚楚，谁的一见钟情不是不顾一切的呢？终有一天，你也会遇见一个让你心甘情愿做一切的人。只是我希望，你的那个人能像我对司靖尘一样对你。”

在大一快结束的时候，司靖尘终于把竺暖介绍给了身边所有的人认识。在一起将近十个月的时间，竺暖终于能够光明正大地和他走在一起。

楚楚也在这个时候碰见了让她动心的男生。

那天文艺部和宣策部联谊聚餐，餐桌上一个叫萧雨的男生毫无顾忌地喊她楚雷人，还有意调侃。楚楚立马变了脸。旁边有人提醒他别去触礁，他毫不在意：“名字不就是要被人喊的，不能喊难道是要用来吃？”

当时全场一片安静，学生会的所有人都知道，楚楚的大名就如蟒蛇的獠牙一样，触碰不得。果然，楚楚呼地站了起来，端起刚上的一盘热菜砸到了萧雨身上，菜汤把他浅色的衣衫和桌上的手机染得不堪入目。

萧雨缓缓地站了起来，看了楚楚一眼，异常淡定：“不喜欢自己的名字就去改，改不了就接受，你这样每天藏着掖着只是掩耳盗铃。”

那天晚上，楚楚聚餐回来以后，安静地在床边坐了好久。竺暖以为她受欺负了，审问了好久她才特文艺地吐出一句话：“你说，男生都喜欢怎样的女孩？”

这句话让竺暖好久都没有消化，还是程悠悠先反应过来，在宿舍里蹦跶开：“原来铁树也会开花，沙漠也能长草，楚楚也会找男友啊！”

“一边去！”楚楚微红着脸把枕头摔到程悠悠身上，又过来抓住竺暖的手，“明天陪我去挑衣服。”

第二天，楚楚挑了一条暖青色荷叶边连衣裙，完全颠覆了她以往的中性打扮，最后她甚至买了一顶及腰假发，惊得竺暖目瞪口呆。

长发长裙轻施淡妆的楚楚，真是一枚亭亭玉立的美女，清新动人。之后，楚楚打听到萧雨每天都会在体育馆打篮球，她便准时准点六点出门，拉着竺暖守在体育馆门口。

萧雨看见楚楚这副形象时呆了一下，手中的篮球也惊掉下来。回过神，他迅速走向楚楚，一把抓掉她头上的假发，皱着眉头说："没事干什么装神弄鬼的，短发多清爽。"

竺暖在一旁笑着起哄："楚楚，好不容易找到一个和你审美观一样的异性，夫复何求啊！"

"别乱说！"楚楚把竺暖拖到身后，看着萧雨连说话都开始磕绊，"我今天……就是，来跟你道歉，昨天……对不起……"

"没关系。"萧雨笑容顿展，凑了过去掏出手机，"你看，我今天刚换的手机，系统特别高级，估计你用它连打电话都不会。"

楚楚瞥了他一眼，顿时打破了矜持，抢过他的手机啪啪按出一串数字后又扔给他："你才真是装神弄鬼，不就是想要个手机号吗？"

"竺暖，起床吃饭。"

一句男声陡然响起，竺暖的梦戛然而止，思绪在此时被拉回现实。

顾世弈买好早餐回来看了一眼手表，走进卧室掀开了竺暖身上的薄被，指尖却是温柔的。这种温柔让他的面容在早上清明的光线里，如同一颗褪去了华丽的钻石，有种素净的清澈。

其实他的容貌本就清秀俊雅，只是平时举手投足间带出的矜贵与凌厉，给人一种高处不胜寒的距离感。

迷糊了好一会儿，竺暖才想起来昨天她在餐厅碰见了司靖尘，之后便陷入无止境的回忆……再然后呢……她环视了一下四周：陌生的环境，陌生的床，以及……窗台上卧着一只和她对视的布偶猫。

虽然还没反应过来自己身在何处，但这只猫真的可爱得让她忍不住想去抱一抱。雪白柔顺的长毛，蓬松翘起的尾巴，还有那双无辜的、和她对视着的蓝色大眼睛，把她看得快要融化。

“喜欢？”带笑的声音从门边传来。

竺暖茫然转过头去——顾世弈？

“我怎么会在这里？”竺暖惊叫，下意识地拉过被子护住自己。

顾世弈走进来，抱起窗台上的猫，又伸手捏了捏她脸上因初醒而带有的樱桃红，微笑道：“怎么一副嫌弃的表情，我都还没有嫌弃你和你的衣服会把我的床弄脏。”

竺暖躲开他的手指，低头看见自己全副武装的衣衫才略松了口气，调整好情绪重新问了一遍：“我怎么会在这里？”

顾世弈站直了身体，轻描淡写：“你昨天晚上哭得不省人事，我就把你给带回来了。”

昨天，她缩在墙角哭得天昏地暗，陷在回忆里无法自拔，最后竟然昏迷过去。他带她回家，喊来医生，守了她一夜。

竺暖一股薄厌滞在胸前：“你是流氓啊！为什么不叫醒我？怎么能随便把人往家里带！”

“我是什么不重要，重要的是你未失分毫。”顾世弈目光转为清冷，却是在笑，“说我是流氓，我如果昨夜把你扔在路边不管，看你能招来多少流氓？”

竺暖正穿鞋，磕绊了一下，咬牙道：“谢谢你的好意收留，我先上班去了。”

“先吃饭，吃完我送你。”顾世弈仍旧不慌不忙。

竺暖提包的手又磕绊了一下，让她坐着他那豪车去上班，不仅会把同事吓坏，连她自己都感觉是在演一出惊悚片。

仿佛看出了她的担忧，顾世弈边给她盛着红枣糯米粥，边说：“我骑自行车送你。”

“真的不用了，我自己打车就行！”竺暖急忙向门口走去，她实在不认为她的智商足以和这个男人对弈。

顾世弈不紧不慢地拦住她，指了指落地窗外水泄不通的马路：“这里是市中心，上班高峰期，这个位置这个时间点根本找不到共享单车，打车和坐公交车会堵五十分钟，骑自行车二十分钟足够。现在离你上班时间只有四十分钟，竺暖，你别无选择。”

竺暖顿时眼前一黑。

顾世弈很满意地看着她的表情，把她按在餐桌旁的椅子里，微微一笑：“给你十五分钟，把早餐吃完。”

到公司楼下的时候还有五分钟上班，竺暖跳下自行车向他深鞠一躬以示重谢。而他却没打算放过她，圈住她的手腕，要求她承诺请他吃饭。看着时间一分一秒地过去，竺暖都快哭了出来：“顾大少爷，我们以后不见面了行吗？你看你要吃什么饭，我把钱打你卡上还不行吗？”

顾世弈却自动过滤了她说的话：“嗯，晚上我在这儿等你，吃饭地点你定。”

竺暖无言以对。

到公司以后，竺暖顿时觉得一票目光落在了自己身上，小莜意犹未尽地从窗外收回目光，凑到竺暖的位置边：“这是你昨天相亲的大帅哥吗？这么深情地送你到楼下，还依依不舍，真是饱了我这资深花痴的眼福啊。美中不足的就是有点穷，怎么还骑着自行车……”

“你说他穷？”一旁的孙博立刻瞪大了眼睛望向小莜，“你知不知道，他那辆车是KGS根据客户的身体数据和适合的骑车风格量身定做的，至少好几万……美元！”

小莜顿时惊讶地倒抽了一口气，拍拍身边发愣的女孩：“竺暖，你终于苦尽甘来了！”

孙博啧啧了两声，眼睛里充满了羡慕：“一般土豪会花几百万买豪车，只有会生活有内涵懂健康的富人才会去花几十万定制一辆低调的自行车！”

“没事的都过来开早会！”公司研发团队负责人薛茹玉绷着脸把文件往会议桌上一摔，“某些人，别以为长得漂亮就可以不好好工作了，想做富太太就滚回家去，别败坏了公司的风气。”

小莜吐了吐舌头，低低地对竺暖说：“别跟她一般见识，她就是嫉妒你长得太好看了。”

而竺暖却好像完全没有听见周围的对话，在心底默默叹了口气，这个顾世弈……她还是敬而远之吧。

微暖的午后，忙了一上午的顾世弈终于闲了下来，他静坐在办公室，翻开钱包，目光落至竺暖的照片上，他的目光很轻，却看得很认真。他怎么也忘不掉昨天晚上她哭得撕心裂肺的模样，心中不由得泛起一阵酸痛，那个放弃你的男人有什么好的，让你这样无法释怀。

可是，他又有哪点不好？她宁愿苦守回忆也不愿让他靠近。

顾世弈闭上眼睛，慢慢地转着座椅的方向，有大片的阳光落在他身上，在他一夜未眠的脸上映出一圈一圈温和的光。

突然，他似是想到了什么，猛然睁开眼睛，瞬间迸发的气场打破了这一室的温宁。他拿起电话，拨下顾氏旗下位于西藏的铜冶炼厂期货部负责人徐家辉的号码。

那边很快地接通了电话，异常地受宠若惊："顾总……您好！"

"我记得你前两天来总部开会了？"

徐家辉毕恭毕敬："是，是！"

"入住丽思卡尔顿806号房？"

"顾总真是对下属体贴入微，这您都知道……"

顾世弈看一眼手腕上的时间："下午下班之前，来总部找我。"

离下班还有十分钟的时候，满头大汗的徐家辉终于从机场赶到了集团总部，忐忑不安地敲响了总裁办公室的门……好险，还好他买到了最后一张从西藏飞北临的机票。

"进。"办公室的电子门缓缓打开，顾世弈从办公桌后抬起头，看着徐家辉。

徐家辉扯出一个六神无主的笑："顾总……您这么急着让我来……"

顾世弈指了指他对面的位置："先坐。"

徐家辉忐忑坐下，只觉办公室内气氛诡异，静得只有总裁办助理为他沏茶的浅淡水声。

顾世弈面色沉静，看不出喜怒，晾了他一会儿，突然说："去年顾氏铜业的现货贸易与期货业务相互配合得很好，收益明显，你们期货部功不可没。"

徐家辉吓得差点儿从椅子上蹦起来，去年集团年会上都没有夸他们期货部一句，今天突然急切地把他叫过来当面表扬？很明显了，这是欲抑先扬。

果然，稍作停顿，顾世弈接着说：“你有没有想过，你做出来的这些成果多半是因为你身处一个强大的平台，你手中的那些资源也是依靠公司才能得到。身处高位，要谨慎做人，你恣意妄为地说一句话，就很可能会扭曲那些刚入职场一线员工的价值观。”

徐家辉这次是真从椅子上蹦了起来，惊惧得连话都说不囫囵了：“顾总，我……”

“行了，”顾世弈淡淡地打断他，周身气压却极低，“能不能继续留在顾氏铜业，就看你后续解决问题的方式和态度，出去吧。”

徐家辉走出办公室时腿都软了，心脏怦怦地都快要跳出胸膛。他躲在厕所里缓了好久才缓过劲儿来，集团总裁亲自来教育他注意言行，是很严重的事情了。

他有种预感，顾总是在让他去做某种形式的补救，也是他自己救赎自己的机会。可他依旧是一头雾水，到底是因为什么事？他和顾总从未说过话，上次开季度会议，也只是远远地看了顾总一眼，开完会便到了总部订好的酒店歇下。

酒店？丽思卡尔顿 806 号房？顾总好像提到了这个……

在市场上厮混多年的徐家辉很快抓到了关键点，他苦思冥想着，那天除了吃饭、睡觉……好像还接了一个期货经理人的电话……那会儿他刚和女朋友吵过架，心情不好，似乎……调戏了她！

难道……难道？

徐家辉一个激灵从马桶上蹦了下来，翻开手机，查了一下那个电话号码的归属地，果然是北临！

他迅速地回拨过去，那边很快接通："您好，这里是新科期货，我是竺暖。"

"竺小姐您好，"徐家辉的态度较之前来了个一百八十度大转弯，毕恭毕敬地说，"我是顾氏铜业期货部负责人徐家辉，如果明天您有时间的话，我想去找您谈一下合作。"

竺暖不知道自己是怎么挂掉电话的，她如同傻了一样呆坐在座位上，顾氏铜业的期货部负责人给她打电话！这是什么概念？

顾氏铜业是国内最大的铜贸易商，在西藏、江西、上海都有冶炼厂，顾氏铜业有自己的期货部，对上海期货交易所上市的阴极铜期货深有研究，对行情走势和判断的准确度甚至超过了期货公司的研发团队。因此，他们几乎不需要期货公司提供保值方案，不需要行情指导。

为了规避经营风险，追求稳定收益，他们对期货套期保值需求又是相当大。所以，他们在哪家期货公司开户入金交易后，这家期货公司只需坐收大把大把手续费就可以了！

这么好的资源，这么强大的企业，除了她以外，绝对还被无数家期货公司"炮轰"过，现在竟然主动给她回话要来谈合作？

天方夜谭……

"丁零零……"

电话又响了起来，竺暖恍惚地接起："您好，这里是新科期货，我是竺暖。"

"嗯，我知道。"

顾世弈清透的声音从电话那端传了过来。

竺暖立刻惊得回过神来，她忙压低了声音：“我在上班，你别乱来。”

“我是来找你谈正事的，十分钟后我到你公司楼下的咖啡厅，你下来给我开一个期货账户。”

“别开玩笑了，顾少爷，我现在很忙。”说完，竺暖就按了挂断键，可很快那边电话又打了过来。

顾世弈在电话中异常淡然：“你的意思是让我上楼，到办公室找你开账户？”

竺暖沉默，十分钟后，终于还是妥协下楼。

顾世弈轻搅着杯中的咖啡，很悠闲地看了面色不善的竺暖一眼：“合同呢？”

竺暖却下了逐客令：“期货有风险，入市需谨慎。这个咖啡厅太廉价，衬不起您高贵的身份，您还是赶快走吧。”

顾世弈笑笑：“确实挺廉价的，我要了杯蓝山，却和速溶咖啡一个味道。”

竺暖听着却突然恼了起来，端起他面前的咖啡一饮而尽：“可对很多人来说，能喝得起速溶咖啡就不错了。我知道你有钱，不起眼的一辆自行车就几十万，做期货即使什么都不会也赔得起。拜托你拿你的钱去做一些有意义的事情，不要什么都不懂就贸然做期货，这样盲目地投机跟赌博又有什么区别？”

“你就这么讨厌我？”顾世弈的目光突然变得深邃，“那么竺暖，你敢不敢跟我打个赌？如果我输了，便再不纠缠你。”

“赌什么？”

顾世弈挑眉：“你现在给我开账户，我做玻璃期货，只做一手空单。如果明天我亏了，便算你赢。”

竺暖不可思议地看着他："现在玻璃供应短缺，宏观形势一片大好，房地产行业蒸蒸日上。你做空单，难道你觉得玻璃会下跌？"

顾世弈自嘲地笑笑："你不是更希望这场博弈中我是输家吗？"

竺暖打开笔记本电脑，很快给他开好账户，漠然道："如果明天你亏损，即便只有一分钱，也希望你能遵守今天的诺言！"

第二天下午三点，市场收盘时。

竺暖查了一下顾世弈的账户，果然只做了一手玻璃空单。玻璃期货是郑州商品交易所前几年上市的品种，几乎是目前期货盘面上最小的合约，几千就能做一手，波动一点盈亏就是二十块钱，因为性价比高很受投资者欢迎，刚上市时每天就能达到百万手的成交量。

最近玻璃主力合约价格节节攀升，无论是从基本面还是技术上都是看涨的。顾世弈觉得会跌，那就让他自己跌去吧，最好一举跌出她的世界。

想到这里，竺暖微微顿了一下。好像她一直都在不自觉地排斥着顾世弈，她是讨厌他什么？讨厌他的多金？讨厌他耀眼的容貌？讨厌他突兀地闯入她的世界？

还是，她本就从心底不愿接受除了司靖尘以外的任何男人，把自己的心封锁在最贫瘠的土地里，以至于她在完全不了解顾世弈的时候就直接把他定义为玩世不恭，以至于让自己陷入无止境的孤寂，把自己屏蔽在这么活色生香的世界以外？

/ 第三章 /

你总会重新遇到一个人

次日早上，竺暖目不转睛地看着期货日报头版，崩溃地按住额头：国家为了抑制投机投资性购房，防止房价上涨过快，突然出台了更为严格的限购措施，没有任何的预兆。期货市场这么敏感，这个消息一出，今天期货上建材类的品种势必会受到影响。

果然，玻璃跳空低开，然后一路下跌得特别顺畅，最后直接……跌停了。

顾世弈在跌停板时平仓，竺暖看着他账户里华丽的盈利，愤恨地连敲好几下键盘。

下班的时候，顾世弈在竺暖公司楼下等她。

他今天穿了一件浅色双排扣风衣，静静地站在晚霞里，收敛了身上所有的倨傲与凌厉，简单干净得就像在校园里驻足湖畔、让无数少女脸红心跳的少年。

竺暖却远远地绕开。她打赌打输了，不知该如何面对，也决心把他摒弃在自己世界以外。

顾世弈没有追上来，只是静静地跟在她身后，跟着她坐公交车。

她去路边的小店吃饭，他也跟着要了一碗馄饨，坐在离她不远不近的地方。吃完饭，他依然跟着她，走过一条条的老街道，走到一片旧居民区。

顾世弈在竺暖快要上楼的时候拦住了她，身形颀长却没有任何压迫感，他看着她："竺暖，你好，我叫顾世弈。"

竺暖有些错愕地看着他："你要干什么？"

"我不知道为什么你这样排斥我，但无论是什么原因，请你忘记，重新认识我。"

微旧的小区里种着一排排年代久远的梧桐树，满地的落叶在秋日的夕阳下像是被笼上了一层金边，映衬着他暖色的目光。

似是没想到他这样直白，竺暖一怔，步伐凌乱地向后退了一步。

"竺暖，我喜欢你，绝不是一时兴起、朝秦暮楚。我也确实身居高位，但不是不学无术、挥金如土。"顾世弈眼神掠过她略微惊异的神色，跟着她往前走了一步，不让她有改变两人距离的机会。

嘴角染上朦胧的笑意，顾世弈接着说："在认识你之前，我觉得所有的一切都是公式化的，只有吃饭、工作、睡觉，我就像是一个高转速的机器，精密却麻木地应对着这一切。但在夜深人静的时候，我站在窗前看着万家灯火还是会觉得自己一无所有，直到看见你的笑容，我才觉得这个世界是有生气的。"

她就像是一缕阳光，不知不觉地照亮了他的世界。

“真是一套容易令人感动的说辞。”竺暖静静地听完，抬头望着他的眼睛，眼神暗生疏离，“只是我从未对你好好笑过，何来温暖你世界这一说。你的世界，我无意步入。”

“那我就到你的世界里来。”顾世弈笑意深深地看着她，“有些事，一旦开始，就覆水难收了。”

比如，他止不住地想见她。

情意一旦开始，就覆水难收，她何尝不是。司靖尘的脸忽然与顾世弈重叠，竺暖一瞬间泪水滂沱。她的心突然像是被狠狠地挖掉了一块，她转身跌撞着跑上楼去。

顾世弈看着她的背影，慢慢地握紧了手指，暗下决心：总有一天，我会把你从他的世界里拽出来。

第二天，顾世弈去上海出差，恰巧他一好久不见的朋友君齐也在上海谈项目。君齐忙完自己的，便跑到顾氏在上海的分部参观。

看到顾氏在机器人和无人驾驶领域的一些科研成果，君齐啧啧惊叹：“前几年你冒着不小的风险把大量资金投向了人工智能领域，很多项目都是有生之年系列，当时很多人不理解，现在想想你也是有魄力。”

顾世弈站在二楼的科研室前，看着一楼工作大厅里他重金招揽来的这些顶尖智能工程师，说：“目前来看，中国和美国无疑是两个超级人工智能大国，谁能更快地研发出新技术，谁就能影响全球的格局。目前在国内，政府的政策也是非常支持，愿意让 AI 技术快速落地。”

君齐把手搭在顾世弈肩膀上，拍了拍他，说："政策导向再好，也需要你这样敢于烧钱激流勇进的企业家。"

顾世弈笑了笑，面色平静："这是做企业的社会责任，只有前期不计成本地投入，抢占先机，未来才不会被别国约制。"

君齐又一声感叹："我们几个，数你觉悟最高。"

"行了。"顾世弈拍掉君齐搭在他肩膀上的手，"你创建轻悦传播，那家大数据营销服务公司，最近不也是风生水起？"

君齐随意在旁边的椅子上坐下，靠上椅背，眼角微挑："我那轻悦是小作坊，可不能跟你这大集团比。"

顾世弈回头看了他一眼，笑："到此为止，别太浮夸。"

君齐闲转着手中的手机，感慨着："几年前的我根本没有想到，如今人工智能会代替这么多的岗位，移动支付能发展到一个手机走天下的程度，大数据根据我的网络留痕出具的分析报告甚至能比我自己还要了解自己。"

顾世弈依旧是笑着，没有说话。

君齐揣摩着他的神色，挑眉："你早就想到了是不是？"

顾世弈说："这个社会的发展速度是呈指数化的，如今是信息革命的时代，已处于指数的上方，发展速度迅速地向上飙升着。以后会有更多让你想象不到的事情出现。"

君齐的目色稍有闪动："以后的人工智能会有迭代学习的能力，你说未来世界会变成什么样子？人机共存？人类被机器人圈养？世界被 AI 统治？"

顾世弈在他身边坐下，看向窗外大片净透的蓝天，说："也不用这么悲观，目前来看机器能在单一领域做到极致，跨领域思考还比较难，无所不能到能统治世界的超级人工智能在当前的技术下还不可能实现。”

阳光落在顾世弈的脸上，给他眼中的笑意笼上一层光，他稍一停顿，接着说：“人工智能在可见的未来，或许会强大到出乎想象，但我们人类独有的爱，才是生活中最有意义的存在。”

君齐不由得侧过脸看顾世弈，这么有温度的话太不像顾世弈说的了，盯了他好一会儿，只觉今天的他跟之前不太一样了，可又说不出哪里不一样。没过分地去探究，君齐换了个话题随口问了句：“最近你母亲不催婚了？”

“催着。”

“还没谱？”

“有了点儿。”

“嗯？”真是出乎意料，君齐来了兴致，“谁家的小仙女？我认识吗？”

“你不认识，等人姑娘同意了我喊着你们一起聚一聚。”

君齐更加诧异：“嘚瑟半天原来还没追上啊？”

“嗯。”顾世弈眼中的笑意未散，“任重而道远。”

从上海出差回来，顾世弈先去宠物寄养店把他的那只布偶猫Lime领回家，打开一盒小鱼干，蹲下身子喂了它几条，又喂了它点儿水。Lime翘起蓬松的尾巴，软软地扫过他的脚踝，倚在他身边乖巧卖萌。顾世弈笑着又逗了它一会儿才回公司，正好是下班时间，集团一楼的大厅里，顾世弈碰见刚下班笑得异常灿烂的程悠悠。

顾世弈看了她一眼：“怎么这么高兴？”

程悠悠赶紧收敛了脸上夸张的笑容，欠身施礼，眼中带笑：

“今晚我一个大学室友终于从贵州山区支教回来了，我们全宿舍为她接风洗尘呢。”

顾世弈很淡然地点点头，低声让助理把他晚上的应酬给推掉，又对程悠悠说：“我和你一起去。”

“啊？”程悠悠以为自己听错了，“什么？”

“开你的车。”

程悠悠吓得大脑一片空白，到了停车场才缓过神来，却不敢拒绝，只得小心翼翼地问：“我们一起去……我应该怎样向我的室友介绍您？”

顾世弈随意道：“就说在半路上碰见的，一路跟过来，赶不走。”

程悠悠觉得自己有些凌乱。

“楚楚！”竺暖早早地就到了聚餐的地点，看见楚楚进来立马扑了过去，紧紧地抱住她，泪眼婆娑，“你终于回来了，再不回来，我就打算在全国贴寻人启事了！”

“好了，好了。”楚楚笑着拍着她的背，“我这不是好好地回来了，不用担心。”

竺暖抬起头来仔仔细细地把楚楚看了一遍，黑了、瘦了，不过一双眼睛却晶亮通透，完全看不到走之前的愤怒与绝望。

竺暖微微放下心来，可还是很心疼：“这一年，受了不少苦吧？”

楚楚摇摇头：“生活上是艰苦了一点，可也想明白了很多事情。山里的世界干净单纯，要不是想你们了，我都不舍得回来！”

楚楚的男朋友萧雨比她们高一届，在她们大四刚开学不久便工作了。谁知萧雨品貌非凡，被公司董事长的女儿看上，女孩对他抵命纠缠，最后使出了撒手锏，只要能做她的男朋友，便保他平步青云。

萧雨头脑一昏，便偷偷和她交往了起来。偏楚楚的性格异常刚烈，知情后跑去公司扇了他一耳光，便头也不回地休学跑去贵州山区支教，谁都拉不住。

楚楚去的地方异常艰苦，连网络信号都没有，几乎与外界隔绝。竺暖无数次给她写信也石沉大海，往她家打电话也得不到什么消息。

"楚楚，你可算回来了！"同宿舍的王熙乐刚进了包间就过来捶她，"你再不回来我都打算明年清明去给你烧纸钱了！"

"别乱花钱，直接打我卡上就行。"楚楚笑着躲开，把王熙乐上下打量了一番，"这一年没见，你这又壮实了不少啊。"

王熙乐一听，又愁眉苦脸了起来："我天天晚上举重减肥，也没见成效。"

"你不知道力的作用是向下的吗？举重减肥？不会压低身高吗？"

"举重会压低身高？好吧，我以后改跳绳减肥……"

见到楚楚又开始斗嘴，竺暖笑得眼泪都快出来了，她看了看时间，说："悠悠怎么还没来，我们四个就数她最慢！"

正说着，程悠悠带着极不自然的笑容走了进来，与身旁表情理所当然的顾世弈形成巨大反差，屋里的三个女孩都愣住了。

竺暖很快避开目光，为什么他们会在一起，她无意探寻。

"这我可没说可以带家属啊。"楚楚一边热情地招呼着顾世弈入座，一边拿眼神赞叹着程悠悠，"眼光挺好，找的新男友非一般人能及。”

楚楚这番话急得程悠悠都快哭出来了，急忙解释：“不，不是……他是……他是……”

之后程悠悠却语结了，她不能真的说他是半路遇见跟过来赶不走的吧？没有指示，她也不敢贸然当面把他的真实身份说出来，一时心急，憋得脸都红了。

“好啦，我们都心知肚明，”王熙乐意味深长地看着他们，“都是一家人嘛，原谅你没提前说了，吃饭吃饭，我都快饿死了！”

楚楚刚要说些什么，电话却响了，接听后脸上的笑容瞬间僵住。她听着电话那头传来的话语，表情越来越冰冷，声音也提高了不少：“你不是抱上了董事长女儿这棵大树吗？怎么，权衡利弊之后又敲定我了？我还真幸运！”说完，“啪”的一声把电话挂了。

竺暖看着她，犹豫了一下才说：“萧雨在你走之后就辞职了，和那女孩断绝了关系，之后再也没有和任何女孩交往过，一直在等你回来。”

楚楚突然有些疲惫，摆摆手：“我无所谓了。”顿了顿，她接着问，“你和司靖尘现在怎么样了？”

与大家打完招呼，一直坐在一旁静默无声的顾世弈眼神微闪，他略略抬起头，不动声色地看着竺暖。

程悠悠敏锐地感受到了这细微的异样，平时顾总的神色永远是清淡的，冷静得几乎不为任何人与事所动。除了两次，一次是在她给顾总送文件，提到竺暖给司靖尘打水时他突变的脸色，还有一次就是今天……而这两次特例，都与竺暖有关。

程悠悠忽然明白了些什么，原来这就是他莫名其妙要跟她一起来的原因。

竺暖沉默了一会儿，低下头：“不好。”

楚楚叹了一口气：“也好，早分手早解脱，我就知道你俩会不得善终。”

“有你这样说话的吗？”程悠悠嗔怪地看了楚楚一眼，往竺暖碗里夹着菜，“来，你最喜欢的糖醋鱿鱼卷，多吃点儿。司靖尘这个人‘失’不足惜，以后肯定会有更好的选择。”

竺暖看着面前色泽鲜亮的鱿鱼卷，凄清一笑：“曾经沧海难为水，除却巫山不是云。”

空气在这么一瞬间清冷了下来，但几个女孩子好久没有聚到一起了，大家都争着回忆大学四年一起走过的点滴，这顿饭吃到最后气氛还是特别热烈的，还都喝了点儿酒。只顾世弈滴酒未沾，结束后主动要求送她们回去。

走出餐厅的时候，竺暖突然拉住了楚楚，指了指侧前方：“萧雨。”

楚楚是中午才回到北临的，她怎么也没想到萧雨这么快就出现在她面前。

突然，她目光触及一旁的顾世弈，一把抓住他的衣袖，对程悠悠说：“借我用一下。”

程悠悠吓得差点蹦起来，刚要阻止，却见老板浅淡一笑，竟移步跟楚楚一起过去了。

走到萧雨面前，楚楚直视他的眼睛：“你看，我还要谢谢你当初给我离开你的理由，我现在很幸福。”

萧雨看着顾世弈，眼神闪过一丝挫败。顾世弈站在楚楚身旁不言不语，既没反驳，也不算配合。

“楚楚，”萧雨的手渐握成拳，“这一年来我懊悔得恨不得杀了我自己。”

楚楚的眼神有些恍惚。

“你们在一起多久了？”顾世弈突然开口。

“两年半。”萧雨的目光依旧定定地落在楚楚身上，“和你在一起的日子真的是我此生最开心的时光。”

“两情相悦真令人羡慕。”顾世弈的目光掠过竺暖，看向楚楚，“如果你真的忘了他，情绪就不会像现在这样失控了。”

顾世弈停顿了一下，撤身走开，看见竺暖还站在那里目不转睛地看着他们。

“过来，”他莞尔唤她，“让他们心平气和地谈谈。”

竺暖闻言回神，看了他一眼，转身走向别的方向。

他无奈，笑容却平添了几分暖意。

不知道萧雨和楚楚谈了什么，但最终两个人抱在了一起，竺暖松了口气。因楚楚刚回北临，房子还没找好，她便准备暂时住在竺暖那儿。

把王熙乐送回去之后，顾世弈熟门熟路地把车开到竺暖家楼下。目送竺暖和楚楚上楼以后，他靠在座椅上，闭上眼睛，平静的姿态中有几分萧索，淡淡道：“我向竺暖告白后，她就躲着不理我，只能今天跟你一起过来，见她一面。”

坐在副驾上的程悠悠瞠目结舌，虽是看出了些苗头，可听他亲口说出还是觉得如天方夜谭一样，纵使竺暖外貌出众，可是他是顾世弈——顾氏集团一语定江山的总裁！

他向竺暖告白？还被拒绝了？程悠悠不可置信。

顾世弈缄默了很久，望着不远处公寓亮起的灯光，才再度开口：“竺暖和司靖尘是怎么分手的？”

公寓里微暖的灯光下，竺暖和楚楚并肩坐在床上，就像当年在宿舍里那般，亲密无间。楚楚的目光落在床头的照片上，湖蓝色的相框里，依着司靖尘的竺暖笑容灿烂得如同初绽的向日葵。

“我走了之后，你和司靖尘之间发生了什么？”楚楚问。

竺暖的思绪再度被拉扯回当年。

司靖尘本硕连读，所以他虽然比竺暖高了两届，却比她晚一年毕业。

仁大的毕业生在11月份结业考试之后就可以离校找实习单位了，竺暖不考研，便早早出去找工作。她应聘的第一家企业是顾氏集团，进入到最后一关时被司靖尘的一句话搁浅了。半个月后，她又来新科期货应聘，这次司靖尘倒没说什么，她笔试、面试成绩都不错，很顺利地被录取了。

正式工作前，公司里有个为期三周的培训，在每周五时都要求新员工就每周培训的内容做一个三十分钟左右的PPT，进行演讲。

竺暖虽是能熟练地做PPT，但大学期间没有经历过学生会和社团的锻炼，从未在这么多人面前演讲过，她害怕自己在演讲时紧张得一个字都说不出，明知道把每页堆满字是PPT的大忌，还是把演讲内容都写在了PPT上。果然，面对着营业部全体员工，竺暖演讲时紧张得连声音都在颤抖，头脑一片空白，只会僵硬地对着PPT念。

分数出来后，竺暖的分数理所当然地在十个新人中最低。

公司是实行末位淘汰制的，如果三次 PPT 演讲中有两次都是倒数第一就会被提前淘汰。从小到大，竺暖的成绩虽不是拔尖，却也从来没有倒数过，演讲结束后，她挫败地瘫坐在自己的工位上。

负责人薛茹玉路过竺暖的身边，瞥了她一眼，撂下一句嘲讽：“你大学都是睡过去的吗？就这种水平，真不知道是怎么被招进来的。”

竺暖受到了严重刺激，在第二次演讲前把要演讲的内容写成稿子，每天下班后背稿子到深夜，背到条件反射不过大脑都能顺口说出，在 PPT 的制作上也下尽功夫。

正式演讲的时候，竺暖虽然没有临场互动，演讲气氛不算好，但背得顺畅，内容充实，PPT 制作也精良。第二次演讲总算是惊险过关，不是倒数第一了，暂时不会被提前淘汰。

汲取前两次经验，第三次演讲前竺暖把稿子提前背好，当着宿舍人的面试讲了好几遍，在正式演讲时收放自如、风趣饱满。较前两次像换了一个人，互动自然，内容精彩。

这次演讲让竺暖完成了从倒数第一到正数第一的跳跃，连分公司总经理白总都忍不住夸她：“你这次讲得不错，让我都听得入迷，好好保持。”

培训期结束后，竺暖正式入职进入实习期，同一批新人都搬出了学校在公司旁边的小区租了房子。竺暖却依旧每天坐四个小时的公交车，在公司与学校之间来回颠簸。同事不解，她只笑而不语。

那个被她心心念念惦记着的人，是她所有的精神力量。

正式入职后，竺暖心理上有诸多的不适与痛苦：需要面对形形色色的社会人，生活在公司的最底层，要渐渐收敛个性，学会时刻谨言慎行。按照公司给的潜在客户名单进行电话营销，吃闭门羹被骂、被当成骗子是再正常不过的事情。

很多实习的新人都受不了前期转型的痛苦而离职，而竺暖总是有一腔孤勇，让她义无反顾地走下去。

她无比勤奋，认真地对待这份工作，大学里缺乏锻炼的她，以惊人的速度成长着。

那段时间，她唯一期盼的时光，就是下班后可以回到学校，或许可以见到司靖尘。

彼时，他们已经在一起三年。还在读研的司靖尘成立了自己的工作室，对待竺暖的态度依旧若即若离，她依旧看不懂他，她不愿也不敢深入探寻。

那年冬天，她每天早上五点多爬起来穿过重重晨雾去赶公交车，晚上六点才能结束一天高压高频的工作，沐浴着星光夜里八九点才回到学校。虽是超出常人的辛苦，但她一腔热血、心念所爱，适应了这种节奏和模式，倒也不算太难熬。

只不过那年的天气特别冷，每天早上起来的时候，她都要裹着最厚的羽绒服全副武装才敢出门。

开始她以为是自己变得不耐冻了，最后才发现，是那个冬天格外冷。

那年圣诞节的时候下了一场大雪，是那年的初雪，铺天盖地的白茫茫。

那天是周六，晚饭后，司靖尘难得没有在工作室里忙，与竺暖一起来到操场。

因为还下着雪，操场上的人并不多，竺暖清楚地记得，那天她仰起头看着天空中飘舞着雪花的样子，片片分离，在微弱的光线下晶莹剔透，像是从天空中撒下来带着亮光的细小花瓣。她寻了一片干净无瑕的雪地，将司靖尘与自己的名字写在一起，精致秀美的字体如同镶嵌在雪地上。

司靖尘盯着雪地上的名字，出神良久，突然拉过竺暖开始吻她。雪越下越大，如翻飞的蝶般把他们包围了起来。竺暖几乎融化在他怀里，她偷偷睁开眼睛，看着他双眼紧闭睫毛轻颤着专心亲吻的样子，心跳如鼓。

无论过了多久，司靖尘都还是像当年初见一样，那么容易地就让她心动。

这是他们之间为数不多的甜蜜。

那个圣诞节是竺暖过得最开心的一个圣诞节，那场雪也是她心中最美的一场雪。那时她天真地以为，她和司靖尘能走到最后。可是她忘记了，写在雪地里的字，再深刻也不可能会地久天长，迟早都会被融化，融得尸骨无存。

打电话打了大约有三个月，竺暖有了一定的客户存量，这个时候一起来新科期货实习的新人离职的已有大半。

公司给每个新人安排了老员工带教，安排给竺暖的老员工手中客户众多，完全无暇顾及竺暖。竺暖只得单枪匹马，硬着头皮独自去拜访客户。在与客户交流时，竺暖总会因为长相有花瓶之嫌，被质疑是否专业。即便她能把期货市场立体地展示出来，客户也不敢贸然地信赖她，她处处碰壁。

那段时间是竺暖工作以来最黑暗的时期，彼时学校已经放了寒假，司靖尘也提前回了家，竺暖只好在离公司不远的小区里租了套小房子。没了司靖尘的她，每天无论做什么都是孤孤单单的。

那冰冷狭小的公寓里，没有朋友、没有亲人，连空调或暖气都没有，有的只是苍白的天花板和零下几度的冷空气。每天晚上睡觉时，她把所有的棉衣都压在被子上，身上还是会觉得冷。

想到自己的处境，竺暖忍不住心里一阵酸楚，城市美丽繁华的夜景在此时更让她觉得曾经的梦想遥不可及。

好不容易等到过年放假，竺暖没有立刻回家，而是赶到了司靖尘所在的南仪市。

司靖尘在火车站接她，她穿过熙熙攘攘的人群，扑到他的怀里大哭了起来。不仅仅是因为想念，更多的是他能给她心灵的慰藉，让她觉得生活中除了极度压抑的工作，还能有一份美好。

即便他只是静静地站在阳光里，不言不语。

其实这样也就够了，竺暖要的并不是太多，只要他在，她就会觉得幸福万分。

那天司靖尘先把她的行李安置好，之后便带着她在南仪市里转悠。可能是爱屋及乌的原因，她觉得这里的每个人、每条路都特别亲切温馨。

司靖尘难得地为竺暖在路边糖果店里买了一个棉花糖。棉花糖有着风信子般温柔轻浅的颜色，让竺暖握在手中半天都舍不得吃。她无比珍惜着和他在一起的每一秒。

回到司靖尘家，恰逢他父母外出，白天家里没有人。中午的时候，竺暖特意拉着他去超市里买食材，准备自己回家做饭。她推着推车有模有样地选着菜，鸡翅、上海青、紫甘蓝、海鲜……很快就堆了一车。

买完水果回来的司靖尘，看着满满的小推车忍俊不禁："这么多，我们两个怎么能吃得完？"

“是有点多。”她笑，开始从小推车里往外拿。

司靖尘轻轻地抓住她的手阻止她，眸光微漾，道：“今天吃不完，还有明天。”

还有明天。

竺暖听到这句话时，暖流顿时从心底洒出，牵住他抓着自己的那只手再也不肯放开。明天，多么温暖的词，如果每个明天他都能在身边，那她将拥有一个多么值得期待的未来。

回到家，竺暖掌勺。很快，红烧带鱼、咖喱土豆……还有精致的果盘，满满地摆了一桌。

阳光从窗户铺洒进来，把站在一旁的司靖尘映出一道寂静无声的影子，两人一静一动，异常和谐。

司靖尘的家是优雅宽广的跃层，采光很好。饭后，他们一起坐在二楼的地毯上晒太阳。

“靖尘，以后我们会有这么温暖的家吗？”竺暖微微侧过头，靠在他的肩上。

司靖尘的思绪仿佛游离在现实之外，却声音柔和地回答她：“会。”

“真的？”突如其来的惊喜让竺暖脱口而出，“让我见见你的父母吧？”

司靖尘好像在那一瞬间头脑清明了过来，温和的声音陡然抽冷，猛地起身：“你该回去了，我送你去高铁站。”

或许是今日的司靖尘太过柔和，他为数不多的和颜悦色让她生出一股勇气：“我不走，我在这儿等叔叔阿姨。”

司靖尘的眼神阴沉了下来，他骤然生出的寒意打破了这屋里的温宁，他抓着竺暖的胳膊一语不发地把她推至门外，重重摔上门。

竺暖重心不稳几乎摔倒，稳住步伐后，站在冰冷的门外揉着被抓得生疼的胳膊，眼眶湿润。司靖尘靠在门后，心口突如其来的痛楚迫使他闭上眼睛。

良久，他打开门与竺暖擦身而过，侧身下楼。竺暖咬紧牙关，紧跟上去。

司靖尘一直往前走，丝毫没有停下来的意思，道路越来越荒芜，人烟越来越稀少。竺暖越来越感觉不对劲，疾跑过去想拉住他。

未等竺暖跑到司靖尘面前，他就停了下来，猛地转过身盯住她，双眼泛红，一瞬间气焰灼人：“竺暖，别再跟着我！”

司靖尘蓦地回身逼视，眼神恐怖得让竺暖瞬间不知所措。她不明白为什么他忽然怒火爆发，她从未见过这样暴怒的司靖尘，惊恐得一步步向后退。

不经意间，竺暖被脚下凌乱的树枝绊倒，使她整个人跌向一旁的大树，撞得眼冒金星。剧痛让她蹲在树干下半天无法动弹，她用手摸摸脑后，细密的发丝里鼓起一个硕大的包，一碰便钻心地疼。

司靖尘先前的温柔荡然无存，只见他慢慢地俯下身，脸上惊人的冰冷让他如同变了一个人。他眼眶发红，眼神却如烈焰：“竺暖，为什么当年死的不是你？”

说完，他转身大步离开，背影冷漠而决绝。

竺暖捂着脑袋想站起来追上去问明白，可头上的疼痛眩晕让她又被迫跌坐在地上，看着他越走越远的背影，她泪如雨下。

竺暖双手抱着腿坐在树下，头埋在膝间，好一会儿头疼才稍微减轻。她扶着树站起来环顾四周，努力回忆着来时的路。此时天色已经暗了下来，幽幽的月光，四周寂静阴森，她全身一震，脸色陡然变得异常苍白——这里竟然是一片荒野墓地！

一个个石碑泛着清冷的光，无规排列的坟头在树影下像生出了无数只手，张牙舞爪地向她伸过来，像是要把她给吞噬。

以前看过的恐怖片画面全部在竺暖脑袋中轮番上演，她尖叫着拼命往前跑，一步都不敢停下来。在寒冬里，她跑到汗流浃背，连毛衣都浸湿了。

不知跑了多久才看见路边有一片稀疏的小楼，露着星星点点的微芒，精疲力竭的竺暖这才敢停下来。她扶着路边的电线杆喘了好久，拖着疲惫的身躯重新一步一步地往前走，空腹又灌了不少冷风的她，胃阵阵地抽痛着。

咬着牙拼尽全力走回市区，她茫然地站在街边，上午还感觉特别亲切的城市此刻变得那么陌生，就像是一个点燃着无数华灯的迷宫，让她不知道下一步该往哪儿走。

已经是夜里九点，公交车都已经停了，所有的行李都还在司靖尘家。她摸了摸口袋，身无分文，手机早已没电关机。刀割般的凛风汹涌而来，呼啸着从她脸上划过，她再也控制不住地号啕大哭。

委屈、绝望、疲惫通通涌上竺暖的心头，他把她扔在一片荒芜恐怖的墓地，他让她在陌生的城市无处可去。他就不怕，她独自一人会遭遇不测？

竺暖蹲在陌生的街头不知放声大哭了多久，终于四肢麻木、精疲力竭。冷风吹来，她全身控制不住地战栗，如浸透了冰水般再无一丝余温。那种溺水般的窒息感如紧勒她喉咙的绳索，让她几乎觉得，自己马上就要死去。

她何错之有，怎么会惹得他这样的恨意？

“姑娘，你去哪儿，需要坐车吗？”一辆出租车停在她面前，中年司机摇下车窗，担忧地看着她。

竺暖目光呆滞，满脸泪水，不语不答。

“姑娘？”师傅瞧出了些不对劲，赶紧下车来到她身边，“没事吧？”

等了半天没有等到回答，师傅不由得蹙眉：“你这孩子，是不是跟家人闹别扭了？大晚上的一个女孩在这儿多危险，家里人知道该急坏了。”

竺暖睫毛轻微一颤，这才有所反应，抬起布满水汽的眼睫：“我没有带钱。”

“那也不能傻站着挨冻啊。你去哪儿我免费送你，快上车快上车！”师傅怕她不好意思上车，还帮她拉开车门。

出租车上的暖气很足，突如其来的温暖让竺暖忍不住又落下泪来：“叔叔，谢谢您。”

出租车司机呵呵地笑了两声：“谁生活中不会有个难处，大家互相帮忙都是应该的。我女儿也跟你差不多大，看到你我就想起她。”

到了紫竹小区，竺暖下车后找到了司靖尘家，敲了半天的门才有回应。开门的是一个戴着眼镜的中年女人，穿着睡衣，很文雅的模样。她诧异地看着竺暖：“请问你找谁？”

竺暖恳求：“阿姨，让我见司靖尘一面吧。”

司母看着她叹了口气，先让她进了屋，给她倒了杯热水，说：“靖尘今天晚上连夜赶去他奶奶家了，不在家里。”

竺暖双手紧紧地攥住水杯，咬着嘴唇，努力地不让自己的眼泪掉下来。

竺暖的委屈丝毫不差地全部落入司母眼中，司母拿了些纸巾递给她，沉默了一会儿，终于开口：“如果你喜欢靖尘，阿姨劝你还是放弃吧，他……很难喜欢上你的。”

司母的话语中似有惆怅，又带着不愿回忆的感伤。

“可是我是他的女朋友啊，我们在一起都三年多了……”竺暖的手指攥紧纸巾。

司母愕然：“他对你好吗？”

他对她好吗？大部分时间是不好的，偶尔的暖意亦如镜花水月，风一吹就烟消云散。

看着沉默下来的竺暖，司母拉着她的手轻轻拍了拍：“不要在靖尘身上浪费时间了，去找一个适合自己的男孩吧。”

竺暖的泪再也忍不住地掉落下来：“我喜欢司靖尘喜欢了这么多年，我放弃不掉。”

司母怜惜地看着她：“你割舍不下的，可能只是那个默默付出了这么多年的自己。孩子，永远不要爱一个人爱得失去了自己。”

/ 第四章 /

微甜的剧痛

第二天，坐上高铁回家的竺暖心情复杂又低落，但她深谙报喜不报忧的道理，上班后更明白，掩藏情绪已成了成年人之间的基本礼仪。

没有任何人有义务为她的负面情绪买单，更不应让为她操劳了半辈子的父母担心，下车前她已用伪装好的笑容洗去脸上的萧条。

父母早就等在了车站，见她出来，爸爸笑眯眯地接过她的行李箱，妈妈赶紧牵过她的手上下打量着，心疼道：“我就知道你又瘦了，快回去，家里都做好了一桌菜等你回来吃。”

妈妈的手很暖，让她深藏于心的难过减少了一些。爸爸把箱子放进车后备厢，催着她们：“小暖，快点上车，亲戚们都在咱家等着给你接风洗尘呢。”

回家的第一顿饭吃得特别撑，所有的人都不停地往她碗里夹肉，好似她从没吃过肉一样。

姑姑说：“小暖，不要太在意工资的高低，只要每天工作觉得快乐，幸福指数高就行。”

爷爷说：“可别去加班，不要图那点儿加班费熬坏了身体，身体最重要，钱不够了就问家里要，多吃点儿好的，别不舍得。”

爸爸说：“在外面工作累了就回来，爸爸养得起你。”

竺暖的眼睛氤氲满水汽，却愈显晶亮。这一刻她真切地感受到，唯有亲人才永远疼惜关心着她，永远是她的归属和依靠。

这个年过得如往常般热闹欢喜，而她却比往年更加珍惜这温暖的时光。但相处得越是开心幸福，分离必然就会越难过。

假期转眼就过去了，去车站的时候，那种孤单与凄凉又涌上了竺暖的心头。

进了站台之后，竺暖忍不住地回头看了一眼，爸爸妈妈站成一排，正目不转睛地看着她。一路上妈妈的叮咛还不停地回荡在耳边，竺暖忍不住鼻酸，用力地向他们摆摆手，却不敢说话，她怕一开口，眼泪就忍不住泛滥。

走上工作岗位，饱尝社会冷暖之后，才越发发觉，亲情是这样可贵。

年后回公司报到以后，竺暖接到公司的通知，重新给她安排了一个叫言嫣然的老员工带领她去拜访客户。

带教竺暖的言嫣然很认真，热情且毫无保留地教着竺暖。在她的帮助下，竺暖终于成功开发了第一个客户，这给了竺暖莫大的精神力量。

在她拼命工作的日子里，司靖尘把与她所有的联系方式都拉入黑名单。幸亏她有工作可以分散注意力，不然她在陌生城市里的孤独无依将会无限放大。

五月份的时候，竺暖突然接到了一个电话，电话那端是一个轻柔的女声，对方懒懒地说："竺暖，下午六点星巴克，有空吗？"

竺暖一瞬间全身僵硬——这个她永远不会忘记的声音，这个在电话中亲昵唤过司靖尘"亲爱的"的声音，这个被他备注为"念雪"的声音。

晚上六点时，竺暖如约而至，对方早已坐在了那里。她乌黑的直发如瀑布般铺撒至腰间，着一条米色复古风的荷叶边连衣裙，整个人慵懒妩媚。她的水晶指甲轻轻敲着咖啡杯，悠然地打量着竺暖。

竺暖望着对方，瞳孔不自觉紧缩了一下。

对方笑意嫣然，她苍白暗淡。

无须开口，谁得意谁失意，一目了然。

"六年前，司靖尘来到北临上大学，遇见我，开始疯狂地追求。我们在一起两年，后来我去别的城市上大学，便与他分了手。现在，我毕业回来，我们复合了。"

她看着竺暖，笑得轻描淡写，像是讲述着别人的故事。就好像眼前这个与她男友在一起多年的美丽女子对她无法产生任何威胁，就好像她随便动动手指就能拿走对方的一切。

这样的有恃无恐。

竺暖沉默良久，开口："你叫念雪？"

"什么念雪，"她不屑一顾，"我叫尤梦琪。"

尤梦琪打开背包，从中拿出一本相册，放至竺暖面前："过完寒假靖尘去找了我，陪我毕业旅行。"

竺暖打开相册，里面全是他们俩的合照，照片里的司靖尘都是浅笑地看着身边的尤梦琪，眼中泛着令人窒息的深刻情感。

竺暖从不知道司靖尘竟会这样对待一个人，从不知道他会笑得这么开心，从不知道他会无边宠爱一个人到这种程度。而她和他在一起时，她总那么小心翼翼地拿捏分寸，生怕惹他半分不开心。

这一刻，竺暖才知道司靖尘那颗扑朔迷离的心，从未安放在自己身上过。只是伤疤被血淋淋地撕开，即便她做过无数次的准备，也痛得无法忍受。

尤梦琪接着说：“他当着我的面把你的号码拉入黑名单，把所有与你有关的东西都删除，亲口告诉我从未喜欢过你。你知道为什么备胎是圆的吗？”她看着竺暖惊痛的表情，笑得轻松愉快，“因为方便滚啊。”

悲痛的情绪在竺暖身体里肆虐翻搅着，让她不得不紧紧地抓着桌角来支撑住自己。尤梦琪还在说着什么，可她一句都听不见，她只感觉自己的整颗心一点一点地陷落下去，沉落到那无底的深渊里。

她猜测过无数种司靖尘和她分手的原因，在猜测的时候她总抱着一种死灰复燃的希望。可当现实活生生地摆在她面前时，是如此荒谬绝望。

竺暖不知道那天自己是怎么回去的，一回去就发了高烧，没有知觉、滴水未进地在床上躺了一整天。如果不是言嫣然联系不上她，发觉她未请假却不来上班觉得蹊跷，跑到她家拿锤子把门砸开把她送到医院，烧到四十度不省人事的她久无人问津，后果怕是不堪设想。

病愈之后，竺暖就开始四处打听司靖尘搬离学校后的住址。她无法全部相信尤梦琪，司靖尘绝不是那种不堪孤单的人，他对她这样莫名其妙的恨意，一定还有别的原因。

她必须亲口问清楚。

知道司靖尘的新住址后，她日日下班后守在楼下。终于，她守到了与尤梦琪携手而归的司靖尘。

尤梦琪当即把手中的热茶泼了她一身，嘲弄道："靖尘他没有喜欢过你，你还这么厚颜无耻地来纠缠什么？"

司靖尘淡漠地扫过一身狼狈的竺暖，并未搭理她，眼神表露出她出现在这里是多么不合时宜。

竺暖本就毫无血色的脸越发苍白，她冲过去拉住转身准备离开的司靖尘，眼底有令人心碎的凄寒："为什么？我们的四年，算什么？"

司靖尘转身看着她，孤傲冷然，嘴角微微扬起，缓缓吐出寒意："如梦琪所言。"

如此绝情，四年的感情被他轻描淡写的一句话否定，甚至连解释都不愿多言。而尤梦琪在一旁目光流转，一副在爱情中被无边宠爱的模样。

竺暖雪白美丽的面容刹那间凋谢，这才醒悟自己其实早已被抛弃，司靖尘连句分手都懒得给，就把她遗弃在他的世界之外。竺暖突然没了再追问下去的勇气，不管还有什么原因，只会雪上加霜。

爱他四年，她随时待命，他弃如草芥。

之后，竺暖没有再找过他。

她开始不停地相亲，希望能尽快遇到一个能把她从司靖尘的泥沼中揪出来的人，她想放自己一条生路。可到最后才发现，这都是徒劳，她已经失去了再爱的能力。

她深陷在他的世界中，即便只有死路一条，也不愿意出来。

楚楚听竺暖说完，利索的短发已经愤怒得像狮子般全部爹起，她焦灼地在屋子里走来走去，拿出电话打给萧雨："你知道司靖尘住在哪里吗？"

大学时，萧雨跟司靖尘同属院学生会主席团，略有交情。

得到详细的答复后，楚楚陡然提声："现在、立刻、马上来接我和竺暖去找司靖尘！"

另一边，程悠悠把这些告诉顾世弈之后，她以为他会暴怒，可他只是闭着眼睛静静地靠在椅子上。看似没有任何的情绪波动，可如果仔细地观察，可以发现他垂在黑暗中的手紧握成拳，正努力地克制着自己强烈的情感。

他对竺暖的心疼深入骨髓，他不知道，是什么样的原因会使一个男人对一个女人如此狠心，又是怎样的执念让竺暖宁愿沦陷。

他们都是中了魔瘴吗？如他一样。

"顾总，您看！她们怎么又下来了？"

顾世弈迅速睁开眼睛往前看了看，楚楚正用力地把竺暖拽上一辆车，司机正是今天晚上刚见过的萧雨。

顾世弈调整了一下情绪，把车启动，吩咐程悠悠："盯着那辆车，我们跟上。"

司靖尘家离竺暖住的地方并不远，很快就开到了。楚楚抓着竺暖气势磅礴地上楼，锁定门户后，奋力踢着司靖尘的门。

“你个王八蛋！”看见开门的司靖尘，楚楚扬起手就要打在他脸上。

不明所以的萧雨手疾眼快地拦了下来，尴尬地笑：“不要冲动，有事好好说。”

尤梦琪听见动静，从屋里悠悠地走出来。她端着手中的果汁慢条斯理地小口喝着，看热闹似的扫视每个人，嘴角微弯：“竺暖，你明知靖尘早就不屑搭理你，还恬不知耻地带这么多人过来，来自取其辱？”目光落至楚楚身上，嗤笑一声，“这又是从哪儿找的‘人妖’来替你出气？”

萧雨的脸色立刻沉了下来：“尤梦琪，你怎么说话的！”

楚楚气得面色陡然变白，指着尤梦琪说：“司靖尘，你这是从哪儿捡的贱坯子！你眼瞎了还是脑残了？她哪点能比得上竺暖？”

尤梦琪笑得越发嚣张：“靖尘对竺暖什么样她自己不清楚吗？这些年不都是她一直赖在他身边不肯滚？落得今天的下场要怪也只能怪她自作孽不可活。”

萧雨眉头皱了皱，即便是平时与司靖尘交情不错，这会儿也看不下去了：“司靖尘，不喜欢一开始就要说清楚，别人的感情不是任人糟蹋的。”

司靖尘把尤梦琪护在身后，勾起嘴角的一抹阴冷，看向竺暖的目光嗜血冰寒。他钳住竺暖的手腕，捏得她生疼，慢慢说出来的话一字一字凉入骨髓：“我确实从未喜欢过你，我就是想让你尝尝，你被视若珍宝的人当作垃圾扔掉的感觉，让你一点一点地沦落、痛不欲生。”

楚楚眼中乍然升起一团火焰，她目光紧逼司靖尘：“竺暖哪里招惹到你了？不喜欢为什么还要和竺暖在一起？”

一直站在一旁被司靖尘捏着手腕的竺暖，终于抬头看了他一眼。竺暖眼里的那股凄凉让人不忍心看，就像是心肺都被人活生生地挖去了一样。

刚刚跟过来的顾世弈听到这番话，猛然身体巨震，没控制住情绪，沉怒着一拳上去，打得没有任何防备的司靖尘向后退了几步。

打完之后，顾世弈一语不发地拥着竺暖往外走。

楚楚惊诧地看着顾世弈，又看看程悠悠：“怎么回事，他不是你男朋友吗？”

程悠悠赶忙摇头澄清：“我们公司大老板，我也刚知道，他喜欢竺暖。”

顾氏集团老总？楚楚听闻真相后的震惊比程悠悠更甚，她神色不断地变幻，不知该喜还是该忧。

司靖尘侧身，盯着顾世弈和竺暖的背影，在他们消失在拐角时，目光依然还停留在那个方向。直到尤梦琪惊呼，他才顺着她的目光抚过自己肿起的脸颊。

下手极狠，司靖尘的嘴角都渗出了血迹。

竺暖被顾世弈拥着，麻木地向前走着。突然，她挣脱开顾世弈的怀抱，折返回来看向司靖尘，泪眼氤氲：“如果让我痛不欲生是你的目的，你已经达到了。我等你来，给我一个解释。”

或许，当年刚在一起的时候，她就能猜到今天的结局，只是因为心中的执念，才自欺欺人了这么久。

遍体鳞伤，只缺一个死心的理由。

车上，气氛凝重。

“谢谢你刚才帮我解围，”竺暖坐在车里平静而疲惫，“以后，我的事你就不要管了。”

“我不管了？”顾世弈在微暗的光线里，看着她逐渐黯淡下去的眼神，突然扳过她的脑袋，双唇覆上。

他扣住她的后颈，反手把她紧按在座椅上，强势吻掉她所有的悲戚，直到两个人都有些气息不稳他才放开。

看着她被吻过的殷红唇瓣，顾世弈直视她的恼意：“从此以后，你的一切我都要管。”

顾世弈心底对竺暖未说出口的，还有一句：从现在开始，我会护你一生安宁。

那天之后，楚楚不放心竺暖一个人住着，没有再找房子，天天赖在竺暖家。竺暖的表现比她想象的要安静坚强得多，竺暖一滴泪都没有流，也看不出任何悲伤的迹象。

可她知道，竺暖心里一定是难过到了极致。楚楚始终记得那天竺暖看司靖尘的眼神，那是她见过的最绝望的眼神。

楚楚在贵州支教时休学了一年，现在还算是一个大四的学生，刚开始着手找工作。

楚楚工作还没有找好，王熙乐就把工作给辞了，辞职的那天跑来找竺暖和楚楚，三个人一起在家涮菜烫火锅，就着啤酒边喝边聊。

王熙乐辣得眼泪汪汪的，一边抽噎着一边说：“我现在回去，家里面能把我安排进银行。工作稳定工资还高，总比天天在这家小公司里，连五险一金都没有好得多。”

“那苏一凡呢？”楚楚问道。苏一凡是王熙乐谈了将近三年的男朋友，家在本市，还是独生子，总不会跟着王熙乐一起去她家那个小县城发展吧。

“还能怎么样，分了呗。”王熙乐大吃了一口沾满辣椒的白菜，眼泪哗哗地往下流，边吃边说，“辣椒怎么这么辣，我眼泪被辣出来了。”

可楚楚确定，再多分量的辣椒也不会把眼泪辣到汹涌的程度上。

“为了一份工作，放弃多年的感情，值吗？”竺暖终于开口说话。

“竺暖，”一罐啤酒被王熙乐一口气喝完，“什么叫作刚性需求？比如你有五十万，你是买房还是拿来投资股票期货？人这一辈子都可以不做期货，可愿意一辈子居无定所吗？爱情和工作亦是如此，爱情可以被放弃，可是好的工作机会可能这次错过了，就再也碰不到了。爱情这东西，像期货股票一样，风险太大，一不小心就血本无归，玩不起啊！”

“期货风险是大，但只要做好止赢止损风险管理就不会血本无归。人是一辈子可以不做期货，但当你看准的一个机会错过了，这辈子可能再也遇不到这么好的行情了。”竺暖叹息，“苏一凡对你好不好你自己心里清楚。熙乐，真正对你好的人，这辈子也遇不到几个，一旦错过，可能再也找不回来了，回不回去自己考虑清楚。”

“是啊，熙乐，这房子是刚性需求，可去银行工作怎么都算不上刚性需求吧。在这里不仅有苏一凡，还有我们，等你有工作经验了跳槽到大公司，待遇也不会比银行差。”楚楚接着说。

竺暖沉默了下来，低下头无端难过，半晌才说："楚楚、熙乐，你们真幸运，只要你们愿意，你们的感情都可以修成正果。"

"别这样说。"楚楚心疼，"你总会重新遇见一个人，慢慢代替司靖尘在你心中所有的位置。"

"或许，这个人已经出现了。"王熙乐呵呵傻笑了一声，突然咚的一声，一头栽倒在地，撞倒了一地的啤酒瓶。

竺暖想起那晚顾世弈在车里对她的强吻，心中压抑着无法名状的情绪，避之不谈："不说他。"

竺暖和楚楚赶忙跑过去看王熙乐，一看这厮竟然被几瓶啤酒灌醉了，一阵手忙脚乱地把她抬上了床。

竺暖来不及过多沉溺于情伤，公司一年一度的秋季会议即将到来。

这次会议至关重要，要求分公司每个人都要把当年的工作总结及收获心得做成PPT，轮番演讲展示。总部会专门派人过来出席会议，因为每年都有一些优秀的员工通过秋季会议被总部的人赏识而受到提拔，因此分公司的每个员工都提前一个月开始准备，重视程度可见一斑。

竺暖刚进公司一年，资历尚浅，对于通过秋季会议晋升并无期待。演讲那天，她心态轻松地欣赏排在她之前的同事的演讲。轮着她时，她步履轻盈地上台，浅笑着向大家鞠躬施礼。

然而，当竺暖点开会议室电脑桌面上标有她姓名的文件时，投映在大屏幕上的却不是她提前做好的PPT，而是蹦出一段脱口秀演员幽默地说着关于黑客情人节的视频。

竺暖眉间微动，一丝慌乱自心间划过，这并不是她准备的视频。

因为 PPT 是员工亲自提前发给人事，人事按演讲顺序把标注好姓名的文件排好之后，传到会议室的电脑上，会议开始后演讲人员直接在电脑上点开标有自己名字的文件演讲，所以一般并不会出差错。

竺暖又瞥了一眼电脑，确定打开的是标注着她姓名的文件无误，又看了一眼台下听众。有人皱着眉头，有人诧异，还有人正兴致勃勃地看着搞笑视频。唯独薛茹玉抱着手臂，一副皮笑肉不笑等着看好戏的模样。

竺暖收回目光，稳了稳神，心中有了计量。

在视频放完后，竺暖拿起话筒莞尔：“恕我冒昧，给大家放了一段脱口秀，希望逗趣的内容能帮大家赶走一些疲惫和秋乏，下面开始我的演讲。”

说完，竺暖迅速新建了一个 PPT。做工作总结的时候，她在私下里不知道修改、演练了多少遍，里面的内容她早已倒背如流。

薛茹玉嘴角勾出一丝冷笑，她这是要做什么？在演讲的十五分钟里现场做出一个 PPT？用这样仓促的、不严谨的东西说服大家？

大家看着投影仪下这个空白的 PPT 都有些唏嘘，而竺暖却镇定自若，一边有条不紊地讲着，一边把客户的名字、现有的保证金、环比增加量等数据清晰快速地在 PPT 上打出，将重点放至讲解上，舍弃了展示。

竺暖干净柔美的手指在键盘上快速翻飞，演讲时偶尔与下面的人眼神交流，满是自信与洒脱。声音动人轻柔，讲解引人入胜。

台下听众的神情渐渐地由疑惑、质疑转为惊叹，竺暖真是天才！这么多数据她竟然能丝毫不差全部记住，还能精确到小数点后两位数！在完全脱稿的情况下，她的演讲也是如此精彩绝伦，严谨中不乏幽默，在现场掀起一个又一个小高潮。

薛茹玉看了一眼分公司经理白总，他正满脸惊艳地看着竺暖，这不由得让她愈加愤恨。

竺暖演讲结束的时候，大家都是一脸的意犹未尽。薛茹玉却忽地站了起来：“竺暖，秋季报告是一件非常严肃的事情，你怎么可以把它当儿戏，为了凸显自己，在现场胡编乱造这些数据？”她就不信，这上百个数据，竺暖能丝毫不差全记住。

竺暖低眉浅笑，回到自己的座位上从包里拿出 U 盘，把她之前做好的 PPT 复制到电脑上：“我知道大家都会有和薛经理一样的质疑，这是我之前做好的工作总结，我们来对比一下。我这样做的原因，只是想更立体形象地把我今年的工作总结和心得表达出来。”

竺暖边说边翻动对比着两份 PPT，薛茹玉瞪大了眼睛盯着每一页 PPT，生怕错过一丝错误，最后却挫败地发现上面的各种数据的确是分毫不差。她尴尬地看着大家，却发现没有一个人看着她，所有人都惊叹地看着竺暖。

掌声雷鸣般响了起来，经久不衰。

“竺暖，留步。”会议结束后，一个深沉的声音喊住了正准备回家的竺暖。

“白总。”竺暖略微诧异，恭敬回应。

“晚上我请你吃饭，今天表现得不错。”

竺暖有些疲惫，推辞道：“不用了，这是我应该做的。”

白总嘴角扬起一丝笑容，这让他平日里严冷的面容看起来多了一分柔和："今天总部的王董跟我说，他看了这么多营业部的秋季会议，你是最别出心裁的一个，夸我育才有方。最近你的业绩增长得很快，为了鼓励优秀员工更努力地工作，请你吃顿饭也是很有必要的。"

竺暖在心里叹了口气，笑着答应了。都把话说到这个份上了，她如果再拒绝便是不懂事了。

白总满意地点点头："我在车库等你。"

竺暖整理了一番，随后下到车库。

"竺暖喜欢吃什么？中餐还是西餐？法国菜怎么样？"白总笑道。

竺暖有些意兴阑珊，但面对领导，还是要硬撑出期待："我可以随便选吗？"

白总侧身看着她清甜的笑容，心神荡漾："当然，想吃什么都可以。"

"淮河路上的一期一会日料，可以吗？"

其实她并不是多喜欢日料，仅仅是因为这家店不设包间，大庭广众下到处人来人往，只适合吃饭不适合任何深层次的交谈。

"好。"白总打开导航，启动车子，笑意自眼中散开。

竺暖的手机响了一下，她打开，程悠悠发来微信："小暖，晚上我和楚楚吃海底捞，你来吗？"

竺暖笑，回道："不了，被迫一期一会陪领导。哪天海底捞A股上市，我一定重仓买入，有你们这一群三天不去便入不了眠的忠粉，还愁股价不会涨？"

竺暖和白总拣了个靠窗边的位置坐下，她随便点了些寿司和沙拉，白总又加了些鹅肝手握、海鲜刺身和铁板鳕鱼。

菜还没上齐，竺暖就见薛茹玉寻了过来，笑盈盈地看向白总：“好巧，吃个日料都能碰到一起，介意一起吃吗？”

竺暖笑笑未语，白总抬眼看了薛茹玉一眼，面色变得沉郁。

薛茹玉的笑容有些挂不住，但还是厚着脸皮在竺暖身边坐下，气氛陡然变得沉闷。她见无人搭理她，便脸上堆起笑容对竺暖说：“小暖今天真的是一鸣惊人，让我们都自叹不如啊。”

“一鸣惊人并不是我的初衷。”竺暖的笑容缓缓绽放，黑瞳却敛了笑意，“那般情境下也只能铤而走险了。”

白总听出了些端倪，问竺暖：“你今天演讲的方案不是提前策划好的？”

竺暖玩笑道：“像我这么墨守成规的性格，不出错就谢天谢地了，怎么敢标新立异。”又侧身看向薛茹玉，“茹玉姐，你不知道，那个脱口秀视频蹦出来时我心脏都快吓停了。”

薛茹玉掌心冒出了丝丝冷汗，可表面还硬撑着镇定：“人事部办公也太不仔细了，竟然把你的文件给弄错了。”

竺暖安静地看着她，忽而一笑，黑瞳几乎要把她给吸进来：“如果是我，就会把原有的 PPT 换成尴尬僵硬的内容直接让场面冷掉，绝不会选择这种还有回旋余地的暖场脱口秀。”

竺暖有意敲山震虎，从她进公司来，薛茹玉从未给过她好脸色，明里暗里经常挑她的刺、给她泼冷水。她越是忍，薛茹玉就越是猖狂。

薛茹玉的眼神有些闪躲，她是没想到，竺暖能沉着冷静地对演讲内容倒背如流。

白总的表情越来越阴沉，竺暖是一个聪明谨慎的女孩，绝不会轻易地去影射一个人。他把筷子往桌子上一摔，瞪着薛茹玉：

“你说，究竟怎么回事？”

薛茹玉沉默了一会儿，猛地抬起头看向白总，眼睛里含满了泪水：“是，没错，是我！我就是看竺暖不顺眼，自从她来公司以后，你的目光就不舍得从她身上离开。是，她年轻漂亮吸引人，可我们那么多年的感情呢？我和你在一起七年，在你心中就没有留下任何痕迹吗？是不是分量远远不如竺暖这张漂亮的脸？”

“茹玉，”白总摆摆手，疲惫地看她一眼，“我们早就分手了，当时不还是你先提出来的吗？你现在要做的是放宽眼界，而不是对我纠缠不休！”

“我那说的是气话！我一直在等你，等你回来和我复合，在我潜意识里，你还是属于我的！”

“够了！”白总急躁地打断她的话，又看了竺暖一眼，“小暖，你别听她乱说，我和她早就结束了。”

竺暖沉默了，她在一瞬间理解了薛茹玉，她亦深刻明白，失去爱的感觉是怎样的锥心刺骨。

良久，竺暖才轻轻开口：“白总，茹玉姐，你们好好谈谈吧，之前有什么误会静心交流一下说不定都化解了。毕竟，七年这么久。”

久到占满了大半青春。

刚说完，竺暖就看见一个英挺耀眼的身影向她走来。竺暖揉了揉额头，不禁叹气，一期一会今天可真热闹。

顾世弈随意自然地在竺暖对面坐下，微笑着，柔和的目光锁住她：“好吃吗？”

竺暖看看白总又看看他，说：“你在我身上安 GPS 定位仪了吗？怎么不管我走到哪里都能被你找到？”

“心灵感应。”顾世弈说着，这才向旁边的白总看去，略微颔首算是打了招呼。

白总看着顾世弈，只觉得气势逼人，本能地感到一股危险的气息向自己袭来。白总觉得他有些眼熟，却想不起来他是谁，出于礼貌，便回应微笑。

“竺暖，吃好了先出去等我，我有要事跟白总谈，稍后就来。”

竺暖早就不想在这个尴尬的地方待了，只是苦于没有离开的借口。听顾世弈这样说，顾不上疑惑，她向白总和薛茹玉打了声招呼便赶紧离开。

看着竺暖离开后，顾世弈把椅子往后退了点儿，身体微斜靠近白总，用只有他俩能听见的声音半玩笑半威胁道：“我把顾氏铜业的套期保值都放在你这儿做了，收起你对竺暖的想法。”说完，他微笑着看了白总一眼，不等白总回话便起身大步离去。

白总只觉得全身发冷，他不知道问题出在了哪里，刚才那人明明是一直微笑着的，可散发的气场让他有种彻骨的寒。

而他刚才说什么？顾氏铜业的套期保值？白总突然一个激灵挺直了背，他想起来了，前段时间顾氏铜业期货部负责人直接找到竺暖开了套期保值的账户，入了大笔保证金。

刚才那个男人，至少是顾氏集团的高管，不然不会有这么大的权力，能够指定集团铜业做套期保值的公司。开始他还以为这笔单子能成是竺暖的个人魅力加坚持不懈所致，原来……

白总的掌心不断地冒着虚汗，幸亏他还未对竺暖表明什么。

从一期一会出来后，竺暖并没有照顾世弈的嘱咐等他，直接往公交车站走。还没走到，她就被一个颀长的身影拦住。

顾世弈目光熠熠地看着她：“就知道你不会等我。”

竺暖从他身旁绕开：“我为什么要等你？”

“我送你回去。”

“不用，我更喜欢坐公交车。”

早就预料到竺暖会这样说，顾世弈晃晃指间的公交卡：“我陪你。”

竺暖转过身去不再理他，过了会儿又转了过来，问：“你找白总谈的什么事？”

顾世弈眼中笼上一层柔柔的光：“谈投资。”

“不务正业。”竺暖移开眼神，在这种情境下谈投资，简直搞笑。

顾世弈双目含情地看着她笑，打退情敌，扫清障碍，这是人生最圆满的投资啊。

一提到白总，竺暖心中突然有种化不开的愁闷，她并非没有察觉到，白总时不时落在她身上的目光，对她或多或少的关照。

就如薛茹玉所说，可能仅仅是因为她容颜正盛。

这种喜欢，浅薄淡然，风一吹，就会散落。

想到这儿，她有些讽刺地看着顾世弈：“为什么喜欢我？”

顾世弈看着她，眼神是那种拨开云雾般的清明。

为什么会喜欢她？

顾世弈眼中的情感聚集得越来越浓烈。

他伸出手抚顺她耳畔一缕微乱的长发，低语：“你会慢慢明白的。我不会逼你接受我，但我希望，你能感受到我对你的感情。”

来日方长，他不急，可以用一生去等待。

/ 第五章 /

时光回忆里的他们

竺暖到家以后，楚楚还没有回来，她拿起床头柜上那张与司靖尘一起的合照，久久凝视，其实她和司靖尘也是有好时光的。

大三那年，竺暖过生日，软磨硬泡许久，司靖尘终于答应陪她去婺源旅行。

晴空万里，白墙黛瓦，再加上漫山遍野金黄的油菜花，她觉得这是人生中最难忘的回忆。

火车开进江西后，轨道旁边的田野里处处可见片片绚丽的金黄，如同繁华烂漫的生命。

竺暖趴在玻璃窗上，拉着他一起看这一片热烈的花海。司靖尘轻柔地搂着她的肩头，目光落至窗外。看着看着，他似乎想起了什么，心中短暂的幸福感渐渐意兴阑珊。

一直在外面晃悠到晚上，他们才回旅馆小憩一会儿，天还未亮他们就起床准备爬山。在晨雾中出发，到达山顶时太阳已经升起来了，漫山遍野的金黄色顷刻把他们震慑，翠叶萋萋、黄花明艳，天高云淡，如画如梦。

山顶的阳光比以往更加明亮，司靖尘剥了一颗薄荷巧克力给竺暖，风中立刻染上了清凉醇香的味道。他望着她，笑容清浅。

竺暖的衣裙被风鼓起得像一朵刚盛开的白百合，她的心瞬间融化在这温暖中，她抱住他，把头埋在他的胸口。身后的蓝天像是一块巨大的水晶，无数倍地放大着她此刻的幸福。

然而，司靖尘却忽地推开她，双手卡住她的肩膀，脸上带上了浓郁得化不开的怅惘。随即，竺暖只见他闭上眼睛，面色痛苦，他的指骨都紧绷得嘎吱作响。

竺暖仰起脸看着他，眼神似有不解。

起风了，司靖尘睁开眼睛，他突然平静了下来。他瞬间展开的笑容有着安抚人心的魔力，染得竺暖也不自觉地放心而笑。

“竺暖，我爱你。”

他往前走了一步，更加靠近竺暖。他声音轻柔却带着无比坚定的力量，在山顶广阔的视野中碰撞出要永远在一起的决心。温润的呼吸落在竺暖脖颈间，他浅笑着扶稳她，一个柔柔的吻印在她的额头。清晨的阳光里，她只觉得有夏花在额间盛开，芬芳醉人。

竺暖回忆着，心底却如同被人用刀狠狠地划开一个口子。这回不去的时光，这被她用生命珍藏却被人弃如草芥的时光，再也不可能回得去了。

此刻，天空阴暗无星，关上灯黑暗顷刻把她消瘦的身影吞噬。竺暖抱紧了自己的肩膀，再一次泪如雨下。

直到第二天上班，竺暖萎靡不振的情绪还没有消退，在卫生间用凉水冲了几次脸才清醒一些。她刚转身，却看见薛茹玉站在卫生间门口抱着手臂看着她，阴阳怪气地说：“昨晚做什么去了，看样子，被折腾得不轻啊。”

竺暖皱了皱眉头，懒得搭理她，侧身准备走，却被她又挤了回去。

薛茹玉的手游离在竺暖的脸上，眼神中带着轻蔑：“真是肤如凝脂，这副皮囊为你挣了不少客户吧？”

竺暖一把拨开她的手：“薛茹玉，我敬你是前辈喊你一声‘茹玉姐’，但请你不要用你扭曲的心理看待所有人，把所有人都想得像你一样不择手段。”

“你还敢说我！”薛茹玉眸中燃起火焰，抬起极细的高跟鞋跟毫不犹豫地猛踩在竺暖的脚背上，像要锥碎她的脚骨一样用尽全身力气。

竺暖低呼一声，瞬间痛得全身痉挛，刺心的疼痛让她无力去推开薛茹玉。而薛茹玉却越踩越起劲，将竺暖往角落里逼，看着竺暖脸上大颗大颗汗珠，脸上露着快意的笑：“有本事你喊啊，今天白总不在，看谁敢来帮你！”

“薛姐，你在干什么？”刚进卫生间的小莜看到这一幕，吓了一跳，惊呼出声。

薛茹玉扭头看向来人，力道放轻几分。竺暖这才得以喘息，疼痛从后背的筋脉一直延伸到脑袋，脚背上被踩过的地方已经深陷了下去，四周深红色淤血初现。

她抬头看向薛茹玉，怒气、疼痛、屈辱，都纠在心头，迫使她扬起手掌，狠狠地扇向薛茹玉。

“啪！”

整个世界安静了，小莜吓得怔住。

薛茹玉不可思议地捂住火辣辣的脸庞，愣了好一会儿才扑向竺暖，尖叫着：“你竟然敢打我！”

竺暖侧身躲过，淡淡地看她一眼，说：“你并没有高人一等，我也并不会任人宰割。今天我只是回你一巴掌，你再轻举妄动，我不介意两败俱伤地跟你拼命。”说罢，她强忍疼痛，尽量迈着让自己看起来正常的步子走了出去。

薛茹玉气得全身发抖，正要重新扑过去，却被小莜死死地抱住：“薛姐，消消气，这办公室人多眼杂，闹开了对您不好。”

下班的时候，竺暖的整个左脚都肿起来了，根本无法穿鞋。她默默地坐在电脑前加班，等同事都走光了才赤着脚艰难地走下楼去。

夕阳自云间洒落，顾世弈不知不觉间到了竺暖公司楼下，虽然明知这个时间她早已下班，碰见的可能性微乎其微。

他只是单纯地，想过来看看。

微凉的秋风里，随意转了一圈便准备离开的顾世弈却看见竺暖一瘸一拐地走出公司大楼。

一瞬间的错愕之后，他迅速冲到她身边把她拦腰抱起，走到街边公园的长椅边才把她放下。

给特助林泽打完电话，他半蹲在椅边抬起她红肿的脚，几乎咬牙切齿：“是谁？”

顾世弈的声音中带着无法掩饰的怒火，他额头上的青筋突突地跳起，触着她脚的手指却异常轻柔。

竺暖很疲惫，加之疼痛让她更显无力，说不出什么，只是摇摇头："谢谢你，是我自己不小心碰的，过两天就好了。"

顾世弈深深看她一眼，再没有说一句话。

林泽带着医生很快赶到，在给竺暖清理伤口包扎的过程中，她靠在长椅上无声无息地睡着了。顾世弈悄然坐到她身旁，把她的脑袋轻轻地移放在他的肩膀上。

他侧着脸久久凝视着她，手指抚过她眉间那一丝浅浅的忧愁，抚过她白玉般细致微凉的脸颊。

那一丝一寸，都让他心动，又心痛。

竺暖似是极为疲惫，直到顾世弈把她抱回家安置好都没醒。

顾世弈坐在她的床边凝视了一会儿，将她眉间的皱起抚平，交代了楚楚几句，这才安心离开。

第二天竺暖一醒来，就见楚楚端着香菇鸡茸蔬菜粥和土豆小饼在她面前晃悠，诱人的香气直刺激她空空的胃。

"别急，都是给你的。"楚楚放下托盘把她扶到沙发上，"怎么了，昨天又被人欺负了？"

昨天楚楚本来看见竺暖高肿的左脚有些怒发冲冠，可又见顾世弈对她那般的无微不至，突然觉得这样因祸得福也好。

竺暖喝了一口粥，含混不清地说："不提了，还是先想想以后上班下班我要怎么走吧。"

正说着，门铃响了，外面传来程悠悠的声音："竺暖，起床没？开门！"

楚楚把门打开："大清早的你催命吗？"

程悠悠蹿进来，笑意盈盈地看竺暖：“慢慢吃，吃完我送你去上班。”

竺暖差点噎着：“不是说你们公司的管理制度很严格，迟到了后果很严重吗？你送我不怕迟到？”

“老板最近发善心，允许我迟到早退一小时。”

“为什么？你生病了需要多休息？”竺暖愕然。

“你想哪儿去了！”程悠悠无奈地笑，“快吃，吃完去上班！”

自从脚伤以后，竺暖突然感觉公司气氛变得前所未有的和谐：薛茹玉好多天都没来公司了。

趁着接水的工夫，竺暖问了小莜：“薛茹玉休假去了吗？怎么好多天都不见她？”

“你不知道？”小莜惊诧地看着她，又放低了声音，“听说薛姐前几天遭抢劫，腿受伤了现在正住院呢。”

竺暖霎时呆立当场，这么巧？

半个月后，竺暖的脚伤好得差不多了，她对悠悠和楚楚左拥右抱好生感谢。

“谢我做什么。”程悠悠笑道，“其实我应该感谢你。”

那天顾世弈与她一起见完竺暖后，就把她从投资部调到了总裁办公室。

总裁办已有三位资深助理，顾总平日的行程会议安排、各部交来的报告和报表汇总交与顾总过目审批、替顾总出面处理一些事情，都有专人负责。程悠悠只做一些无足轻重的小工作，工资待遇却是突飞猛进。

“我也要谢你，早餐都有了着落。”楚楚也跟着笑道。

“什么意思？”竺暖越发不明所以。

楚楚诧异地问：“都是因为顾世弈啊，你不了解？”

竺暖笑：“我又不混迹富二代的圈子，怎么会了解他？”

楚楚和程悠悠面面相觑。

程悠悠讶异道：“顾世弈，顾氏集团的总裁，我的大老板。他在你脚伤后，安排我每日来接送你。”

“还有每天的早餐，都是他安排人送来的。”楚楚眉头微蹙，“你不知道？”

竺暖的笑意僵在了嘴角：“为什么不早告诉我？”

“那天他亲自把你抱回来，我以为你和他的关系，怎么也应该比我们更熟了吧？”

程悠悠和楚楚的话搅得竺暖心绪有些乱。

第二天，竺暖下班后一个人漫无目的地走在街上。

她一直在努力地远离他，却又平白受了他这么多关照，下次见面该如何自处？她想想都有些头疼。

不知不觉间竺暖路过一家茶楼，仿古的设计简约高雅，芝兰之气袅袅不绝。竺暖走了进去，她本是对茶没有丝毫兴趣的，可这带有细巧如锦花纹的白瓷茶具让她爱不释手，其间茶汤润绿明亮，鲜嫩净透的茶叶在杯中颗颗分离直立，她轻尝了一口，浓厚鲜爽的味道在口中盈开，就像是在舌尖舞蹈。

她惊奇地问：“这是什么茶？”

“君度一号。”茶师示意了一下旁边的茶牌，“君度一号是兰馨雀舌系列中的稀有产品，产自湄潭贡茶原产地的圣心山。基地小产量少，兰馨雀舌又是稀少中的特选，十分珍贵。”

竺暖把茶端至唇边，再次轻抿一口，这在灵秀湄潭用优良土质和氤氲水汽养出的茶，果真是鲜纯动人。

她思忖了一下，一咬牙，花了一个月工资买下一提。

到顾氏集团楼下时，竺暖拿出手机拨下号码。

顾世弈接到她的电话时正在开会，立刻让助理把竺暖给接了上来，随后他快速结束了会议，回到办公室时竺暖也恰好上来。

顾世弈的办公室处于集团大楼的顶端，七十七层的高度，站在巨大的落地窗前几乎可以俯瞰整个城市。

他站在黄昏温柔的光线里对她笑。

竺暖看着他，眼中却是比之前更深的疏离："谢谢你之前的关照，一点心意无以为报。"

顾世弈扫过桌子上的君度一号，面色微愠："这么客气。"

"以前不知道你是谁，屡次说你不务正业，多有得罪，见谅。"

顾世弈深望她一眼，并未说话，而是转身从似玉非玉的汝窑藏茶罐中，取出一些翠绿的新茶，不紧不慢地烫杯温壶、洗茶冲泡。

叶片在盖碗中缓缓展开，徐徐下沉，清新雅致的香气溢出，流得满室温醇。

"明前贡品雪芽。"窗帘在风中轻轻地浮动，顾世弈把分好的茶递给竺暖，"尝尝。"

竺暖接了过来，并没有心情去喝，持在手中端详了半天，只觉得这茶色翠绿明亮，漂在汝瓷杯中异常好看。

顾世弈端起另一杯，轻尝一口，浅笑："微苦带甘，浓醇鲜活，就像你。你的每一句话，每一份疏离，每一次拒绝，都让我微微苦涩，却在回味的时候甘之如饴。我是谁并不重要，重要的是你要慢慢放下心结，接受新生活。”

茶水的温度透过杯子浸得竺暖指尖发烫，她把杯子放到桌上，说：“薛茹玉住院是因为你吗？”

顾世弈笑笑，并不避讳：“其实我已经很克制了，只是公平地把她所做的还了回去。”

竺暖静静地看着他：“把顾氏铜业在我们公司开的账户销掉吧。”

“竺暖。”顾世弈望着她，她的名字自他口中逸出，被唤得柔肠百结，如同恋人间缠绵无奈的低语。

竺暖的睫毛轻颤了几次，接着说：“每一次，你都强势地把自以为是的好意强加在我身上，从来没有问过我到底需不需要，连拒绝的机会都不曾给我。我希望以后，我们之间，永无瓜葛。

“还有，你的茶我就不喝了，再好的茶叶我尝也无任何特别之处，暴殄天物。”

说完，她转身打开门按下电梯，很快消失不见。

顾世弈看着竺暖离开的那扇门，久久未动。

天色渐渐地暗了下来，窗外结起淡淡的雾色。他移步至窗前，静立于这城市最繁华的楼宇之巅，颀长的身体在暗色里仿若被全世界孤立。

渐渐地，城市灯光亮起，目及之处无数楼宇华光璀璨。远处广场射灯的光线如琉璃般割破夜空，他没有开灯，脸色在这个城市绮丽的光景里朦胧未明。

忽而，他动动眼角，勾起一抹笑意。

踟蹰忧伤一贯不是他的作风，今生，大不了她离他追，她躲他觅。

第二天上班时，整整一天，竺暖的太阳穴都在不断地突突跳动，不适感一阵一阵地袭来，让她坐立不安。刚下班，她迅速拎起包下了楼。

走到写字楼门口时，竺暖的脚步却滞在了那里，她望着前方，有一个男人与她对视而立。昏黄的阳光透过树叶擦过他的头发，身影清瘦而英挺。依然像多年前那些在学校里的傍晚，他从自修室里出来，站在学校的九月栾下，她欢快地跑向他。

——是司靖尘。

他没有丝毫迹象地出现在她的世界里，她竟依然能感知得如此强烈，让她一天都坐立难安。

他们在附近找了一家餐厅，司靖尘随意点了一些，竺暖没有任何胃口，只加了一份石榴清酒。对着桌上水晶瓶中浅粉清亮的果酒，两个人都陷入了沉默。

石榴清酒的做法很简单，竺暖上大学时最喜自己酿做，每到暑假的石榴季，她就会把颗粒饱满诱红的石榴籽与方晶冰糖一层一层放在玻璃罐中，再倒上低度数的清酒没过石榴籽，密封好，静置一个月就可以饮用了，在秋冬季节午后的阳光里小斟一杯，分外暖和。

竺暖在细瓷杯中倒了点儿石榴酒，入口熟悉的味道让她有点恍惚，这清甜温暖的味道在以前是欢喜，而现在却如黄连。压抑已久的委屈无处倾泻，世界黑暗到极点。

一不小心，瓷杯被她碰落。

她慢慢地拾起，却被杯子碎片划破了手指，混着泪水，心底有种被蜇伤的痛意。

竺暖氤氲满水汽的眼睛看着司靖尘："说吧。"

司靖尘的眼眸动了动，沉默半晌，缓缓道："你还记得林画雪吗？"

竺暖在记忆中搜寻了一会儿，眉心皱起，不解："你怎么会认识她？"

林画雪是竺暖上西川高中时的学姐，她是一个几乎让所有人看了都会心疼的女孩。素白的小脸，低眉浅目，安静得像是被遗落在大雪中的雏菊，永远不会对别人大声说话，永远都是洗得发白的旧衣衫，永远都在晚自习后默默地去捡操场上被扔掉的饮料瓶，永远是文科班的第一名……

甚至在食堂吃饭的时候，连饭菜都不曾见她买过，每次都是自带的咸菜就着干馒头匆匆地吃完回教室。

林画雪家庭条件不好，却也没穷到这样的地步。主要是她有一个极度重男轻女的父亲，把所有的好东西都给了她弟弟，并逼着她辍学去打工补贴家用。她不肯，坚持读书，便成了她父亲眼中只会烧钱的钉子，各方面都对她苛待，或者说——虐待。

"我在上大学之前都跟奶奶生活在一起，在西川上的高中。"

竺暖苍白地笑了一下："我们竟然高中也是一所学校，然后呢？"

"我喜欢林画雪，从来没停止过。"

竺暖抬起头看着窗外飞离这座城市的秋雁，灰白的天空几乎灼痛了她的眼睛："其实尤梦琪出现的时候，你的目的就达到了，没必要再跟我说这些。"

"竺暖，你还不明白吗？"司靖尘一反常态地抓住竺暖的手腕，双目近乎赤红，"我恨你！如果不是你们，画雪也不会死！"

"你疯了？"竺暖又痛又惊，用力地挣脱着司靖尘的钳制，"林画雪的死跟我有什么关系？"

司靖尘冷笑着，却有泪从眼角流出。他是有多久没有流过泪了？这些蚀心的疼痛，这些他对未来最初的憧憬，被谁毁了，他便要加倍地还回去！

司靖尘是在高三的时候遇见林画雪的。彼时她站在学校图书馆边怒盛的蔷薇下念着书，那轻柔的声音片片落在他的心里，宛如天籁。

少年的心在触电中铭刻下了初爱，司靖尘从此便觉得，林画雪是他生活中所有的阳光和向往。

林画雪的家在一个旧居民区，低矮的小平房，在他眼中却无限神秘。放学后，司靖尘经常跟在林画雪身后，悄悄地送她到家。有一天，他路过窗户时偷偷地往里瞥了一眼，目光在落入屋内后让他惊呆了。

狭小的厨房里，面色肝红、膀圆腰粗的林父正扯着林画雪的头发，嘴里骂骂咧咧，旁边站着的弟弟只是看热闹。林画雪默默地卷起袖子洗菜煮饭，等那对父子吃饱喝足，她才默默地把残羹剩饭灌进肚里。随后，林画雪坐在角落的桌边，就着微弱的光开始写作业。司靖尘从来都不知道他梦中恬静美好的小公主，竟然是住着厨房被人苛待的灰姑娘。

他当下便发誓，他一定会在她灰暗的生活中添上一抹星光。

司靖尘在回忆这段往事时，脸上依然有着少年时青涩的情愫。然而他话锋一转，柔和的目光在看向竺暖时变得阴冷了起来："你猜，之后我看见了什么？"

有一天，在他送林画雪回家之后，碰巧看见她的父亲跟一个穿着西装的人在小饭馆里喝酒。他好奇，便走进饭馆在一旁坐下偷听，只见林画雪的父亲情绪高涨，面红耳赤地拿着一份合同。

那个穿西服的男人给林画雪的父亲倒满酒，解释着各式保险业专业术语。

林父并没有认真听，只记住西服男人解释定期人寿险时的那句："在保险合同约定的期间内，被保险人如发生死亡事故或全残，我们就会依照保险合同的规定，给付您一定量的保险金。"

林画雪的父亲大笑起来，脸上是掩饰不住的兴奋。那保险代理人跟着提起自己的女儿叫竺暖，说自己也给女儿买了各种保险。

都是女孩，这个叫竺暖的被父母捧在手心，而他的画雪却过着如此隐忍的生活。司靖尘发誓，今后，他一定会把林画雪这么多年缺失的疼爱加倍还给她。

可是，他没有等到那一天。

快高考的时候，有一次，司靖尘跑到林画雪家屋檐下躲雨。他偷偷地往屋里瞄了一眼，林画雪正站在水龙头前洗菜，看到玻璃外面的他，脸微微一红，又很快低下头去，嘴角若隐若现着一丝笑意。

司靖尘满心雀跃，可他还没有来得及回味，林画雪的父亲却突然推门进来，酱红的脸上带着贪婪的笑意，走近她："今天给你买了份意外险，你现在可是有百万身价的人了。"

下一秒，时间像是放慢了的镜头，林画雪的表情僵在了那里，她一点一点地向前倒下去，身上飞溅的鲜血染红了她素白的裙摆。她费力地睁开眼睛，直到生命的最后一秒，才看清父亲手上那把尖锐的水果刀。

"画雪！"

他生生撕裂了嗓音。

然后，惨烈的巨大视觉冲击使他晕了过去。

等他醒来的时候，已经躺在了充满消毒水味的医院里。他的父母都守在床边，看他醒来，憔悴的脸上露出了惊喜：“小尘，你都昏迷两天了，总算醒来了，你这样，真是吓坏我们了。”

“画雪呢？”

昏迷前那番血淋淋的画面不可抑制地浮现在他的脑海里，他的手开始止不住地颤抖，挣扎着坐了起来，几乎带着哭腔再次问：“林画雪呢？”

旁边的人都沉默了。

他的目光慢慢地扫过每一个人的表情，心中的最后一丝希望也破灭了，他跌躺在床上，看着苍白的天花板，心如死灰。

那天，他的惊呼惊动了周围的邻居。赶来的邻居报了警，警察在审理的过程中发现这是一起恶劣的骗保行为。林虎彪为了得到高额的理赔金而不惜杀害自己的亲生女儿林画雪，故意杀人骗保的痕迹如此明显，已被捕入狱。

自己最喜欢的女生惨死在自己面前，在司靖尘心上蒙上了不可磨灭的阴影，他变得抑郁寡言，休学在家。心理医生为他治疗一年以后他才愿意走出家门，换校重读高三。

他永远也忘不掉她临死前望向他的那个眼神，悲怆而留恋。他的恨意开始扭曲，如果没有那个叫竺筒的保险代理人，林画雪的父亲就不会生出这种邪念，这场悲剧就不会发生！所以，当他在大学时期听到竺暖这个名字时，他记起她是竺筒的女儿，内心的仇恨疯狂蔓延。他发誓，要让她知道痛失挚爱是怎样的撕心裂肺！

他要把他所承受的加倍还给她!

于是，他约她出来、接近她。过程比他想象中顺利很多，他竟不费吹灰之力就捕获了竺暖受尽宠爱的心。

听完这些，竺暖的脸色像是被漂白脱水之后的花瓣，只剩下毫无生气的底色。看着对面双目泛红的司靖尘，她却想笑。

竟然是这个原因。

这个理由，太可笑。

当年的那场骗保案件中，她的家庭也是直接受害者，现在却被一个间接受害者来讨债。

“尤梦琪在你手机里的备注是念雪，思念画雪。原来，无论是我还是尤梦琪，都只是你这场感情的牺牲品，我被用于报复，她被用于替代。”所以，当她第一次向司靖尘提出分手时，他对着窗外说的那句“没有别人”，是对林画雪说的。告诉他念念不忘的林画雪，他的心里，从来都没有过别人。

竺暖望向夜色中被挡在玻璃窗外的喧嚣，接着说：“当年，我父亲就死亡保险所理赔的范围对林虎彪已经做了详细的解释，保险公司现在都还能查到录音，林虎彪被贪欲迷了心智直接忽略这些条款也不是我父亲所能掌控的。我承认，当年我父亲也有做得不到位的地方，但这件事也让我父亲的职业生涯受到了严重的创伤，几十年在保险行业的努力付诸东流，中年转行又付出了多于常人多数倍的艰辛。这个惩罚相比于他的错误本身来说，也够重了。”

“够重了？”司靖尘挑起眼睛，手指握得嘎吱直响，“如果你能感同身受我的痛苦，就会明白，这些惩罚根本不值一提！”

“你认为你还没有让我感同身受吗？”竺暖的泪一滴一滴地落下来，在手背上砸出一小片一小片的湿意，“司靖尘，这是我最后一次为你哭。

“况且，这件事情真的只是我父亲一个人导致的吗？难道你司靖尘没有责任吗？你发现了她的不幸，你只是一味等待，期望着未来，你从未想过怎么去帮她改变当下的处境。她身边的邻居亲人都没有责任吗？他们眼睁睁地看着林画雪被虐待却并没有去阻止和谴责林父。对于林画雪的遇害，她身边所有的人都有责任，这场悲剧本就不是一个人造成的，你凭什么把这一切都强加给我？”

司靖尘盯着竺暖，紧皱的眉头、起伏的胸膛，无一不在显示着他的愤怒，可他却找不到理由去反驳竺暖。

这些年，他同样恨自己，恨自己当年只是一个未经世事的少年，为什么十七岁的自己如此目光短浅。

竺暖擦干眼泪，接着说：“以往四年，我对你的感情毫无杂质，我甚至想过，无论什么原因使你这样对我都会选择谅解，因为我爱你，所以我无私、包容、付出。可是我没想过，你是在利用我的感情，站在所谓的道德高点谴责我、报复我，你将过错迁怒于我，你以为这样就能证明你对林画雪的深情？你以为这样的你很高尚？你以为你是在爱她吗？不，你只是在发泄自己，你做的这一切是懦弱，是逃避，是自私！”

像是有什么在司靖尘的脑袋里轰然炸开，她说是他的错？她竟然在指责他？

不对！明明是他们燃起事端，明明是他们有错在先！

司靖尘手指攥紧：“我的错用不着你来指责，而你们的罪责也别妄想逃脱！”

竺暖笑得眼中泪雾弥漫，硬生生地把几欲滑落的泪水忍了回去：“你说我错在哪里？错在投胎成了竺简的女儿？还是错在不该对你这么好让你趁机报复？司靖尘，你可不可笑？你这样的行为和疯子有什么区别？如果我是一个睚眦必报的人，或者我是像你一样不可理喻、颠倒是非的人，我一定会扰得你后半生不得安宁！但是——”

竺暖盯着他，一字一字咬牙说出：“我不会再为你浪费任何时间了，你不值得。从今以后，别让我再看见你。”

/ 第六章 /
虚惊一场

竺暖的电话不合时宜地响了起来，接通后，妈妈焦急的声音传了过来：“小暖，你姥姥病危住院了，你快去看看，我现在从西川赶过去！”

病危？竺暖心头一瞬揪紧，姥姥一直跟着舅舅住在本市，上周末她去看望时还好好的，现在怎么突然病危了？

正准备问是哪家医院，却看见对面的司靖尘一腔的怒火无处发泄，伸手欲夺她的手机。争执间，手机掉入果酒，随同玻璃杯一同摔落在地。

竺暖赶紧拿起手机擦拭，屏幕闪了几下便暗了下去，任她再怎么按都没有反应。

竺暖牵挂着姥姥的病情，慌乱急切，抬头又看见司靖尘冷然的脸，终于再也控制不住自己的情绪。

她扔开手机，伸出手指向司靖尘，温柔惯了的人，怒吼起来格外无法遏制：“司靖尘你够了！我一点都不欠你的！你对林画雪心念不忘,你就去找她！不要阴阳相隔留在这里祸害别人！”

说完也顾不上手机和周围异样的目光，竺暖跌撞着跑向餐厅的前台借了电话问清楚医院，匆匆跑进夜色里。

司靖尘蓦然转身，遥遥看着她远去的背影，心中蓬勃的怒气在她转身离开的那一瞬间突然消失得无影无踪。

他眉心微动，俯身，拾起被她落在地上的手机。

司靖尘很难说清自己此刻的心情，是说出这个压在他心头多年的秘密之后的轻松，是莫名其妙的失落，还是自己意想不到的释怀？

但有一点他可以确定，他此刻的心情绝对没有看到竺暖崩溃时他以为自己会有的那种快意。

另一边，医院里。

“幸亏送医院及时，不然后果不敢设想。”在得知老人已经没什么大碍之后，竺母绷直的背脊终于放松了下来，心有余悸地说，“小暖，你离得近，也要经常来看看你姥姥。”

竺暖悬着的一颗心也才放下，她软软地靠在病房外面的座椅上：“等过几天姥姥好一点，我带她做一个全面的体检，有问题早治疗。”

“你自己也做个体检，健康才是最重要的，我听说现在的年轻人都开始养生了。”竺母一本正经。

竺暖不禁莞尔：“妈，你放心，明天我就去买枸杞泡茶。”

竺母一本正经地补充：“再加一味西洋参，省得上火。”

终于，竺暖“扑哧”一下笑了出来：“行了，妈。你火急火燎地赶过来，忙了这么久，先回去休息吧，我在医院看着，晚些回去。”

把妈妈送到电梯里后，竺暖在病房的走廊上瞥见一道熟悉身影。虽然隔得比较远，竺暖还是一眼就辨认出来那人是薛茹玉，她穿着病号服，走路已经和正常人没什么区别，看来差不多快出院了。

竺暖很晚才到家。

刚进门，楚楚就递过来一杯牛奶，竺暖接过窝进了沙发里：“楚楚，明天下班陪我一起去买一部手机吧。”

“你的手机怎么了？”

“今天司靖尘来找我了，我把手机给弄坏了。”

“嗯？”

竺暖淡去眼中面对母亲时生出的笑意，把今天发生的事情给楚楚讲了一遍。

“真是大快人心，竺暖你总算有点志气了。”楚楚侧脸斜睨着她笑，“我可真没想到在我的有生之年还可以等到你想开的这一天。”

“我当时只是气得失去了理智，现在后悔了。”

“你能再没出息一点吗？”楚楚扶额长叹，“我骂司靖尘都已骂到黔驴技穷的地步了，你还是执迷不悟。”

“好吧，我明天去换一部新的手机，换一个新的号码，重新开始我的人生。”

“真的？”楚楚惊讶于她变换如此快的态度。

竺暖低笑，掩饰住眼底的那丝迷雾：“如果换个号码人生就能重新开始，怕是你现在还没断奶吧。”

楚楚摇摇头起身回屋：“没救了。”

竺暖看着楚楚失望的背影，移目望向窗外，降了雾气的夜，漆黑如往。

周末，楼下小餐馆。

“服务员，再加一碗米饭！”

楚楚放下筷子，对着竺暖上上下下打量：“你没得绝症吧，我怎么感觉你最近好像要把一辈子的饭一下吃完。”

“今天公司集体体检，抽了好多血，早上还没有吃饭，现在几乎都快饿晕了。哎呀，这个剁椒鱼头怎么这么辣啊。”竺暖一把夺过楚楚的柠檬水，猛灌几口，“辣得我肠子都快烧断了，胃都快着火了。”

“那你昨天也体检吗？昨天，你自己吃了一碗米粉、半只烤鸡、一杯冰激凌、一份卤肉饭，外加一个蛋糕，半夜还跑楼下吃了一笼灌汤包。胡吃海喝的不会影响你今天体检结果吗？”

竺暖重新埋首于满桌的菜肴中：“先吃好再说，我们公司的一号女魔头今天出院了，明天上班，铁定会对我下毒手，我还得想着怎么接招。”

“真可怜。”楚楚怅然叹息，“天天活在四面楚歌里，我劝你，趁早别干了。”

周一早上，竺暖刚到公司，就听见公司同事围着薛茹玉叽叽喳喳。

薛茹玉端了杯咖啡站在办公室悠闲地喝着，看着竺暖进来，笑着迎上：“小暖，我这些天身体不舒服请假了，你那个企业客户的套期保值方案还没有写完,没有影响到你的工作进程吧？”

竺暖调整好自己的表情，尽量让自己的笑容看起来礼貌自然：“这个套期保值方案不急，您可以慢慢写，把您身体调整好了比什么都重要。”

薛茹玉点点头：“看来你现在自己都可以把客户给搞定了，从刚进公司的倒数第一名混到现在独当一面，真是不容易。你这私底都下了多少功夫啊？晚上可别太累，看你这小脸憔悴的。”

旁边传来低低的笑声，站在薛茹玉身边的几个人都看好戏般地看着竺暖，竺暖只觉得头痛，收敛了笑容绕道走开。

薛茹玉冷笑了一声，也回到了自己的座位上。

下班后，竺暖刚出公司大楼就见顾世弈站在公司楼下一侧，柔和的目光透过来往的人流遥遥锁住她。

她心口滞了一滞，转身走向公交站牌。顾世弈看着她的背影情不自禁地笑了起来，轻扬起的嘴角让他整个人在黄昏的微光下笼罩着一层温柔的光。

正是下班高峰期，公交车上人声嘈杂，顾世弈跟着竺暖上车，坐于她身旁，频频侧首看着她。

竺暖一动不动，定定望向窗外，一副拒之千里的神色。可她的侧颜莫名就使顾世弈心中一片温暖，身边涌动的乘客和沉闷的环境也似乎变得安宁平和，如同这世间就只剩下了他们两个人。

顾世弈再次觉得自己可能是疯了，连被拒绝，都能让他这么愉悦。

前段时间，他一直在忙美国分公司的事。很多天没有见到竺暖，那种漂洋过海的想念，让他每每抬起头看着异国的蓝天，都忍不住地想在下一秒赶紧飞到她的身边看看她，看她有没有重新拾起从前那动人心魄的笑容。

竺暖在医院下了车。

顾世弈皱起眉头拉住她，指间无意识地带上了些焦灼的力度："哪里不舒服？"

"我只是拿体检报告而已。"竺暖无奈，甩开大惊小怪的他，转身走进医院。

顾世弈低头自顾笑了笑，是他草木皆兵了。

竺暖到了体检科，却没有找到她的体检报告。工作人员查了查，对她说："你的体检报告在检验科林医生那里，直接去找他拿吧。"

"好的，谢谢。"竺暖转身走向检验科。

见顾世弈依旧在身旁亦步亦趋，竺暖很是头疼，拿手把他抵开与自己一臂的距离："别跟着我了行吗，有时间就不能去做些别的事情？"

"勤俭节约多做慈善是吗？放心，我都按你说的做了。"

竺暖想起初次见面时她对他说的话，脸色一僵，霎时无语应接。

顾世弈笑："快去拿报告吧，我在这儿等你。"

虽是知道并无作用，竺暖在转身进检验科前还是嘟囔了一句："别在这儿等我。"

顾世弈在灯光下笑得越发透彻，只觉得她负气也可爱，倚着明净的玻璃栏杆目送她进去。

检验科里只有林医生一个人，竺暖敲门进去后又随手把门关好。

得知她的来意，林医生抬起头透过厚厚的眼镜看了她好一会儿。

竺暖被他看得有些忐忑：“我的体检报告有什么问题吗？”

“别的倒没有什么。”林医生缓缓道，“只是我们在给你做 HIV 抗体检测时，发现检测结果是呈阳性的。”

竺暖迟疑了一下：“您在说什么？”他说的每一个字她都听清楚了，也知道 HIV 是什么，可还是无法接受其中的意思，“HIV？阳性？”

“我的意思就是，检测结果显示你已经被艾滋病病毒感染。”

“怎么可能？”竺暖觉得当头一棒，惊慌失措之下浑身止不住地发抖，头脑却还依然清晰地思考着，她一向洁身自好，也不可能是母婴传播……

除非——

“输血会被感染吗？”

她曾经因为一次外伤出血过多，进行过一次输血治疗。

“虽然说概率很小，但也不排除这种情况下被感染的可能。如果献血者本身是处于 HIV 窗口期，是很难检测出来的。”林医生说着看她一眼，“一般情况下我们的 HIV 检测都不会出错，但是这毕竟不是像感冒发烧一样易得易治的小病，我喊你过来也是建议你来重新测试一下，以免误诊。”

竺暖点点头，迫切而恐慌。

林医生为她抽了血，用快速检验法给她做检测。结果很快出来，对竺暖来说却像等待了一个世纪那样漫长，化验单打印出来时她几乎是抢夺着拿起。

可结果却像汹涌而来的黑色巨浪，把她狠狠打入冷寂的深渊。

竺暖绝望地跌坐在椅子上，第二次 HIV 抗体检测结果依然是阳性。她的脑子一片空白，看着窗外渐暗的夜色，甚至想干脆跳下去，就彻底告别了这个世界的不堪。

“现在艾滋病也并不是什么世纪绝症，你现在属于无症状 HIV 感染者，这不影响你保持正常的工作和生活。早发现，早进行抗病毒治疗，延迟发病和改善生活质量还是很有可能的。”

林医生在说什么，竺暖一个字也听不见了。

这个世界好像一下子变得空旷、冰冷、毫无生机。明明生活还有很多梦想等待实现，明明情绪中还有很多悲痛等待消化，可为什么，这一切，都失去了力量，失去了颜色，变得毫无意义。

她本以为生命中最悲伤的事情，也不过是司靖尘给她的打击。可是相比于行走在被全世界遗弃的边缘，司靖尘又算什么！

林医生看着她失魂落魄的样子叹了一口气：“竺小姐，我建议你先回家好好调整一下情绪，关于治疗方案稍后再跟你电话详谈。”

竺暖如行尸走肉般地走出检验室。顾世弈看见她，脸色顿然变换，疾步上前：“怎么了？”

她仿佛是没有听觉、没有视觉，麻木地往前走。

“竺暖？”顾世弈急忙拉住她，“到底怎么了？”

竺暖如同触电一般抽回手，歇斯底里地大喊：“你别碰我！”

化验单如同枯叶般飘落在地上，顾世弈捡起来快速扫过，身形一晃，感觉有什么东西在脑袋里轰然炸开。

下一瞬，他没有任何迟疑地抱住她：“别怕。”

竺暖挣扎，他却越拥越紧。

顾世弈的怀抱很温暖,就像是这个世界给她的最后一点温度。

触着他和暖的体温，竺暖终于停止反抗，却哭得声嘶力竭：“我到底做错了什么？”

她做错了什么？她甚至什么都没做过啊。

顾世弈五脏六腑都似被撕碎，她的眼泪、她的崩溃，像是一把把尖锐的刀直直刺入他骨髓。他吻过她脸上的泪水，不断地安抚她：“一切都有我在，别怕，不会有事。”

哭过的竺暖陷入一种特别安静的状态，任由他抱着，不反抗，不说话，平静得就像是无澜的湖水，可她的眼睛却如死灰一样，没有一点光彩。

顾世弈把她带回了家，她就那样安静地坐在沙发上，空洞的表情有种失了灵魂般的透明。他拿来毛巾轻柔地擦干净她脸上的泪痕，用手指梳理好她微乱的长发。

顾世弈屈膝半蹲在她的身旁，给她换上柔软轻巧的拖鞋，温和地看着她：“乖，坐在这儿别动，我去给你倒杯水，马上就来。”

顾世弈端着杯子过来时却见沙发上空无一人。

“竺暖？”顾世弈猛然环顾四周寻觅。

Lime 不知道从哪里蹿了出来，他差点儿踩着它，凌乱中不小心把水洒了一地。

顾不上 Lime，顾世弈冲进了卧室，没有人，又冲进了客房，也没有人。

他骤然心头缩紧，生出一丝恐惧。

直到他冲进书房，看见那一抹坐在阳台地上的纤瘦身影，悬着的一颗心才落了下来。

顾世弈深深地调整了一下呼吸，慢慢在她身边坐下，月白色的地毯在深秋的夜晚显得格外温和柔软。

他顺着竺暖的目光，抬头向天空望去。北临很少会有这么美的夜空，星河璀璨，空气清明。

“夜空好看吗？”

竺暖沉默了半天，带着空洞的声音才慢慢响起：“没有意义了。”

从今以后，她会被人避如蛇蝎，再没有了追逐梦想的机会，甚至不知道什么时候突然死去。

顾世弈突觉自己的人生从未如此痛过，如同有人用一张网，紧紧地勒住他的心脏，越勒越紧，直至紧紧地绞住，让他痛不可抑。

他扳过竺暖的肩膀，不动声色地将她带离阳台边，认真地看着她：“我不允许你说这样的话。你的生命不是你一个人的，你的一呼一吸都牵动着所有关爱你的人，牵动着你的父母，也牵动着我。相信我，不要怕，一切都会好起来的。”

竺暖的泪又涌出，滑过脸颊，滴落到地毯里消失不见。

“你不怕我吗？”

他把她抱入怀里，声音如同温柔的耳语，和煦缓慢：“如果有些事情是我们无法改变的，那就接受。只要内心明澈，精神力量会改变很多事情。在我心中你永远是最好的，小暖，我陪你一起面对。”

星光透过落地窗柔柔地落在他们身上，映得竺暖肤色皎洁，加上过度湿润的眼睛，让她如浴雨而绽的莲花，越发惹人心疼。

“可是我做不到。”竺暖说，“我做不到淡然地面对别人的眼光，做不到去像往常一样面对生活。”

“别人不会知道，医院会保密，我会一直护着你。”顾世弈微笑，声音中有种让人不自觉地去信任和依赖的力量，“明天我陪你去请假，然后我带你去见一个医生。现在科技如此发达，一定会有办法的。”

竺暖抬起头看着他，他眼中的温暖直入人心，使她心中翻出无以名状的情绪。

竟然是他，在她最无助的时候给了她最坚实的依靠。

她上次看见的那只布偶猫不知道什么时候也进来了，形影不离地围着她转，明亮的眼睛湛蓝如海水，温柔得让她心安。

竺暖是在诱人的香气中被喊醒的，一睁眼满屋明媚的阳光，床边还放有诱人的早餐。顾世弈把她的外套递了过来：“小懒虫，再不起来可就要迟到了。”

这温馨的一切，让竺暖在睁眼的一瞬间觉得生活尚且美好。可是当她想起昨天的体检单，还没来得及展开的笑容就散落在了嘴角。

顾世弈轻柔地替她梳理头发：“你昨天可是答应我了，要坚强积极地面对。一会儿吃完早饭我送你去公司，乖乖地去请假。”

到公司楼下的时候，顾世弈停好车，准备跟竺暖一起上去，却被竺暖拦住：“我自己去吧。”

她并不想让别人看出太多异样。

“也好。”他语调轻柔，“我在这儿等你，有事打我电话。”

刚到公司，前台就远远地把竺暖喊住，迅速扫她一眼，低下头去：“竺暖，白总让你去他办公室一趟。”

竺暖环视了一下周围，大家看她的眼神似乎都有些闪躲。

她内心一沉，走到总经理办公室门口，缓缓敲开。

“你就在门口站着听我说就行了，别进来。”一看是她，白总赶忙伸出手掌示意她止步。

竺暖呆愣地看着白总那张冰冷中带着厌恶的脸，脚下一滞，停在门边。

白总好像还嫌离得不够远，把椅子往后挪了一下，阴鸷的眼神扫过她：“你的体检结果我们都已经知道了，赶快去办离职吧，否则别怪公司不给你面子。”

薛茹玉端着杯子悠悠地走过来，她完全没深入去想之前腿断住院的原因，只当是一场意外，依旧肆无忌惮地欺辱着竺暖，声音大得整个营业部都能听见：“真是自作孽不可活啊，以后可要记得多积点儿德，少祸害几个人。”

“你在说什么？”竺暖又惊又怒，内心的恐惧让她连说话都有些颤抖。

“还在装，你别以为我们都不知道，你都已经得了艾滋病还在这儿装什么清纯！”

竺暖如同被闪电劈中了一样，站在那里无法动弹。她不可思议地看着薛茹玉，动了动嘴角，却什么都说不出来。

薛茹玉冷笑着拍了拍竺暖的脸：“你看，你这么漂亮，工作做得这么好，可是现在有什么用呢？这么不洁身自好，把自己的人生都给毁了，真是活该！”说完，她狠狠地推了竺暖一把，使竺暖身子一斜，正好碰到路过的戚雨身上。

“啊！”戚雨瞬间尖叫了起来，像是碰到了什么让她恶心的脏东西，飞快地向旁边闪去，使劲地拍着身上被竺暖碰过的地方。

竺暖失去了支撑，重重地摔倒在地上，落地的瞬间她的头碰到了戚雨的高跟鞋，额头一片红肿。

薛茹玉快意地笑起来：“竺暖，你看，大家都当你是怪物呢，你这以后可要怎么活啊？”

白总闻声从办公室里走出来，看着面前的一堆混乱，无奈地摆摆手：“竺暖，你赶快走吧，你的东西到时候我们会安排快递公司寄到你家里去。”

竺暖脑袋里像是被焚烧过的荒丛，一片漆黑杂乱，身体的疼仿佛都不是疼了。她狼狈地摔躺在地上，连头都不敢抬起来，身边有几十道目光落在她身上，有鄙夷的、嫌弃的、厌恶的、看笑话的……

她甚至都不敢奢望旁边会有人用同情的目光看她，没有一个人愿意上来扶她。那些平日里一起互相鼓励、一起庆祝、一起学习的同事，已经把她彻底地从生活中剔除了。

她还以为她的病情可以瞒天过海，她还妄想过正常人的生活。现在，她的人生已是全盘皆输。

竺暖低着头支起胳膊，刚才磕到的太阳穴突然锐痛了一下，让她胳膊一软，又跌了下去。

薛茹玉鄙夷地笑了起来：“怎么，还在装娇弱啊？现在可没人敢来怜香惜玉了。”

“闭嘴！”

雷霆欲裂的声音霎时震慑全场，顾世弈快速走到竺暖身边，俯身将她拦腰抱起。久等不见她下楼，他不放心上来看看，却看到了这一番让他怒不可遏的画面。

他直起身来，眼眸深处掠出极致寒色，缓缓扫视了全场，与生俱来的凌厉在此刻淋漓尽致地展露。

整个营业部瞬间鸦雀无声，无人敢在他的目光下出声，就连白总也感觉自己明显地瑟缩了一下。

顾世弈未再说一个字，却压迫得所有人呼吸困难。薛茹玉刚才的气焰在此刻消失殆尽，端着杯子不自觉地向后躲了躲。

直到顾世弈抱着竺暖离开，办公室里被凝结的空气才开始缓缓流动，大家擦了擦额头的冷汗，带着心中的余震各自回位。

顾世弈把竺暖轻柔地放到车上，眼中满是歉意与心疼：“我应该陪你上去的。”

竺暖摇了摇头，看向车外，外面依然是阳光绚烂，可对于她却只剩一片模糊的刺白。

现在尽人皆知，连最后一点希望都破灭了。

顾世弈握着方向盘，略微思索了一下，启动车子：“我们换家医院，重新检查。”

一般医院的常规体检中并没有检测 HIV 病毒这一项，如此敏感的病医院都会为病人做好保密。而竺暖公司却莫名其妙地检查这一项，检查结果又被传得尽人皆知，这一切都不合常理。

到达北临市第一医院时，特助林泽已经安排好一切，顾世弈直接带着竺暖去抽血。

“没有用的。”抽完血，竺暖坐在一旁木然地说。

昨天在林医生那儿已经复查了一遍，再查也只是让真相更加伤人。

顾世弈牵起她的手：“我给你讲个故事吧。

“我的父母最初关系并不是特别好，商业联姻。两个人在很长一段时间里，只能维持着表面上的相敬如宾，实际私下暗潮涌动，各怀心思。偶然一次，两人坐游轮出海，却碰上极端天气，轮船被狂风暴雨掀翻，我父亲拼命把我母亲推上救生艇，自己却被海浪卷走。”

竺暖不禁惊讶：“怎么跟电影一样？”

“没错，当时他们上演了泰坦尼克号式离别。亲眼看着海浪把自己的丈夫卷走，我的母亲以为这就是生死诀别。没想到，我父亲抱着一棵浮木在海上漂流，最后竟然得救。经历生死别离后，他们二人僵化的感情迅速升温。”

“所以，”顾世弈笑着看着她，“人生处处会有意外的反转。”

从他掌心传来的暖意不知不觉间安抚了她，竺暖思索着正想说些什么，顾世弈的手机却在此刻响起。他看了一下来电，接通后，眼角的笑容更盛。等他挂了电话，眼眸已经亮如辰星，凝视着她：“物极而必反，这么多巧合发生在你身上，就一定不是巧合。”

正说着，这边的检查结果已经打印出来，顾世弈接过，递给她：“打开看看。”

竺暖手心渗满了汗珠，她拿着化验单，迟迟不敢看，她害怕刚建立起来的那一点点希望又在残忍的现实下灰飞烟灭。

顾世弈握住她颤抖着的双手，温暖入心的声音在她耳边响起：“我们已经经历过最坏的了，一定会否极泰来。”

说完，他轻握着她的手，一同打开化验单。

在看到化验结果的那一瞬间，竺暖顿时觉得全身的力气都被抽空了，任何言语都无法表达她内心的那种狂喜，那种死而复生的感觉，像狂风暴雨中突然迸发出的强烈阳光，让她身上每一个细胞顿时都鲜活了起来。

化验单上清晰地写着：HIV 抗体检测，阴性。

心脏就像是干涸的湖水中突然涌入清泉，激荡起的浪花在阳光蓝天下碰撞出耀眼夺目的水珠。

突然发现，人生中最美好的事情不止有感情圆满、相惜到老、雪中送炭，还有，虚惊一场啊！

“你终于笑了。”顾世弈修长的手指怜爱地穿过她的长发，她的笑容在泪水中暖心清透。

是啊，她终于笑了，她是多久没有如此开心地笑了，工作的不顺、感情的伤害一点点地抹去她笑容中最真实的部分，但是这些，在生命面前真的是微不足道。

竺暖转身抱住顾世弈的脖子在他怀里又哭又笑，释放着她溢于言表的欢喜。她这样突然靠近，让顾世弈恍然，原来时光可以如此美好。

等竺暖情绪微稳，才发觉自己竟对他做着如此亲密的动作，脸瞬间红如珊瑚，赶忙从他身上下来。

竺暖含羞地躲开他的目光，半晌才抬头，双目盈动地说出一句话：“我想换家医院，再检查一遍。”

顾世弈笑：“好。”

他又带她去了两家医院。

从第三家医院出来的时候，竺暖的心彻底放了下来。初冬的阳光照在她身上，把她从心而发的喜悦笑容映衬得格外生动，每一个动作都像是被时间放慢了的愉悦镜头。

她侧着头看他：“昨天看到那种检查结果时，你有没有像他们一样，觉得是我不洁身自好？”

顾世弈收回沉浸在她笑容中的自己，前所未有的严肃：“从来没有。”

竺暖心中有一瞬间荡漾出无法言说的感动。

下一秒，她与他不约而同地一起望向对方，同时开口：“饿了吗？我请你吃饭。”

顾世弈微怔，笑颜柔和展开，应下这出其不意的默契：“好。”

她微红着脸收回目光，稳了稳心绪：“先去超市。我感觉自己这辈子心情都没这么好过，去我家，我要亲自下厨给你们做大餐。”

顾世弈有些错愕：“你之前躲我还来不及，现在舍得让我与你一起回家？”

竺暖望着他笑：“现在我确定你是好人了。”

“那你确定要做我女朋友了吗？”

“我现在撵你走算不算是‘过河拆桥’啊？”

“不算吧，因为我也是‘趁火打劫’……”

待竺暖携着顾世弈从超市回家，楚楚打开门的那一瞬间，以为自己在做梦。

平时冷然倨傲被竺暖拒之千里的顾世弈，此刻竟然满面笑容地拎着一堆海鲜鸡蛋大白菜，和同样笑容满面的竺暖并肩站在门口。

这一点都不和谐！

第七章

生命的新方向

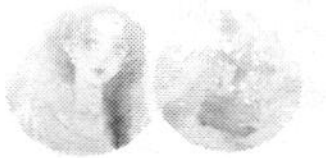

楚楚拍了拍脑袋，摇了摇头，自言自语道：“天啊，我这梦做得也太离谱了。”

说完，她拉起门准备重新关上。

“楚楚？”竺暖迅速地抵上门，重新把门推开，“你大白天的还没醒呢？赶快把悠悠、熙乐、苏一凡、萧雨全叫过来，今天我要请你们所有人吃饭。”

“啊？”楚楚目瞪口呆，真的不是在做梦啊？

厨房里的灯光呈现出温暖的浅黄色，竺暖有条不紊地把各式蔬菜洗干净、分类，修长凝白的手沾上的水滴，在温馨的光线下泛着珍珠般的光泽。

顾世弈微笑着站在一旁，仿佛知道竺暖下一步需要用什么，总能准确无误地把她需要的东西递过去，两个人配合得天衣无缝。

一票人齐刷刷地站在厨房门口。

楚楚目不转睛地看着他们："我有种惊魂未定的感觉。"

萧雨瞥了她一眼："如果哪天你能站在厨房里做饭我才是惊魂未定呢。"

王熙乐无比兴奋："终于又能尝到竺暖的手艺了。大二那年暑假我们一起去西川玩，竺暖的一桌菜真是惊爆我的味蕾，让人终生难忘啊。"

苏一凡不服气："有我的手艺好吗？"

程悠悠看了看厨房，又看了一眼身侧的两对情侣，叹了一口气："看来我今天注定要用尽自己的光和热，来当一只如皓月当空般的电灯泡了。"

吃饭的气氛前所未有的热烈和谐，竺暖给每个人都夹了一个红烧鸡腿，诱人的色泽让等待已久的王熙乐迫不及待地大快朵颐。

"要不要这么好吃啊，竺暖我确定以后你不做期货了也不会饿死。"

楚楚看向竺暖，看见竺暖和顾世弈相视一笑，她轻咳一声："你俩什么情况？怎么我一天没见你，事情都已经发展到无法逆转的地步了？"

竺暖的脸瞬间红了起来："不是你想的那样，我在公司被同事欺负，他帮我解了围，就顺其自然地请你们一起来家里吃饭了。"

"你又被欺负了？竺暖，你能不能活得有出息点儿啊。"楚楚抚额长叹，"明天上班我跟你一起去公司，看看到底是谁天天这么不知天高地厚。"

顾世弈放下手中的白瓷小勺，笑道："明天一起？"

“我都离职了，你们还去干什么？”竺暖无奈。

“楚楚不是说了，看看到底是谁这么不知天高地厚。”

竺暖单纯大度不愿深究，而他顾世弈却是一定要锱铢必较的。

饭后，楚楚邀请着一行人去萧雨新开的国画店逛逛。

萧雨的店铺立于热闹的商业街一隅，简单的古风装修，纯白四壁挂满了水墨画，室内一侧静摆一株墨兰，翡翠般的叶拥着夺目窈窕的花，香气醇幽，风韵优雅，为整个素净的铺子添了点睛一笔。

萧雨走至梨木桌前站定，展开画纸，寥寥几笔，便勾勒出传神动人的小桥流水。线、墨、色交相辉映，气韵生动。

饶是见过不少名家画作的顾世弈也不禁被吸引，竺暖的崇拜之情更是溢于言表：“真是没想到身边还有你这等藏龙卧虎的人物！”

“班门弄斧。”曾获得过全国书法大赛一等奖的楚楚撇撇嘴，挤开萧雨，执笔启书：

江南无所有，聊寄一枝春。

楚楚行云流水的小楷跃于画旁，诗画相融，使整个作品更令人惊叹。

“你说我这好好一幅画。”萧雨似无限可惜，“你这字真是，大煞风景……”

楚楚一个眼神瞥过去，萧雨瞬间投降：“没有你给我的画题词，我的画无论如何都是卖不掉的。”

竺暖在一旁笑得腰都直不起来。

从国画店出来后，顾世弈陪着竺暖散步回家。

浓烈的梅香混合着远处路灯柔暖的光线一同袭来，让竺暖的脑袋稍微有些混乱。感觉有很多话想对他说，却又像在这一瞬间失去了整合语言的能力，她最终只说出：“这两天……谢谢你。”

顾世弈望着她：“不要对我说谢谢。”

因为这些都是他能够接近她的理由。

微凉的空气被街边热闹来往的人群染上了些暖意。这一刻悠闲的时光，这身边无比靠近的人，在竺暖的心中晕开了层层的涟漪。

她抬起头，第一次仔细地看这个她认为永远不可能有交集的男人。在微暗的光线里，他的容貌却一直都如同那最夺目的钻石，只是捕捉到哪怕一丝的光线，也能折射出万丈光芒。

竺暖不禁看得有些怔了。

等她自己意识到的时候，顾世弈已是笑意蔓延，她的脸色瞬间转为绯红，赶忙岔开话题：“吃饭的时候你说明天还要去我公司？”

“不想知道是谁在背后诬陷你？”

“诬陷我？不是因为快速检测容易导致假阳性吗？”

顾世弈无奈淡笑：“哪有这么巧合的事。”

竺暖愣了一愣，把事情细致回想了一遍，渐渐恍悟，眉目愤然：“真想回去把化验单摔到他们脸上！”

“那好，明天我就带你去把化验单摔到他们的脸上。”

温柔的声音让她再次失了神，他的声音仿佛有种抚慰人心的力量，在他亮如辰星的眸光下，竺暖恍觉自己被置于最柔和的云端。

而他们之间那层透明的隔膜，仿佛也在此刻渐渐地消融殆尽。

顾世弈一点一点地扬起嘴角：“竺暖，我喜欢你用这种眼神看我。”

“啊？”竺暖的脸霎时红得更加通透，转身就跑，几乎可以用“落荒而逃”来形容。

顾世弈嘴角噙笑，看着她离开的方向，独自一人站了良久才离开。

到家之后，他站在落地窗前俯看着万家灯火，有微薄的星光落在他身上，轻柔地勾勒着他的轮廓和他嘴角的笑容。

他很开心，从未像今天这样欢喜过。

Lime也绕了过来，拖着蓬松漂亮的尾巴在他身边蹭啊蹭，分享着主人的欣喜。

竺暖洗完澡回到卧室，拿起手机，却发现小莜和梁博给她打了好几个电话。正犹豫着要不要回过去，就见小莜的微信发了过来：

“小暖，今天我和梁博出去外拓了，刚回公司。听说了一些事情，你还好吗？你在哪里？不要怕，我俩现在去找你。”

一瞬间，竺暖的泪几乎又要落下来。

纵使这世界纷扰惑人，能寻得些许好友与你真心相待，亦足够。

城市一角，灯光迷离的酒店里，燥热的空气几乎快要被暧昧的气息点燃。

薛茹玉挑起眼睛，看着坐在床边的林医生，如丝的媚眼让只着睡衣、头发微湿的她显得更加娇媚。

林医生搂着薛茹玉躺在床上，双手还意犹未尽地在她身上抚来抚去。他看着怀里娇媚万千的女人，突然觉得自己整个身体都活过来了。

其实用 HIV 快速检测法，本来就有一定的假阳性率，就算竺暖以后发现来找他对峙，他也有充足的理由。

“茹玉，你这陷害别人有艾滋病的事，我可是冒着极大的风险帮你办的，你得好好回报我啊。”

薛茹玉翻了个身，手指挑起林医生的下巴，想起今天早上在办公室里竺暖被所有人践踏的凄惨样，不禁快意万分。

“我当然会好好感谢你。”

她就是要击得竺暖一蹶不振，再无翻身的可能。

即便是以后竺暖再去别的医院检查，发现这些是子虚乌有，但谣言可畏，捕风捉影的人那么多，期货的圈子又是那么小，有些东西一旦植入人心，怕是再难洗掉。

这样，竺暖在这行便再无立足之地。

第二天，早上的天空素白而清亮，落下了冬日的第一场雪，雪下得并不大，一片片在空中缓缓地随风轻飘，如撒下的银粉般细碎晶莹。

楚楚下楼上班时，顾世弈已立于楼下等待，他见她，问：“小暖还没起来吧？”

楚楚耸耸肩：“失了业的竺暖正身心都倍感轻松地趴在她那棉花糖般的被子上，睡得天昏地暗呢。”

顾世弈嘴角微微扬起：“一会儿我带小暖去她公司，一起去？”

楚楚笑：“我就不去凑热闹了。你都去了，难道还会有什么解决不了的问题？”

顾世弈点了点头，复而抬首看向窗子。

楚楚转身回头看了看雪花中隽拔的身影，眼神变换，与顾世弈相恋，不知对于竺暖来说是福是祸。

雪越下越大，很快，整个世界便如粉妆玉砌一样。

竺暖下来时一眼就看见皓然一色中的顾世弈，恍惚间觉得在如轻雾般的雪花中，有光芒从他身上迸出。她站在咫尺之外望着他，长发在风中微扬，这一刻，好像时间都凝固住了，只有快把心融化的温暖阵阵传来。

顾世弈走过来拉住她，掌心传来的温度才让她从游离中回过神。

竺暖连忙仓皇地抽回手，压制着自己紊乱的心跳：“你到了怎么不给我打个电话？”

顾世弈眼神清亮，拂去她发际的落雪，柔声道：“赶快上车，外面冷。”

仿佛是被蛊惑了一样，竺暖在上车之后才意识到自己是下楼吃早饭的。懊恼着正要下车，车门的把手却被一只骨指分明的手按住，醇香的牛奶和吐司递到了她面前：“饿了吧？”

竺暖抬起头看着他，他们什么时候这么亲密了？

他的呼吸正落在她的脸颊，他的笑容直抵心脏。

顾世弈在她唇边落下一个很轻的吻：“快吃吧，别凉了。”

相比于车内的和风温情，新科期货营业部却是一片愁云惨淡。

白总满脸阴沉地站在办公室里，无法抑制住自己的惊愕与不安。早上一来，交易岗的戚雨就慌乱地来报告说公司所有的大客户都把资金转走了。这是什么概念，就如同一个鲜活的生命被突然抽去了所有的血液。

市场部里也一片愁云惨淡，他们所有的大客户都打来电话说要销户，他们赖以生存好不容易才开发下来的高净值客户全部要和他们断绝关系，这好比在战争最紧要的关头突然被切断枪药弹粮！

研发团队那边也好不到哪儿去，唇亡齿寒，客户都没了，要他们研发团队作秀给谁看？

混乱无边的营业部，却在顾世弈与竺暖走入时顷刻安静。

他拉着她直入会议室，声音冷冽却不容反抗：“都来会议室。”

大家面面相觑站立原地，直到心中余震渐缓，才有几人带头迈开步子。渐渐地，大家陆续走进会议室，顾世弈占据了白总的位置，让白总只能尴尬地站于一旁，进也不是，退也不能。

他扬起冰瞳掠过白总：“去把投影仪打开。”

“我？”一向惯于在营业部发号施令的白总面露难堪，骑虎难下。

“去！”顾世弈啪地把手边文件拍在桌子上，极为不耐烦。

白总明显地感觉自己的身体瑟缩了一下，还未说出的话如鱼刺般哽在喉咙，再不敢反驳。

投影仪打开后，顾世弈把 U 盘插入，点开一个视频。

视频的画面一出，就让新科期货的所有人惊了一惊。平日里衣着讲究、貌似端庄的薛茹玉在视频中不断地卖弄风骚，在各式纸醉金迷的夜店里，她衣着露骨地与不同男人调情拼酒、劲舞热吻，甚至还有她和各色男人亲密搂抱着出入酒店的画面。

“视频里面的人不是我！”投影仪的电源被薛茹玉慌乱地

拔掉，往日的高傲此刻全然被惊慌失措代替。

大家齐刷刷地扭过头看向她，屋里静悄悄的，仿佛在嘲弄她的欲盖弥彰。

顾世弈拿出几张化验单，往前轻推，滑至薛茹玉面前，他似笑非笑：“为什么我们换了三家医院检查都是未被感染？”

不为人知的一面被曝光了之后，薛茹玉在所有人异样的眼光中恼羞成怒，把面前扔过来的纸张当成了发泄的对象，撕了个粉碎，声音都在颤抖：“我怎么可能知道？”

顾世弈嘴角讥讽，点开一个音频，里面有对话传出：

“茹玉，你这陷害别人有艾滋病的事，我可是冒着极大的风险帮你办的，你得好好回报我啊。”

“你帮我解决了我的心头大恨，我当然会好好地感谢你。”

“你污蔑我！”薛茹玉冲上去合住电脑，歇斯底里，“这根本不关我的事！说话的人不是我！”

顾世弈冷眸淡淡扫过她：“需要我把视频调出来吗？”

薛茹玉的面色刹那间变成了土灰色，她惊愕地看着他，慢慢地，眼睛里充满了恐慌，颤抖着一句话都说不出来。

这下会议室里彻底炸开了锅。

戚雨跑过来拉拉竺暖的衣角，像个做错了事的孩子：“竺暖，对不起，之前我们都误会你了。”

竺暖看着戚雨，分辨不出她的道歉是真心实意还是审时度势。

竺暖突然明白，其实很多她以为的纯友谊，如同表面光鲜偷工减料建出来的房子，雨大一点、雷响一点，就会全盘坍塌。

于是，竺暖风轻云淡地笑了笑：“没关系。”

顾世弈把目光移向站在旁边脸色铁青的白总：“如你猜想，

你们所有的客户都是我移走的。”

白总的眼中满是焦心和疲惫，从顾世弈拉着竺暖走进营业部的那一瞬间，他就预感此次公司的重创跟对方一定有关系。平日里梳得一丝不苟的头发也乱了几分，他低下身子恳求：“顾总，这件事是我们做错了，我会立刻把薛茹玉和冒犯过竺暖的人予以开除处理。至于竺暖，我们将无条件返聘并升职加薪。您看，这样可以吗？那些销户的客户，您再考虑考虑……这真是我们营业部的命脉啊！”

办公室里静悄悄的，大家都屏住呼吸紧张地看着顾世弈，他却轻缓地笑了，语气讽刺:“你是觉得，我还会留她在这里工作？”他的眼神复而转冷，“我这人天生狭隘，见不得身边人受一丁点儿委屈。谁欺负她，势必要把对方报复到山穷水尽。”

终于，大家再沉不住气了，把愤怒和焦急全部发泄在薛茹玉身上，使她一下子成了众矢之的：

“薛茹玉，我们怎么会有你这样的同事！都是你害了我们！”

“你怎么还有脸待在这里！”

“真是害群之马！”

顾世弈眸光淡然地看着面前的混乱，如同在欣赏一场精彩绝伦的表演。等到大家把火气都撒得差不多了，顾世弈才悠然对白总说：“不要这么急着开除薛茹玉，留她跟你惺惺相惜也好。”

白总一惊：“什么意思？”

顾世弈缓缓扫过在场所有人：“如果新科期货有谁想去顾氏集团旗下的金融公司，在这边办完离职手续，随时欢迎你们来报到。”

说完，他便起身，牵起竺暖离开这凌乱之地。

会议室里的所有员工都呆愣地望着他的背影，甚至错觉有光芒从他身上迸发出。

当然，除了气急败坏的白总和在刚才的群愤中落得一身狼狈的薛茹玉。

全场静止数秒，突然迸发出一阵雀跃的欢呼。这算是因祸得福吗？顾氏投资可是所有金融从业人员的终极梦想啊！平台好、待遇好，多少人为了这个目标奋斗，眼下顾世弈肯开通行证，他们这是被幸运星砸中了吗？

“天哪，我是在做梦吗？”小莜拍拍旁边的梁博，“掐我一下。”

梁博却完全不理会她，只顾着抒发自己热泪盈眶的欣喜:“我终于看见我买房娶媳妇的希望了，竺暖简直是我的天使啊——”

“大家静一静！”白总拍着桌子，却没有人再去理会他。

加大分贝的声音被淹没在一片喜悦的议论声中，没有人再畏惧这个平日里充满威信的领导，大家都渐渐地从会议室里散去，回到自己的工位上写辞职报告或者开始收拾自己的东西。

会议室里一片死寂，从未如此挫败过的白总狂躁地抓着头发，眼角却瞥见一旁灰头土脸的薛茹玉，顿时火气大盛：“我这辈子都毁在你这个脏东西手上了！”

薛茹玉被包围在一片慌乱羞耻之中，伴着大厅里时不时投过来奚落看热闹的目光，泪水唰唰滚下。

从公司出来已是午时，天空放晴，有浅金色的阳光镶嵌在薄薄的落雪中。竺暖抬起头望向纯透的天空，心如明镜，嘴角展露一抹释然的笑容。最近经历了这么多，才体会到，只要活着，便是希望。

向前看，才是生命的唯一方向。

再见，过去；再见，新科；再见，司靖尘。从此刻起，便是新生。

回过头，竺暖看见顾世弈正凝视着她，他静默无声地等她不期然的回眸与他的目光相撞。而在他眼底深处望不到的尽头，深浅交织着某种不确定的情绪。

顾世弈不确定，在他帮她解决完了困惑，他再无理由靠近时，两个人的关系会不会又被她打回原点。

仿若与刚才凌厉自信的他判若两人，此刻的顾世弈站在风中，被积雪染的微凉面容透着冰雕般孤清的光。

竺暖看着他的神情，不由得心中刺痛。

一直以来，她都在害怕失去，害怕那种失去以后食不知味、夜夜惊醒的生活，害怕再一次体会那种被困在黑暗的牢笼中怎么都找不到出口的绝望。一直不愿改变，一直抵触新的美好。

可此刻，她想她应该勇敢一点。

雪面干净轻软，她留下一个又一个的脚印，来到他面前，仰起仿若带着皎白微光的脸：“天壤之别一直是阻挡我走向你的借口，但我不得不承认：是你，带我走出了过去的困境，让我——又有了心动的感觉。”

这话仿佛有电流，一下子击中了他。

顾世弈站于原地，依然凝望着她，脑中飞速运转，逐渐理解了竺暖的言外之意，幽瞳深处渐生笑意。

他忽而伸手，紧紧地把她揽入心口，清隽容颜一点一点地透出如钻石般璀璨的光——

“竺暖，我一定不会放开手。”

他再不愿今生的路上没有她。

初雪在连日的晴朗中已完全消融，冬日的清晨，浮云缱绻，在金色的阳光里渐生暖意。

这一年的冬日，竺暖终于拥有了自己的暖意。

司靖尘自己创建的一搏投资业务量越来越多，他忙完一天回到家时已是日落黄昏后，一出电梯，便见尤梦琪坐在电梯旁的楼梯上，抬首略微忐忑地看着他。

“怎么了？”他眉头微皱。

“你昨天送我回去的时候，说中午接我一起吃饭。”可她等了一中午也没等到，电话也没打通。

“哦。”他忘了，最近总是走神。

司靖尘有些恍惚地看着面前的尤梦琪，她今天没化妆，眼中闪着楚楚可怜的光，那么清素、柔弱，越发像记忆中的画雪。

他伸手把她拉起，声音柔软了下来:“想吃什么，我带你去。”

鲜美的大闸蟹、手绘蕾丝曲奇、三杯鱿鱼、意大利蔬菜浓汤，精致可口的菜品摆了一桌，却提不起他半点儿食欲。

他忆起和竺暖在一起的时候，无论吃饭还是出去玩几乎都是AA制，她坚决不同意无论什么都是他一概付款的行径。他对生活的细节要求近乎苛刻，不愿在学校食堂里吃饭，每顿都在校外商场的餐厅吃，相对昂贵的菜价让竺暖一般到月中就把一个月的生活费花完了。为了陪他，她便利用周末时间做各种兼职，发传单、当服务员、卖场促销、家教，这样才能勉强跟上他的消费水平。

“靖尘，你今天有点心不在焉啊。”尤梦琪夹起一块鹅肝放到他碗里，“你尝尝，很好吃。”

司靖尘把目光移到尤梦琪的脸上，突然想，如果是林画雪，她会这样骄奢会这样只知道一味索取吗？

尤梦琪她并不知道什么是真正的爱情吧，她要的，是物质，是宠溺，是得到，却吝啬付出。

他应该是再也找不到花几百块买一条手链，都能让她高兴很久的女孩子了；再也找不到愿意和他 AA 不求物质的女孩子了；再也找不到对他一心一意愿意把所有好的东西都留给他的女孩子了。

或许他同样，也不明白什么才是真正的爱情。

他甚至比尤梦琪更加荒谬。

怀有目的接近竺暖，却发现对她的感情逐渐失控。

明明是满腔恨意，明明对她铁石心肠，却一点一点地全都消融于她的微笑中。

大一的寒假，尤梦琪给他打电话被竺暖撞见时，那句“没有别人”，是说给他自己听的，他一遍又一遍强烈地给自己灌输着，除了画雪不会爱上任何人。

可他一次又一次地打破自己的底线，一次又一次地忍不住沉溺于竺暖的美好里。

那些情难自禁让他无数遍地挣扎与恐惧，让他每分每刻都在告诫自己，不能再这样沉溺下去，他必须远离。

尤梦琪跟他提出复合的时候，他毫不犹豫地答应，终于他远离竺暖，终于他把在心底压抑多年的恨意全数抛出。

可他真的，满意了吗？

突然心很空。

饭后到家，司靖尘一个人坐在书房里。没有开灯，只有电脑屏幕闪着淡淡白光，他从桌子里拿出竺暖的手机，上次他们见面被他弄坏的那部手机。

她的手机其实已经没有任何修理的价值了，大部分零件需要换掉。

司靖尘连他自己都不知道,为什么他一定要坚持把它给修好。盯着锁屏密码看了一会儿，尝试了一下把自己的生日输入，手机屏幕转换，竟然开了。

她的手机屏保是他们的合照。照片中，竺暖依着他在阳光下笑，开心的笑容好像闪着光。

他们在一起的时候因为他的抗拒很少拍合照，那时竺暖手机的像素还很低，拍出的照片放在现在的大屏手机上呈现着一种带着年代感的模糊，可是她那从心而发的笑容，像是带着永不褪色的光，毫无保留地昭显得她的开心与幸福。

司靖尘盯着竺暖的笑容看了很久，内心涌现出一种很复杂的情绪。是的，他做到了，他的目标达到了，他报复了，他践踏毁灭了她纯净真挚的感情，他让她从一个有着美好笑容的女孩变成了那般苍白悲伤的模样。可是，他开心了吗？他快意了吗？

他打开他们之间的短信栏，他在她手机里的备注是司小尘大人，竟然还没有变。更让他惊讶的是，她的手机里还保存着他们的所有短信，从他在她刚上大学时给她发的第一条短信，到最后一条那个不负责任的分手短信，她都还一条不漏地保留着。

这些短信中大部分都是竺暖给他发的，她一看到什么好玩的笑话或者身边发生了什么有意思的事情,都会在第一时间发给他，而他却吝啬回复。

从一开始冷然相对，到后来耽误她的学业，禁锢她的发展，破坏她的求职。

他对竺暖的残忍，她全部知晓，却平静笑纳。

忽而忆起那晚，那一抹玉色的背影，消瘦伶仃，在模糊的灯色里，仓皇离去。

客厅里的尤梦琪如坐针毡，她盯着书房紧闭的门，神态再无法自若，今天的司靖尘太过于异常，明明他脸上并无寒色，却让她无端心口发慌。

司靖尘大一那年，她第一次与他在一起。

彼时的司靖尘，考入名校，相貌出众，满足了一个少女对初恋的所有期待。

两年后，她去上海上大学，纸醉金迷的魔都很快让她迷失了自己。

容貌如她，在魔都找一个为她一掷千金的富二代轻而易举，于是她迅速地与刚上大三的司靖尘分了手。

她大四快毕业时，有次回北临，偶然发现司靖尘的父亲是南仪市一家企业的 CEO，母亲是位于北临燕大的教授，虽不是富甲一方，却也家境殷实。更让她惊诧的是，研究生还未毕业的司靖尘已经自己开了一家投资公司，做得风生水起，此时今日，已是颜值与实力并存。

她毫不犹豫地再次联系了司靖尘，电话中的他，依然对她和颜悦色，温柔如斯。

如此和煦，就好像一直等待着她回到他身旁。

她心念欲动，很快，与四处拈花惹草的富二代男友两看相厌，快速分手。

她的回归，同样也让司靖尘当即与竺暖分手，她自己都不曾想过，原来自己对司靖尘是这样特殊的存在。于是，她越来越有恃无恐，越来越肆无忌惮。

一道身影从书房走出，打断了她的回忆。

司靖尘面容微凉，在她对面坐下。

尤梦琪的眼睛里渗出一些细微慌乱，有种不好的预感，果然，下一秒他说出："梦琪，我们分手吧。"

"为什么？"她眼睛里很快蓄满了泪水，"难道我还不够爱你吗，我为了和你在一起放弃了原有的生活……"

"我知道你当年与我分手的原因，也知道你与我复合的原因，"一丝清寒自他眼中逸出，"所以，不必演戏。对你我而言，与彼此在一起，都只是一场交易。如果你觉得是我辜负了你，有什么要求，大可以提出。"

在一起的这些日子，他会毫无保留地答应她的任何要求，毫不吝啬地绽放他很少展露人前的笑颜。

可他没碰过她没吻过她，这样的自欺欺人，也该结束了。

刚辞完职的竺暖不急着找工作，她坐在顾世弈家客厅的沙发上一边翻看着地图，一边在笔记本上写写画画。顾世弈抱起Lime坐到她身边，问："在忙什么呢？"

竺暖把手机地图在指尖放大，放大，再放大，说："计划着毕业旅行。"

顾世弈略微惊讶："毕业旅行？"

"你看。"竺暖把手机递到他面前，"这是我一直想去的一个地方，偶然在地图上看见，一下子就被它的名字打动了。”

顾世弈看着地图上的那个地名：乐安。

“快乐，安宁，我一生的愿望啊。”竺暖叨念着，“毕业那会儿因为实习耽误了，一直拖到现在才有时间。它应该就是普普通通的一个小城，就当一次未知的探索，不知道那里会有什么，不知道会遇见怎样的人、怎样的事，随遇而安好了。”

看见竺暖的目光落在 Lime 身上，顾世弈笑着把它抱起递给她。竺暖接过来时手一沉，差点没栽过去，她以为这只小公主只是毛长显圆，没想到是真的胖。

“养得真好。”竺暖眉眼弯弯，把 Lime 放在腿上，梳理着它漂亮的白色长毛，拎起它的小爪子挠了挠顾世弈的手，“猫爪按摩了解一下。”

顾世弈笑容更甚，接过 Lime 圆润的小胖爪握了握，接着问她：“去几天？”

“离得近，两天就回来了。”

顾世弈略微思考：“我陪你一起去。”

这下轮着竺暖诧异了：“你有时间？”

“两天还是可以抽出来的。”

顾世弈微抬起头看着竺暖，她清透的笑颜就在眼前，他忍不住地伸手撩开她的长发，掌心笼着她的脖颈，倾身靠近她。

女孩子的唇如花瓣般柔软，带着特有的清甜，他吻上便不太想放开。

趴在两人中间的 Lime 抬着蓝色的大眼睛看了看，很是委屈：在一只猫面前撒狗粮，真的好吗？

两个人虽然正式在一起了，但对于他的亲近，竺暖还是会害羞，会脸红。顾世弈不会过分强求，在感觉到竺暖气息明显不顺畅时便放开了她，捏了捏她泛粉的脸颊：“定好时间，提前跟我说。”

乐安是一个温和的南方小城，空气潮湿，安逸和暖，脚下的土地以丘陵为主，远处是在雾气中隐约呈现的连绵山脉。

竺暖没见过丘陵，欢呼着在这如海浪般的土地上跑上跑下，顾世弈笑着，跟于她身后。

找了一家宾馆休息了一晚上，第二天清晨顾世弈去借了一辆自行车，载着她在干净人少的丘陵道路上飞驰，每次下坡的时候风都会把他的外衣吹得鼓起，她背着背包双手拢成喇叭状，对着远处的山大喊：“乐安——我们来啦——”

仿佛是不会累，撒下一路的欢声笑语，直到阳光垂照在他们身上，他们才蓦然发现，已经从清晨骑到了中午，早上看见的雾中远山此刻也淋漓尽致地铺展在眼前。

竺暖从未见过这么多的山，山峦绵延起伏，高低重叠，山里干净清澈的气息温柔地把他们包围住。

顾世弈减缓了速度，回头看了竺暖一眼，与她相视而笑。

竺暖热烈地挥起雪白的手臂：“挺进大山！”

通向大里的路超出预期的顺畅，顾世弈说：“进山的路修得这么好，一定有村落。”

“就像桃花源那样吗？”竺暖兴奋地摇着他的衣角，“土地平旷，屋舍俨然，有良田美池桑竹之属。然后里面的人都烹牛蒸鱼热情地轮流着招待我们？”

顾世弈的自行车似是被石头绊了一下，他失笑：“是不是想得有点多？”

正说着，车子骑到了一个寂静的小村子。顾世弈把车子停在一边，牵住竺暖，仔细地观察着四周。

一条小河在不远处潺潺流过，木质的小桥静默地横架其上，桥头盛开着几朵鲜红的杜鹃花。

四周有很多大大小小的四合院，红砖水泥砌成的院墙都已褪了色，门前草木繁盛，有些木门上的锁都已经生锈，看来已经好久没有人住了。

“这人都哪儿去了啊？逃荒去了？”

顾世弈看着四周丛林遍生的大山，笑道：“这里会闹饥荒？”

“是哦。”竺暖接着发散思维，“那是什么？泥石流？滑坡？雪崩……”

“呵呵……”

如棉花般轻暖温和的笑声从身后传来，竺暖和顾世弈同时转身，看见不远处有一个满头银发的老人在微笑地看着他们。

老人坐在门口的阳光里，手上是一件织了一半的毛衣，耳朵上的银耳环微微地发乌，像是时光在上面印下的痕迹。

老人放下毛衣招呼他们过去，赣语温软地流出：“这里的人大多都搬去抚州了，你们是外地来的吧？”

顾世弈拉着竺暖走了过去，微微笑着：“我们无意间到这里，请问这是什么地方？”

“这里以前是一个油矿，”老人蹒跚着进屋里搬出小板凳招呼他们坐下，“就是制原子弹的那种油，现在油都开采完了，矿里的人差不多都搬到抚州市过好日子去喽。”

竺暖看了看周围空出的房子，问：“那您为什么不去呢？”

老人的目光缓缓地移向前面的大山，慈祥温柔的目光中渗入了最质朴的思念。

“我丈夫在山里面埋着，我留下来陪他。

“他不是乐安县的人，是当年打完仗被国家安排到这儿来开矿的，之前这个矿一直被美国人霸占着，最后被解放军打跑了，你们看，我现在住的这个房子都是美国人当年盖的呢。”

竺暖抬起头看向老人身后，一排很旧的两层小楼房，涂上水泥石膏的灰白墙壁片片剥落，通向二楼木质的楼梯早已看不出之前的颜色，却被老人打扫得异常干净。

竺暖心中泛出一阵涩意：“奶奶，您一个人在这儿住，难道不……”

难道不孤单吗？

老人摇摇头：“我一个人住这儿蛮好，清净，孩子们有时会来看看我，我也可以经常去山里面看丈夫，给他烧点儿纸钱带点儿东西。”老人边织着毛衣边说着，两根细细的毛衣针在她长满皱纹微褐的手中翻飞，织出的花纹繁复美丽，是市场上买都买不到的样式。

竺暖看得痴了。

“你们如果想在山里玩几天，二楼是我女儿之前住的地方，我每天都打扫，不嫌弃就住这里吧。”

“真的？”竺暖惊喜地看着老人慈爱的面容，兴奋地抓住顾世弈的手，山里的阳光落在她脸上，和煦而温暖。

二楼木质的地板踩上去有轻微嘎吱的声响，宽大的老铁床上如雪般洁净的床单浸满了阳光的味道。竺暖看着窗外碧蓝的天空，心情就像阳光下的溪流，清透欢腾。转身看见顾世弈，她却有些不好意思。

“让你住在这里，委屈你了。”

顾世弈笑着接过她的背包，揉揉她的脑袋：“乱讲。”

刚放好东西，老人就给她们端上来一盘用禾叶包着的清香可口的米粉肉和鲜亮诱人的乐安霉鱼，还有用一个大木碗装好的米饭。让他们在连连感谢之余也突然意识到自己的肚子在不知不觉中都已经空了。

吃过这乐安特有的美食，竺暖拉着顾世弈迫不及待地跑下这两层的小楼，脱下鞋子，淌过清澈微凉的小溪，奔跑到对面的小山坡上。

在山里转悠了一下午，竺暖挖了一堆冬笋回去，借老奶奶的厨房和食材烧了一桌子的菜，鲜笋滑鸡片、冬笋炒腊味、笋丝炒青菜，三人一起吃了个肚圆儿。

山里的夜晚像是被洗涤了多次的灵魂，皎洁的月光映着山的轮廓，竹笋的清香仍在齿间徘徊。

饭后，三个人围着一盘老人腌制的杨梅干坐成一圈。竺暖从未吃过这么好吃的杨梅干，酸甜可口，带着一种纯天然的清新，她一颗接着一颗地填进嘴里，贪吃得像个小孩。

老人一边缓慢地打着一条长长的围脖，一边给他们讲着山里的各种趣事。

竺暖听得入神，面容在山中润泽的空气里清灵而鲜明。

顾世弈长久地望着竺暖，她真是比他想象中的还要可爱，她的世界，鲜活、生动、自由。如果不是认识她，或许他永远不会知道，原来生活有这么多的色彩，原来大山里有这么动人的故事。

他很想对竺暖说一声谢谢。

这一刻的宁静美好在顾世弈的心中烙下了深深的印迹，他忽然想永远这样地看着她，直到老。

从乐安回来后，顾世弈有一个采访，竺暖守在电视机前看直播。他在电视里出现的时候，Lime 迅速地从窗台上蹿下来，用爪子挠一挠电视机里的顾世弈，喵喵几声，声音里全是骄傲。

竺暖把它抱到腿上，看着电视里的顾世弈，他坐在女主持人对面，沉静和煦。

女主持人的声音同样是温柔阳光：“今天我们非常有幸能请到人工智能领域投研的领航者顾世弈先生来为我们做专访。众所周知，您在人工智能领域做出了杰出的贡献，那么您觉得，人工智能领域哪一块目前发展的最好呢？”

“人工智能最前沿的技术应该是在无人驾驶领域，”顾世弈的声音让人如沐春风，“未来的五到二十年，我们会逐渐地看到无人驾驶颠覆我们的出行，甚至是电商的配送和外卖。”

“有人预测，人工智能领域将会迎来‘奇点’，也就是说会出现一个超级智能体，智商完全碾压人类，在未来，人类可能会像大熊猫一样被机器人圈养，您怎么看？”

“大家每天都看到新的 AI 应用的出现，但这些其实都只是基于深度学习和相关的机器学习这一个技术的突破。超级智能体还需要 AI 领域做出十几个甚至几十个这样的重大突破，所以在我们可见的未来，我认为，超级智能体还不太可能实现。”

竺暖目不转睛地盯着电视里的顾世弈，对他的讲话内容啧啧惊叹，揉了揉 Lime：“看，你爸爸好棒！”

Lime 伸出爪子挠挠空气：“喵！”

电视里的顾世弈接着说道：“不可否认的是，从目前来看，AI一定会对很多行业产生颠覆性的影响，与工业革命相比，由人工智能带动的经济转型一定更快。”

“确实，现在很多人都在担心，自己的工作会不会被人工智能所代替。”

顾世弈笑得温和：“人工智能带来失业的同时，也会创造更多的就业机会，这些改变与问题可以通过就业再培训、减少工作时间或收入重新分配来解决。”

专访刚开始的时候，竺暖还能听得懂，到后来，随着问题的深入，大量专业名词的出现，竺暖越来越觉得自己似掉进了云雾里，完全跟不上他的节奏。

直道采访快结束的时候，顾世弈目光看向镜头，好似看着电视机前的她，才微笑着说出一句让她听懂了的话：“最终，我想说的是，有温度的工作，最不容易被替代，人和机器最大的区别就是，人有温度，有爱，我希望大家能明白，拥有爱和被爱的能力，才是人生最大的意义。因为爱可以帮助你解决一切的困难，可以帮助你度过人生的至暗时刻。”

这就是他的世界啊，前瞻、浩大，又温暖。

顾世弈一回来，竺暖就跑过去抱住他：“讲得太棒了，连呼唤爱都能这么高大上。”

顾世弈揉揉她的脑袋：“主要是心中有爱。”

“你太厉害了。”在他怀里，竺暖当即下定了决心：要努力，要向他学习，要向他靠近。

之后，竺暖买来CFA特许金融分析师的书籍，在家专心学习准备，立志年后的考试要一举通过。

其间，司靖尘来找过她一次。那天傍晚，她下楼买东西，在家楼下看到他时，她很错愕，迟疑地问司靖尘：“找我？”

司靖尘拿出竺暖那部坏掉的手机：“我把它修好了，还给你。”

竺暖看着被他修好的手机笑了笑，却没有接：“我不要了。”

她全部的过去，她都不想再要了。那些美好的、快乐的、执着的、背弃的，再与她无关。

司靖尘拿着手机的手僵在了半空中，目光缓缓拂过她的面容，停在她又绽放出清透笑容的唇边。他有些失神，是多久没有见过这样的笑容了，从分手以后，每次见她，她的脸上都是带着死灰般的绝望。

“司靖尘，你知道吗，前一段时间我被误诊患有绝症，当时我真的以为我快要死了。可就是这次误诊，让我觉得我要好好活着，为自己而活。”

生命何其可贵，每一天的不开心，便是对自己的辜负。

“你花了四年的时间设这个局，最想看到的结局是什么？是看着我痛不欲生抑郁万分，还是看到我和林画雪一样真的死去？”

司靖尘内心一震，忽然萌出没来由的惊惶，他是想看到什么结局？他是想让竺暖死去？

他收回手机放进口袋以掩饰他止不住颤抖的手，沉默良久才勉强控制住自己的情绪，淡淡道：“你没事就好。”

然后，他转身快步往前走，竟如逃般地想离开这里。

竺暖看着他的背影，笑了笑：“司靖尘。”

他没有停下脚步，脑袋中却闪现他与竺暖初见时她的笑容，记忆中的她脸上闪着微光，清甜而羞涩。

竺暖的声音伴着风声传来：“我放开了。逝者已逝，希望你也能放开，祝你幸福。”

司靖尘无声地走过花坛边的喷泉池，疾风掠过，揉碎了一池的阳光。

竺暖此后的生活好像从没有如此静美过，不用上班的她再也不用担心那些扰人清梦的电话，每天都能睡到自然醒。有时候顾世弈会早早地来到她的住处，她经常一醒来就能看见顾世弈映在阳光里的脸，以及闻见顾世弈备好的早餐的香气。

“小懒猫。”他总是这样捏捏她的鼻尖宠爱地唤着她。

竺暖便真的如同小猫一样，拖着被子一起把头埋进他的怀里。长发铺散开来，整个人就像是沐浴着星光，带着些许的惺忪和几分清丽。

吃过早饭竺暖就会在屋里看书，顾世弈鲜在她看书时打扰她，早餐过后，他便会去公司。

废寝忘食了五个月，终于临近考试。考试那天，顾世弈送竺暖去考场，竺暖发现他把车给换了。

她诧异道：“怎么换车了？”

“你会喜欢。”

竺暖这才注意到，车内饰配色为她最喜欢的晨曦蓝，符合人体工学的座椅，让她坐在车里瞬时缓解因学习久坐造成的疲劳。

她脸色微红，她都忘了什么时候告诉过他，她喜欢蓝色。

顾世弈从后视镜里看着她，眸色温润：“蓝色是你的幸运色，今天考试好运。”

考试果然无比顺利，做题的过程一路通畅没有任何的卡壳，几乎比她任何一次模拟都要好。

竺暖雀跃着从考场出来，寻到倚车等着她的那抹隽拔身影，扑向他怀里，无比兴奋：“你真是我的幸运星，这次我一定能考过！”

顾世弈夺目容颜上笑容铺展，揽住她的腰：“是你自己够努力。”顺势在她桃色脸颊上亲了亲，“成绩什么时候出来？”

“四十五天左右。”她长叹，“终于又重见天日了啊！我高考都没这么用功过！”

顾世弈亦是随之而叹：“终于等到你考完了。你知不知道，在你面前像透明人一样的日子有多难熬。”

她哪里会知道，每次顾世弈看见她坐在窗边学习时安静美好的侧颜，有多想吻上去，却又害怕打扰她学习，冲动与克制能交战上百次。而今终于能再无后顾之忧，顾世弈揽着她腰的手紧了紧，无比享受她在怀中的感觉。

顾世弈俯身，在她唇边吻得辗转缠绵，甘甜的滋味让他心满意足，垂眸迎上她被吻得迷离的双眼：“我带你出去放松放松。”

“去哪里？”

“到了你就知道了。”

出发那天正是四月初，城市的天气还有些阴冷，当飞机冲破云层，透过窗户却能看见金灿阳光洒于云海上的景致。浓郁的咖啡香在温暖的机舱里无声地弥漫着，竺暖靠在座椅上，跟身边的顾世弈清清闲闲地聊了几句，便在这温馨的环境中悠然入梦。

顾世弈悄然给她盖上一件大衣，静静地凝视她一会儿，笑着在一片安静中翻看起书。纸页温厚的质感，亦如身边这个温暖的世界。

到达目的地德国波恩的时候刚好是黎明，出机场时，在飞机上睡得迷蒙的竺暖瞬间被清新空气所唤醒。这是一个富有田园风情的城市，向来以安逸闲适著名，古老的建筑带着些许的怀旧和神秘，蓝天白云卷着细细微风，风景好得让竺暖每一个细胞都活跃了起来。

他们住在波恩赫尔街的樱花巷附近，安置好后，竺暖又迫不及待地跑出去。

顾世弈把手伸到她面前，目光灼灼：“跟我来。”

竺暖把手放入他掌心，旋即被他握紧。他牵着她来到巷口，道路两旁的樱花树枝已经伸展牵连到了一起，盛开出一片粉色的天空。

竺暖抬起头，一瞬间，连呼吸都几乎停滞。

复瓣樱花一朵叠着一朵，如同一朵朵最纯洁的愿望，在清晨润泽的空气里微妙地舒展着，纤尘不染。

顾世弈从背后抱住她，温热的呼吸落在她如凝玉般的耳畔：“我第一次经过这儿的时候，就在想，要对一个人怎样的挚爱，才会牵着她的手从这条街走过。”

因为，这如梦幻般的风景本身，就有种魔力，足够让他爱上一个人。

如果不是深爱，怎会舍得与之分享。

微风浅过，一场樱花雨飘然而落，带着淡淡的香气把他们包围住。竺暖转身仰起脸，一片花瓣落于她眉心，衬着如雪肌肤，美如梦境。

顾世弈缓缓摊开手，有光芒自他掌心迸发而出，那是一条蓝色的钻石项链。他手指轻柔地穿过竺暖的长发，为她把项链戴上，美丽的钻石在她精致锁骨下璀璨而神秘，如同跳跃的精灵，亦如海洋的心脏。

“竺暖，”顾世弈眼眸带笑，凝视着她，温热了她微红的脸颊，“答应我，你会一直戴着它，时时刻刻都戴着。”

这条项链上的蓝色钻石是他奶奶生前亲手交于他，他亲自镶嵌而成。

片片飞落的樱花在他们身边如雪如蝶，带着醉人的香气。

竺暖仰脸看着他的摄魂深瞳，再也无法控制住自己怦然的心跳，声音羞涩到几不可察：“嗯。”

樱花巷尽头的甜品店。

若有似无的音乐晕染出一片悠然静和的氛围，空气中有浅浅樱花的香气。竺暖笑意满满地拿着小勺一勺一勺地吃着面前的抹茶蛋糕，有阳光穿过透明的柠檬水，在她身上映出晃动着的光圈。

“喜欢吃吗？”顾世弈凝视着她，眼神闪耀。

“嗯！”竺暖两颊温热，小勺递到他面前，“你尝尝。”

顾世弈望着那只拿着小勺递到自己面前的手，白皙晶莹得如和田玉一样，在他心中燃起浓浓暖意。

抹茶粉被磨成微粉状，青茶香混着浓郁的巧克力味道在舌尖散开，沁入心扉。他迎上竺暖望向他充满期待的眼神，情不自禁地伸手去摸摸她的头发：“好吃。”

竺暖的笑容便更加绚丽：“抹茶蛋糕我也会做，下次尝尝我做的，怎么样？”

顾世弈的身体微微前倾，看向对面的她，眼睛中如同倒映了整个星海：“你做的蛋糕，就算是烤焦了也是最好吃的。”

竺暖却偏离了重点，双眼蓦地睁大：“烤焦？你怎么可以这么看不起我的水平！”说着把整个抹茶蛋糕都推到他面前，语气中还带了薄薄的委屈，“你再吃几口，记好这个味道！回去跟我做的对比一下！”

顾世弈笑着在竺暖的强迫下又吃了几口。这真是一种忘不掉的味道，渗透了阳光和所有饱满而美好的情绪，是他生命中难得的安静而惬意的时光。

窗外如云似霞的花海边有一对情侣正在拍婚纱照，纯白的婚纱包裹出女子窈窕的身材，阳光照在她白皙的面容上，更衬得她眼角眉梢的笑容温柔动人。一旁穿着西装的男子手捧着大束的香槟玫瑰，满脸幸福地望着自己未来的妻子。

顾世弈凝视了他们一会儿，又把目光移到竺暖身上，忍不住幻想竺暖穿上婚纱的样子。

此刻竺暖正翻看着桌边的一本书，垂下眼睫的精致面容如初绽的昙花，带着月光般皎洁的光。

空气弥散着薄薄的香气，顾世弈凝望着竺暖，突然想问“你愿意嫁给我吗”，却又怕惊扰了这难得的安宁时光。

凝望了很久，莫名地，他有些羡慕那个穿西装的男人，最后他也只是笑笑，把这浓厚的情绪隐藏了下来。

“世弈，你看！”竺暖清甜的声音打断了他的思绪，“这本书上竟然介绍了中国云南。”

他有些惊讶：“你看得懂德语？”

“看不懂，只认识云南的拼音。”

竺暖说着，兴奋地把杂志递过去，却不小心碰到身边的柠檬水。顾世弈忙去扶杯子，却没来得及，竺暖被打湿了一身。

带着清香的柠檬水在她胸前的衣服上晕染开，竟不小心勾勒出少女玲珑美好的轮廓。竺暖立刻羞红了脸，急忙把手中的杂志遮挡在胸前。

顾世弈低低地笑出声，拿开她遮挡在胸前的书本，把外套披上她肩膀，遮住大片水渍：“对面有个商场，我带你去买新的换上。”

临走时，顾世弈回头留神扫过杂志上的德语标题：《柔软云南，普者黑——寻找你灵魂深处的幽秘之境》

顾世弈带她去的服装店是竺暖并未听说过的品牌，店内大花纹的石膏浮雕和立体感的纯色壁纸相互呼应，衣架恰到好处地饰以珍珠，简洁低奢。

走进店门,就有一位热情美丽的工作人员迎上来向他们介绍。竺暖如置云雾，一个词都听不懂：“Can you speak English?”

顾世弈忍不住笑了起来，礼貌地拒绝了导购的好意，亲自为竺暖挑起了衣服：“这一件，去试试。”

竺暖从试衣间出来后，顾世弈瞬间觉得自己双眼如被光芒笼罩。

浅色长裙清新脱俗，轻柔面料朦胧飘逸，衬得她肌肤胜雪纤细动人，只站在那里，就如同一道让人移不开视线的绝美风景。

低头翻看到吊牌上的价格，竺暖皱了皱眉头，一万马克，将近三万多人民币，太贵了。

再抬头，顾世弈已经结过账，目光熠熠地向她走来。他从背后抱住她的纤纤细腰，清凉的吻落在她白瓷般的面颊：“很美。”

竺暖面色微红，轻轻地推了他几下：“大家都在看着呢。”

顾世弈却抱得更紧了，在她耳畔轻喃：“这才几个人？让全世界的人看到，你是我的，不好吗？”

“世弈！”一个清亮的女声突兀地传了过来。

顾世弈和竺暖同时一愣，他侧过身子，微不可察地皱了皱眉头：“沛岚？”

“世弈，真的是你？”陆沛岚一脸惊喜地向他们走来，一字肩白色鱼尾长裙随着她的走动在金色的高跟鞋上摇曳，曲线玲珑，高贵动人。

“好久不见。”顾世弈淡然回应，待她走近，牵起竺暖的手向她介绍，“我的女朋友，竺暖。”而后低头看向身边恬然望着他的人儿，眸光闪动，声音里不自觉带上笑意，“小暖，这是我的一个合作伙伴，陆沛岚。”

“你好。”竺暖语调轻柔，大大方方地向她伸出手。

“女朋友？”沛岚惊诧的目光落于竺暖身上，打量了许久才握住竺暖的手，失神回应，“你好。”

顾世弈揽过竺暖：“没什么别的事，我们先走了。”

陆沛岚很快调整好自己的情绪，巧笑倩兮：“世弈，我对波恩比较熟，既然碰上了，这两天我带你们四处走走吧。”

顾世弈回过头看她一眼，浅淡一笑：“不用，明天我们回国。”

“回去？”竺暖惊讶地压低声音，“可是我们今天刚到啊。”

顾世弈忍不住又吻了吻她的脸颊：“樱花已经看过了，明天我们去个更漂亮的地方。”

他讨厌两人的世界被别人打扰，他要这出游的时光纯净地、毫无保留地只属于他们两个人。

/ 第八章 /

势均力敌才能长久相依

次日，他们便飞回了国内，因为怕连续转机太辛苦，当晚在香港住了一夜，香港最美的夜景非维多利亚港湾莫属。他们到达的时候天色刚开始转暗，海岸边高楼初上的华灯与绚丽的晚霞相映生辉，极尽繁华，竺暖从未见过如此美丽的夜景，兴奋地去坐轮船夜游维港，在这流光般的光影里欢呼雀跃，顾世弈虽早已对这些璀璨繁华无感，而此刻却也被感染得满心欢喜。

第二天飞往昆明，随后转机飞往云南的普者黑。透过飞机窗，可以看见大片大片的白云在万里晴空中拥抱翠绿葱郁连绵的山峦，飞机时而又会穿越大片的云雾，掠过一座座布满皑皑白雪的山顶。

到达普者黑的时候，刚下过一场暴雨，一片片小小的湖泊像颗颗明珠，点缀在群山之间，映着晚霞，瑰丽璀璨。

竺暖第一次知道，原来大自然还能孕育出这么绮丽的色彩，天空中的颜色迅速地变幻着，这一秒，蓝金色光芒万丈，下一秒，粉紫色灿若春光，转瞬间，赤红又点燃了半边天空。

她好久才回过神，抬头看向身边的人：“以为自己误入了仙境，这是那本德国杂志上介绍的地方？”

顾世弈笑着点点头，侧脸在变幻莫测的光线里明明暗暗：“这个不知名的田园小镇，竟比云南那些有名的地方灵动了不知多少倍。”

竺暖心中一片暖意，很是感动于顾世弈不动声色的细心。

入住在提前订好的民宿，两层的小别墅临水而建，并不奢华，却繁花环绕，温馨静谧。

各种食材与水果整整齐齐地摆放在厨房里，竺暖随手翻看：“晚上吃什么呢？”

“虾仁西兰花、香煎培根、魔芋烧鸭、清炒南瓜藤、葱油蛏子……”顾世弈细数着，说完，他倚着门，眉梢略带慵懒，“这些——我都不会做。”

竺暖眼睛乌黑明亮，瞪着他，却没坚持住几秒，“扑哧”笑了出来。

她的声音柔软无奈：“你赢了，我来做。”

可还没等竺暖动手，顾世弈提前定好的晚餐就已送到，他边摆盘边说：“刚才说的那些都记好，来日方长，有的是机会做给我，今天先来尝这里的特色。”

竺暖闻见香气食指大动，眼睛一亮，扑上前去。

“这是滋补益气的三七汽锅鸡，你辛苦备考那么久，多补补。”顾世弈拿起勺子盛一碗递给她，看着她迫不及待的样子，微笑着拿过纸巾替她擦拭嘴角的油渍，“慢点吃，不跟你抢。”

“温酒醉虾。”他仔细地一只一只把虾剥开，剥出一小盘虾肉，蘸以酱油和香醋，放到她面前。

“唔……好吃。”竺暖应接不暇。

晶莹透亮的豆沙肉、独具特色的芭蕉炖牛肉，顾世弈一边替她沥干油，一边夹给她。竺暖只记得埋头吃，直至菜过五味，才记起他还一筷未动：“别光顾着我……你也吃点儿。”

“吃饱了才想到我。”顾世弈伸手刮了刮她的鼻子，调笑她。顾世弈的手骨节分明，还留有醉虾的酒香，满是宠爱的味道。

竺暖略窘：“我——因为——”却找不到合适的借口，挠了挠脑袋，只得说，“累晕了。”

“累晕了？”他忍俊不禁，把竺暖向来不爱的苦瓜粥递到她面前，“来，解乏消暑。”

“你——故意的！”

吃完晚餐，竺暖盘腿坐在床上，打开电脑，登上微博，开始写游记。感叹着此景只应天上有，不记录下来简直是暴殄天物。

竺暖随手翻了翻之前的粉丝留言，笑道：“我之前的一批粉丝中竟然还有一个大V关注我，叫作——”

竺暖惊讶地扭头看向身边笑容明亮的男子：“顾世弈！”

“当年你来顾氏集团应聘，通过你的简历找到的。”顾世弈伸展长臂把她揽入怀中，他浅浅地吻向怀中红了脸的少女，“怪只能怪你，表现得太出色，让我一见倾心。”

顾世弈柔软的唇瓣扫过她的耳郭，清冽独特的气息浅浅淡淡地弥散开来，伴着窗外的月色，惹得她一阵心跳加速。

她抬头，潋滟眸光与他相碰。顾世弈俯首吻上，在她柔软唇瓣上辗转缠绵，情至深处而无法自控，他渐渐地无法满足，覆身把她压在身下，含住她莹润耳垂，不断地扩展着吻的范围，不断地加大着吻的力度。

他微微支起身体，伸手去解她的衣衫，触及眼前光景时，脑袋里轰然炸开。

眼前少女衣衫半解而微乱，肩带滑至锁骨下，如蔷薇初绽皎皎满月。

他从未看见过如此美到让他心悸的画面。

他从未面对过如此无法抗拒的诱惑。

感受到他的凝滞和炽热，竺暖微微睁开眼睛，被吻得意乱情迷的她眼神纯真而妩媚。触及她的目光，顾世弈所有的自制力瞬间被击败。

“我要你。”他声音暗哑，再不多说一个字，更加狂烈地吻上去。

竺暖身体微微战栗，垂睫看见他如雕刻般精致的下巴，性感而鲜明。

终于，他撤下她的最后一丝衣衫。

他以为至少，她和司靖尘已偷尝禁果。不曾想过，她竟完完全全只属于他。

“竺暖。”他的声音暗哑性感，紧箍她腰线，“说你爱我。”

竺暖侧首，看着这个耀眼夺目的男人，他目光炽热得几乎把她融化。

她不自觉地埋入他的脖颈，在他耳边呵气如兰：“我爱你。”

顾世弈如被电流击中，她落于他耳畔的温热重新把他引燃。

镌刻般长久的吻又重新覆至她的唇上。

夜风送来一阵阵馥郁的花香，伴着她染上娇柔的绝美容颜，一切美好得让人心悸。

月光皎洁，夜静且长，又是一室旖旎风光。

第二天，顾世弈略先醒来，凝视着怀中的竺暖，她笼罩光华的脸上氤氲着一丝羞涩。

似是察觉到他的目光，她睫毛微动，睁开双目。

“醒了？”撞上她潋滟水眸，在窗外怒盛到极致的蔷薇中，他在她的唇上印下一个清冽缠绵的吻。

昨夜的无限妙曼依旧在心头久久荡漾不去。

两人起床出门，顾世弈站在离民宿不远的薄雾里，侧首看着从屋内走出的她，微笑都似沾染了朦胧的水汽。

竺暖看着身长玉立的他，怦然心动，柔柔的情愫从心底蔓延而出。她忽而忆起楚楚和萧雨和好的那天，他目光掠过她时说的那句，两情相悦真是让人羡慕。

这一刻，竺暖突然体会到，原来两情相悦真的是人间美好的极致。

他透过薄雾向她伸手：“来。”

此时太阳已经完全升起，晨间的雾气在金色的阳光下缓缓散去，街道上已是热闹非凡。

“刚出锅的酪煎饼喽——”一位头发微白的小贩边翻动着锅中热气腾腾的煎饼，边嘹亮热情地叫卖着，动作娴熟而认真。

“好香啊。”竺暖忍不住地凑过去，付了钱接过酪煎饼送入口中，微润麻香，酥松脆糯。转而又看见那边金灿灿的桂花茶糕，她欢快地跑到跟前，皮薄如纸，香脆可口，都是她从没吃过的美味。

走了半条街，竺暖终于再也吃不动了，她靠在青石桥的栏杆上，意犹未尽。

顾世弈看着她笑，倾身咬掉她放至他唇边的茶糕，评价道：“确实好吃。”又在她耳边轻声说，“如果不是场合不对，我还想吃更多。”

刹那间，竺暖耳根浸透了红晕，害羞地以糕点掩面，隔离他至三寸之远。

始作俑者却一本正经地把她环入怀中：“想什么呢，我是说你另一只手里的煎饼。”

“你吃个煎饼还分什么场合！”

三月的普者黑，十里荷花还没有到盛开的时候，虽是如此，接天莲叶无穷碧的景象也足以让人惊叹。

日出时分，薄云间露出浅淡晨曦，顾世弈与竺暖坐着一叶扁舟从布满荷叶的湖水中划入蜿蜒曲折的小溪。

阳光铺洒而下，在微波荡漾的湖面上闪出粼粼光波，竺暖伸手掬起一捧，明明晃晃的水泛着光，把她白皙的小脸映照得格外美丽。

这一路竺暖直把相机拍到没电，还是意犹未尽。看着眼前这罕见绝美的喀斯特山水田园风光，心神微漾，她低声叹息：“如果来这里拍婚纱照，应该很美……”

顾世弈眸光微动，心中却是澎湃一片，侧身看向她桃花纷飞般清妍的面容："好。"

竺暖这才惊觉自己说了什么，在他奇异闪耀的目光里，渐渐红透了脸。

这里的湖泊溪流相连贯通，很快小船又驶入一个更大的湖泊，视线豁然开朗，伴着远处星罗棋布的孤峰，如同一幅移动的画卷。

阳光铺洒而下，在微波荡漾的湖面上闪出粼粼光波。

突然间，一盆湖水扑面而来。

抬首望去，迎面而来的小船上，四五个人正拿着水枪水盆向他们宣战。

虽然提早被告知在错船的时候可能会被邀打水仗，却还是猝不及防地被泼了一身水，顾世弈替竺暖擦了擦脸上的水与她相视一笑，拿起船边水盆开始反击。对方船只上有四五个人，看见毫不示弱的他们，斗志瞬间被点燃了起来。

漫天飞舞的水花中双方开始激战，对方人多，刚开始顾世弈和竺暖还能顾得上反击，随着时间的推移却越发应接不暇，水一盆一盆地洒在他们身上，完全模糊了两人的视线，竺暖渐渐体力不够，甚至有一盆水因力度不够没有泼出去，反而倾倒了顾世弈一身，引得对方一阵善意的笑声。

顾世弈默默地叹息："躲吧。"

随后，他把雨衣一掀，在无数晶莹水珠里，迅速笼罩在两人的头顶上。

这一刻，外面的喧闹声变得模糊而遥远，一盆盆泼洒在他们身上的水变得零碎而朦胧。他和她早已全身湿透，阳光穿过透明的雨衣，给他们笼上一层浅浅的光晕。

小小的空间里，他们靠得很近，顾世弈的呼吸落在她额间，她耳垂至脸颊都泛起淡淡的粉红色，眉目含情，面容纯净娇妍。

顾世弈的眸光幻化千色，蓦然把她揽入怀中。

“小暖，我喜欢你这样看着我。”

风不急不缓，时间不紧不慢，在这一片小小的安宁空间里。

他突然想把他拥有的一切都给她，只为她这无忧美好的笑容。他要护她永远恣意的生活，他要让她再无委屈伤心。

普者黑的天气变幻无常，白天晴朗，一到晚上就会开始暴雨，这天终于难得地在晚霞之后看见了漫漫星河。

竺暖拿着单反相机和三脚架来到了屋顶，拍摄天空中那细碎闪耀的光芒。

顾世弈倚在天台一旁凝视着她，眸光专注而温柔。

初春的夜晚，星光有些清冷，山雾落在竺暖身上，朦朦胧胧。看着她不太真切的身影，顾世弈突然觉得这些日子太过于幸福。

幸福得有些失真。

他深知自己爱得有点失控，对她越来越惊狂的情感已超出他所能自控的范围。这是他此生都没有过的体验，这种他自己都不懂的情绪让他无端生出些许不安。

“你还想他吗？”

夜风吹来，最终吹动了顾世弈埋藏在心底的那根心弦。

“谁？”

竺暖侧过身看过去，他以往明亮沉静的眼眸难得地出现几个低沉的漩涡。她恍然大悟，笑得山明水净：“喂，如果连你都没自信的话，我是不是每天都要在你的前女友们中患得患失。”

顾世弈不知道，他有多容易让人沉迷，他的霸道，他的体贴，他耀眼如星芒的样子。最重要的是，他看她的眼神，让她觉得，没有什么，在他眼里是比她更珍贵的。

竺暖侧首看着顾世弈，眼眸比漫天碎银般的星子都亮：“再没有人比你更好了。”

他笑，眉眼终于在清透月光下舒展开。

此时空气里弥散着淡淡荷叶香，目及之处有重重玲珑叠嶂。顾世弈与竺暖靠坐到一起，抬头仰望璀璨的天空，忽觉这夜的月光仿佛把空气都浸得暖了。

一切都美好得不可思议。

半晌，顾世弈说：“我见过一片夜空，星月成辉，比这里更美。”

竺暖笑着怀疑：“只听过书里说月明星稀，怎么可能会有星月成辉？”

轻柔的夜风吹来，她的声音隐隐约约的，他凝神不移地看着她，嘴角微笑不散：“我会带你去。”

两人从普者黑回来后，好几天没见到主人的 Lime 觉得自己被冷落了，被林泽送回来后就一直傲娇地坐在窗前看着窗外，任顾世弈怎么喊都不回头。顾世弈只得把它给抱下来拿着小鱼干逗了半天，它才在他怀里蹭了蹭，“喵呜”一声，表示和解。

CFA 的成绩在一个半月后出来，竺暖毫无意外地通过。拿着证书后，竺暖开始不紧不慢地找工作。顾世弈没有插手，只是在看到她做好的简历时随口说了一句：“投向金融类公司的简历，不建议封面用绿色。”

竺暖愣了愣，很快恍悟，笑了好半天，这个建议，真是绝了，她麻溜地又把自己简历的封面换成红色。

又一日的午后，他坐在窗边的阳光里看着邮件。

竺暖给他剥山竹，划开硬壳，一小牙一小牙在细瓷盘里码得整整齐齐，端到他面前。而她自己却打开一盒冰激凌，怡然自得地挖了下去，他抬眸掠过，长臂一伸轻巧地拿开：“不能吃。”

“为什么？”

“你明天生理期。”

有柔软蔓延过心脏，他是这样的温柔细致。笑意在竺暖嘴角弥漫开来，她真是幸运，在经历了那么一场锥心刺骨的感情后，还能遇见一个如此贴心细致待她的人。

顾世弈合上电脑，摸摸她脑袋：“我回趟公司，等着我晚上过来带你去吃蛋糕。”

顾世弈离开后，竺暖一个人闲着无聊，跑到萧雨的国画店里找楚楚，拉着她无限感慨：“我到现在还恍然如梦，竟然喜欢上了除了司靖尘以外的人。”

楚楚无奈地笑，惩罚似的捏了捏她的脸蛋：“他值得。”

竺暖又开始纠结另一个问题：“顾世弈怎么会喜欢上我？”

楚楚懒得理她，摊开宣纸开始练字，一个眼神抛过去：“妄自菲薄。”

在楚楚那里磨蹭了一下午，竺暖黄昏才回去，到小区门口时接到一个陌生号码的电话：“竺暖，我是陆沛岚，有空吗？我在你家楼下的咖啡厅等你。”

竺暖怔了怔，陆沛岚？在波恩时碰见的顾世弈的合作伙伴？

她在原地站了一会儿，犹豫了一下，转过身走进咖啡厅。

陆沛岚优雅地坐在窗边的沙发上，妆容精致，明艳动人。见竺暖坐下，她便吩咐服务员给竺暖上了一杯摩卡。

“陆小姐不点些什么吗？”

陆沛岚盯着竺暖看了一会儿，浅然一笑：“不用。”然后慢条斯理地打开身旁的矿泉水瓶。

竺暖被她看得有些不舒服，声音也淡了下来：“找我什么事？”

陆沛岚开门见山：“我与世弈自幼相识，作为他的朋友与合作伙伴，想和你聊几句。你很漂亮，可阶级差距的可怕远超出你的想象。真正支配这个世界的只有金字塔顶端的人，你与世弈的思维模式不对等，价值观消费观有差异。你不会懂我们这个阶层的规则，不要妄想能永远留在世弈的身边。”

竺暖蹙眉看向她：“你凭什么以物质来评判我们的感情？”

“感情？”陆沛岚唇侧的笑容浮起一抹嘲弄，仿佛听到了一个天大的笑话，“以我所得知的情况，你现在所拥有的，所享受到的，哪一项不是依赖世弈所得？你一边心安理得地享受着，一边撇开物质讲感情？”

“我……”竺暖顿然哑住。

陆沛岚眼神扫过她，话音带着一种与生俱来的居高临下：“我能理解你们这些低层的女孩麻雀想变凤凰的心。可是你想过没有，当你和他在一起，你就成了依附于他生存的藤蔓，如此不门当户对的你会遭到他整个家族的排挤和鄙视。

“比如当你去陪他参加一个聚会，别人跟你谈论着他们的家族企业，你脑子里却只有你打过工的奶茶店；当我们谈论着高级定制，你却只能想到路边廉价的牌子；当我们讨论怎么收购一家公司，而你可能在苦苦期盼着怎么被那家公司录用。

“就像现在，以我喝的水为例吧，”陆沛岚精致的指甲轻叩漾着光圈的矿泉水瓶，脸上的笑容越发轻视，“这瓶低硬度天然矿泉水，售价一百美元每瓶，或许你连见都没见过。”

竺暖沉默，她确实没见过，更不可能花这么多钱去买一瓶矿泉水。

“你要知道，在感情中只有势均力敌，才能长久相依。回想一下，是不是除了风花雪月你和他什么都聊不了。你认为这样的感情，能长久？”

顾世弈为了她连超跑都换成了普通跑车，从来只在米其林餐厅用餐的他连路边小馆子都能忍受了，市郊临海靠山的别墅也不回了，每日只住在方便找竺暖的市区。

他竟能为一个平凡女孩委屈自己至此，心痛妒忌的同时，陆沛岚亦为他感到不值，声音不由得更加冷冽：“竺暖，你自己好好想一想，做他的女朋友，你够资格吗？”

说完，陆沛岚起身离开，背影娉婷，气质卓然。

晚上与顾世弈吃饭时，竺暖明显有些心不在焉，陆沛岚对她说出的那些话她不是没有想过。只是，每次和他在一起时都是那般的幸福无忧，让她下意识地不愿去深虑未来，只想好好享受当下。

而今天，陆沛岚似用一盆冰水泼醒了她的梦境。

他确实，从未与她提起过他的家人、他的朋友、他的生活。

勉力抑制住心底不断涌出的酸涩，竺暖抬眼望向他：“为什么从来不跟我说你没和我在一起时的生活？”

顾世弈眼底浮现出一丝笑意，每天和她在一起时他满心都是她，哪舍得浪费时间说那些无关紧要的事情，不过既然她感兴趣——

“你想听什么？我一定知无不言，言无不尽。”

她想听什么？

竺暖哑然，脑袋里连个问题都无法浮现。这一刻她才惊觉，原来自己对他生活的那个世界如此陌生，连询问都无从下手。

竺暖突然对自己生出了些恼意，低下头用力把叉子插入顾世弈特意为她点的雪域蛋糕里。沉默了一会儿，她重新抬起头问他：“你前女友是什么样的人？”

前女友？遇到她之前，他已经单身了三年。说实话，他几乎已经忘记了对方的样子。

顾世弈只记得当时母亲很喜欢那个女孩，就介绍给他，他并不反感便在一起了。之后在繁忙的工作中无数次忽略对方，导致对方不堪孤单最终两人和平分手。

他自知耽误了别人的时间，因为愧疚，几乎零利润与对方家的企业合作了一个项目。

如不是竺暖问起，他可能永远都不会再想起这件事。

竺暖看着他凝神思索半天不语的样子，心念渐渐沉落：“像陆沛岚那样的吗？”

他努力地回想着，实在是想不出前女友的样子，听闻竺暖这么说，几乎不假思索：“差不多吧。”

陆沛岚虽然从小与他一起长大，但在他脑海里，同样是面目模糊。

他收回了思绪，见竺暖低敛了眉目开始认真吃饭，只以为她不想再继续这个话题，又怕谈及前女友惹她不开心，便笑道：“北临市郊外的羽羲山顶有个天然温泉，明天周末我带你去放松一下，好不好？”

竺暖瞬间想起陆沛岚下午跟她说的话：是不是除了风花雪月，你和他什么都聊不了？

竺暖思绪凌乱，突然就有了情绪：“明天我面试，没空。我吃饱了，先回家准备了。”

“什么企业休息日面试？”顾世弈诧异地随着她也起了身，边示意服务员结账，边说，“我送你回去。”

坐在车里，望着车窗外不断倒退的城市夜景，竺暖心中浮起一片萧瑟，她缓缓问出：“你和前女友为什么分手？”心中还有未问出口的疑惑——类似于陆沛岚那般的姑娘，家世、相貌、才情、魄力样样出众，如此优秀，为什么他们没有走到一起。

顾世弈含笑的目光掠过她：“我不喜欢她，或者说，为了等你出现。”

他这一生得天独厚万事顺遂，唯有她，让他在追寻的过程中屡屡受挫却越陷越深。在遇到她之前，他何曾这样对一个人用心过。

“你不会是吃醋了吧？”顾世弈察觉到竺暖的失神，眼中萦绕出柔和的笑意，解释道，“前女友的模样我早已忘记了。”

“那你和陆沛岚很熟吗？”

陆氏集团创始人陆铭扬的独女陆沛岚，现任陆氏集团掌门人。

顾世弈点点头，边开车驶过十字路口边说：“我的父亲与陆伯是世交，陆伯走后，她掌管了陆氏所有的资产。她很努力，却天分不足，一个人苦苦支撑。”

“所以你帮她？”

“嗯，资金和资源上都会给她帮助。”

竺暖的手不自觉地抓紧了安全带。

顾世弈扭头看她一眼，笑得轻松：“你别多想，陆伯临终前拜托过我父亲，鉴于父辈的交情，我才这样对她。”

竺暖点点头，一语未发，心中怅然越发难解。

周末清晨，竺暖怔然坐在窗前，她并无面试，那只是昨天随手拿来用的借口。初夏繁盛的梧桐树叶挡住了大部分的阳光，只有星点光斑落于她身上。

手机铃声响了很久，她才蓦然回神，楚楚的声音从电话里传出：“小暖，悠悠被顾氏集团辞退了，这是怎么回事？”

“被辞退？”竺暖惊诧皱眉，“什么时候的事？”

“我也不太清楚。”楚楚顿了顿，“一起先去悠悠家看看吧。”

在程悠悠租的公寓门口敲了好久的门，程悠悠才把门打开，空洞眼神掠过她们。程悠悠只穿着一件宽大而单薄的睡裙，裙下露出的小腿像两只细脆的莲藕，几乎都快支撑不住她的体重。

楚楚一惊，把她扶到沙发上。

“悠悠，发生了什么事？怎么才一个多月没见你就瘦成了这样？”竺暖帮她理了理凌乱的头发，心急如焚。

而程悠悠却如同失了声般始终静静地坐在那里，眼睛里空无一物。

和楚楚对视一眼，竺暖起身：“我去找顾世弈问清楚，悠悠你放心，无论怎么样，我们一定会陪在你身边的。”

这个时间，顾世弈应该在公司加班，到达顾氏集团时，竺暖正好在一楼大厅里碰见刚出电梯的顾世弈。

他看见她，心头微漾，笑意不自觉地流露在眉眼：“小暖。”他大步走近，“我正要去找你，面试得怎么样？”

竺暖却皱着眉头质问：“为什么把悠悠开除？”

顾世弈眉宇微动，收敛起笑意：“关于这件事，小暖，我希望由程悠悠亲自告诉你。”

“有什么不能说的？”竺暖急火攻心，想起刚才程悠悠失魂落魄的样子，拽住他的衣袖，声调蓦然抬高。

一阵高跟鞋的声音由远及近，丝滑的裙摆在腿边摇曳，举手投足间充盈着无尽璀璨，陆沛岚在顾世弈身边站定，盈盈水眸轻视闪现：“竺暖，这里是北临市 CBD，顾氏集团的总部大楼。请你谨言慎行，顾及一下集团的形象。这样拉扯被记者拍去或者被客户、下属看见，都会造成很多不必要的麻烦。”

“沛岚！”顾世弈眉心皱起，侧身寒目扫过她，沉斥着。

竺暖看着眼前的这一对人，渐渐地松开了手。

他们站在一起真是奢华、高贵、优雅……又登对。

她想到程悠悠，一股悲愤涌上胸口。悠悠的家境很不好，父母亲都没有挣钱的能力，失去了这份工作就相当于失去了她整个家庭的保障，她一直兢兢业业努力工作生怕出现任何差错。而她所苦苦珍惜的这些，却能顷刻毁尽于他们这些金字塔顶端上流人士的一句话中！

竺暖浓卷长睫眼边水雾萦绕，定定避开顾世弈看向她的目光，紧咬着唇不让眼泪落下：“为什么你总是什么都不肯和我说？你的生活，我无权参与是吗？”

顾世弈心底慌张莫名涌现，这样的竺暖，几乎陌生到让他全然不识。

“不是这样……”他伸手想牵住她，她却侧身躲开。

胸口的那颗蓝色钻石传来一阵寒意，竺暖想起陆沛岚说的话：你现在所拥有的，所享受到的，哪一项不是依赖世弈所得？你一边心安理得地享受着，一边撇开物质讲感情？

竺暖闭了闭眼，攥紧手指，抓住脖子上的项链用力扯下，铂金的链子砰地断裂，在她雪白的脖颈上划出刺目红痕。她把钻石项链摔至他身上，声音里有着无法隐藏的哭腔：“还给你！”

“小暖！”触及竺暖脖子上的伤痕，顾世弈蹙眉心惊，赶忙去追转身而跑的竺暖。在川流不息的马路中，恰好一辆车堵在他面前，他在一片慌乱的喇叭声中闯过红灯，而穿过马路的顾世弈却再也找不到她的身影。

竺暖失魂落魄地重新回到程悠悠那里，看到坐在沙发上苍白无神的悠悠，心中不断交织着失落与愤然。

“他没有告诉我。”

楚楚看了看竺暖，没再多问，拿酒精帮她擦脖子上的伤口，对着悠悠说：“一份工作而已，你这么年轻，最不缺的就是重新开始的机会。”

程悠悠嘴角抽搐着笑了一下，麻木地点了点头，眼睛却是空洞的。她缓缓地站起来走向卧室，身形如同幽灵般消瘦，步伐却像拖了千斤般的重物。

竺暖也站起身来，看着她的背影，心中一片酸涩：“我去给她煮点儿粥。”

把粥熬上之后，竺暖回到客厅，看见手机上有十多个未接来电，伸手缓缓去触屏幕上的名字，触到的那一瞬间手机复而振动，惊得她霎时收手。她呆呆地看着不断振动着的手机，亦如她心里的阵痛，一阵强过一阵。

正犹豫着要不要接顾世弈的电话时，卧室却爆发出楚楚不可遏制的怒吼声：“程悠悠，你不就是被离个职，就变得这样不知廉耻、自暴自弃吗？”

竺暖赶忙把手机撇在一边，冲了过去。

“你竟然做别人的小三！”楚楚拿着程悠悠的手机，死死盯着手机上她与那个中年男人露骨的合照，“人家原配都把证据发来了，你怎么能做出这种事情？”

竺暖呆住。

程悠悠缓缓侧过脸，笑了起来，眼泪同时汹涌而出。她笑着笑着却哽咽呛住，剧烈地咳嗽起来，像是要把整个瘦弱的身子咳碎。

竺暖赶忙去扶程悠悠，程悠悠却用尽全力把她推开，双眼通红，手颤抖着指向竺暖，又指向楚楚，声音里有种歇斯底里的痛意：“你竺暖，顾世弈无微不至地把你宠着；你楚楚，被萧雨百依百顺地惯着。你们两个站着说话不腰疼，没有经历过我的人生凭什么教训我？”

“可是……”楚楚依旧愤怒如斯，“不管怎么样都不能触碰道德底线！”

“如果是拿道德底线来换命呢？”程悠悠的声音像爆破的玻璃，带着碎了一地的绝望，“我得了子宫癌！发现的时候都已经是中晚期，你们知道我吃着多昂贵的抗癌药才能保命吗？

“我是不知廉耻，我是在给别人当小三，我是为了钱，我用他每个月给我的钱买美国进口的抗癌药！药小得和糖豆一样，可一个月却要两三万块钱！吃药病情就能控制住不疼不痒，停药癌细胞转移我就得死！

“这个社会上像我这种穷人就是比富人的命贱！他不就是看着我年轻漂亮但永远也生不了孩子、威胁不了他，连命都握在他手里，随时可以对我为所欲为吗？我是想去死，可我死了我爸妈怎么办？他们在农村靠种地活命没生出儿子被人笑话了大半辈子，好不容易女儿长大了，我如果突然死了他们后半辈子怎么办？”

一下子说了这么多，程悠悠的身体如同耗尽了所有力气，慢慢地滑落在地上，倚着墙大口大口地喘着气。

竺暖和楚楚呆愣在原地，如同被石化一样再说不出话来，这样的噩耗，是年轻的她们承受不起的。

这个年龄的她们无论经历了多深的伤害和不公，内心都会存在着隐隐的希望，因为来日方长，青春恣意，有太多翻盘的可能。

可现在，程悠悠所承受的，换作她们，也根本无法承受！

心疼、恐惧充斥满身上的每一个细胞。她们好像同时失去了说话的能力，只有陪程悠悠一起坐在地上让她倚着，握着她冰凉的手，传递给她那一点点的温暖。

恶性肿瘤，中晚期。

这带给程悠悠的远不只是切肤之痛，她的心肝都快被痛苦烧成灰。她不怕死，她是怕她死了之后，父母会生不如死。

“小暖。”程悠悠把目光移向她，“你别怪顾世弈，是我自己做错了事情。我为了筹集手术费用，利用工作之便出卖了顾氏集团的商业机密，他却顾及你放过了我。”

程悠悠记得那天，顾世弈背对着她站在窗边，看不见他的表情，挺直的背影却压迫得她喘不过气来。

顾世弈的声音冷气逼人：“自己去办离职吧。你的事已经掩饰下来了，不会影响你以后去别处求职。”

没有追究，没有公告，甚至不用赔偿。因为竺暖，他仁慈地给她留足了后路。

竺暖早已哭成了一个泪人，她哽咽着：“悠悠，为什么不告诉我们你生病了？不管怎么样我们都会竭尽全力帮你的，这些你一个人都是怎么承受的……”

程悠悠摇摇头，眼睛空洞无神，喃喃地说：“我这一生啊……”

忽然，她似是痛到无法呼吸，眼睛在一瞬间充满了红血丝却无法流出泪来，只有额头大滴大滴的汗珠不断地往下坠，然后，一口鲜血喷涌而出。

“悠悠！”

竺暖和楚楚同时惊恐而叫。

此刻，她们内心对死亡的害怕甚至超过了对程悠悠的担心。

/ 第九章 /

为什么全都不算数了

竺暖和楚楚坐在病床边，看着刚从急救室里出来还未醒来的程悠悠，谁都没有说话，满屋惶恐不安的气氛。

刚才急救室门口的时钟就好像刻在了她们心上，每过一秒，就有针芒在心间刺痛一下。慌乱的心还在胸膛里横冲直撞，不能平息。

“悠悠！”没有敲门，病房的门就被来人迫不及待地打开。

竺暖回头一看，是悠悠大学时的男朋友李瀚。

李瀚没顾得上跟她们说话，直奔病床前。他半跪在床边，双手抱着悠悠苍白无力的手，捂在脸上，发出隐忍的呜咽声。

这是竺暖第一次看见这个年龄的男生这般哭泣。

“悠悠，我们不是说好了吗，即使不在一起，天各一方彼此也要幸福一生，为什么你不遵守诺言，为什么你不遵守诺言？

“是，我父母不允许我们在一起，可是我比谁都希望你能找到比我更好的人来照顾你！

“是我太不勇敢，是我没有好好守住你……”

他的哭声已经从呜咽转为哀号，这种哭声从这样一个一米八多的男人身上发出，有种刺透人心的凄凉。

而竺暖却想起了另一个人，心头的那根刺好像扎得更深了。

她想到了她的舒安，那个曾经在阳光下对她微笑的坚强的舒安。她有一段时间没去看他了，跟楚楚简单地交代了一下，她擦掉脸上的泪，走了出去。

竺暖来到了血液科。

竺暖和舒安是在大学时认识的。初夏的一天，她与楚楚一起在校门口逛街买衣服，等她拿着衣服去付账时，被告知她是本店的第 1000 位顾客，只需留下联系方式和地址办张会员卡，这件衣服就能送给她。竺暖当然同意，欢天喜地地写下自己的联系方式，觉得自己真是运气爆棚。

等她走后，远远看着的舒安迫不及待地跑到前台，问着导购姐姐：“她留下联系方式没有？”

店员们边把写有联系方式的卡片递给他，边与这个店主的孩子逗着趣：“小舒安，喜欢上这位漂亮小姐姐了？”

舒安看着竺暖娟秀的字体终于露出了久违的笑容，小心翼翼地将其装进口袋里，说：“这件衣服的钱一会儿我用压岁钱补上，你们可千万别告诉我妈妈。”

他们熟了之后，竺暖才知道，舒安还有一个从小一起长大却在十岁那年走丢了的姐姐。而竺暖，像极了舒安的姐姐，同时竺暖还知道了十一岁的舒安其实是一个白血病病人。

知道这些的那天竺暖哭了，而舒安却站在阳光下向她微笑：“没事的姐姐，你能愿意跟我说这么多话，像我亲姐姐一样对我，我就已经很幸运了。”

来到舒安的病房，他正安静地躺在床上睡觉，头发因为长期生病而变成亚麻色，长长的睫毛如羽翼般在苍白的皮肤上映下一小圈阴影。

“小暖。”舒母看见竺暖，眼圈一红，“谢谢你又来看舒安。”

竺暖突然有种不好的预感：“舒安最近还好吗？”

舒母沉默了一会儿，略略侧过饱含泪水的双眼：“前段时间被下病危了，一直无法成功配型，不知道还能撑多久。”

竺暖心头一惊：“不是一直挺稳定的吗？为什么会被下病危？”

“小安的抵抗力越来越差了，前段时间不知什么原因感染病菌导致重度肺炎，昨天刚从重症监护室转回普通病房。”

悲凉从心底弥漫开来，沉痛压迫着竺暖泪如雨下，怕忍不住的哽咽声惊扰了浅眠的舒安，她紧捂着嘴跑离病房，靠着走廊尽头的玻璃窗，哭声渐大。

这一刻，她想不明白了，为什么人生中要有这么残忍的现实，那些出现在她生活里的鲜活生命，明明那般的阳光明亮，为什么转眼间，就会被黑暗吞噬。

“竺暖？”

司靖尘站在她身后不远的地方，微蹙眉心，漆黑的瞳仁里闪过复杂难测的光。他来医院看望一个朋友，竟没想到遇见了她。司靖尘条件反射地想转身离去，而她悲恸的哭泣声又让他忍不住折返。

竺暖满脸泪痕地转过身，看见他，眼底浮出的一丝惊讶瞬间被沉痛淹没。

司靖尘缓步向她走去：“怎么了？”

她坠在身边的双手用力握成拳，指甲嵌入掌心，眼中泪水依然在簌簌滚落：“舒安病危了。”

司靖尘身形微晃，那个喜欢喊着竺暖姐姐的小男孩，他在大学期间也曾陪竺暖来医院探望过，身患重病的小男孩超乎想象的阳光乐观。

一瞬间，司靖尘不受控制地说：“我和你一起去看看他。”

竺暖微微愣了下神，引着司靖尘回到病房。

舒安已经醒了，竺暖见状收敛了眼泪，硬扯出一丝笑容。

“暖姐姐，靖尘哥哥。”看见他们的一瞬间，舒安眼神蓦然亮起，却很快暗了下来，重病把他折磨得几乎没有一丝力气，“我可能快要死了。”

司靖尘凝神注视着舒安，上前握起他的一只手：“这个世界上不存在消亡，你不会死。”

“不存在消亡？”舒安看向司靖尘，苍白面容浮现一丝茫然。

司靖尘眸底漾出浅淡笑意：“人生确实就像一场旅行，你在这个星球的行程结束，或许就会到另一个时空开始下一段更美好的旅行，所以，不用害怕。你要相信，无论你什么时候离开地球，离开你的朋友、亲人，大家终有一日，一定会再次相见，在一个更加美丽神奇的地方。”

舒安被司靖尘的言论所吸引，竭力认真地听他说话，偶尔问上几句，司靖尘像是帮他开启了一个全新的世界，如同能驱散死亡恐惧的那束光芒，让他忍不住地想要了解更多。

中途，竺暖去了一趟程悠悠的病房，程悠悠醒了，在李瀚的陪护下状态比较稳定，这也让她稍稍宽心。

从夕阳昏黄直至夜空升起皎洁满月，顾世弈等在竺暖家楼下，无数次地拨打着竺暖的电话，然而始终无人接听。

月光透过重叠的梧桐叶在他的脸上映下斑驳的光，好像是专门用圆满来衬托他的如绞心事。

司靖尘把竺暖送回小区门口。经过他的劝说，离开医院时舒安的情绪明显稳定了很多。

“我们从小受的教育都是唯物主义，你竟然跟舒安说这些。”

“如果他相信自己不会消亡，那么他就不会害怕死亡了，精神力量对病人而言尤为重要，说不定会产生奇迹。即便是没有奇迹发生，也能让他剩下的路走得更加安心快乐。”

竺暖认同地点头：“谢谢你。”

司靖尘侧脸凝视她：“最近总是做梦，梦见很多以前的事，总想去寻求生命的由来去向，其实也明白人类不过沧海一粟，万物都有它的轮回规律，能安宁简单地过一生其实是一种幸运。”

竺暖同样也看向他，似是欣慰他的释怀：“祝你幸福。”

司靖尘嘴角抿出一丝笑意，心底却涌出一股酸涩，想再说些什么，却觉得此情此景说什么都不合适。

顾世弈站在阴影中，远远地看着那两个人，心脏像是被什么东西紧紧地绞住。那种痛，几乎让他失去了站立的力量。

轻柔的月光下，竺暖和司靖尘并肩而行，他们偶尔交谈，却似乎有种浑然天成的和谐。

嫉妒、愤怒犹如火球般将顾世弈吞噬，胸口心尖那抹火辣辣的痛几乎让他的大脑失去了理智。

“再见。”竺暖在梧桐树下站定，并未让司靖尘再往前送。

司靖尘定定地看了她一会儿，低低回一声：“再见。”

顾世弈在黑暗中紧紧地盯着与司靖尘分别后的竺暖。

不接他电话的她竟是和司靖尘在一起。惊痛如潮水般漫上胸臆，眼瞳慢慢结起一层薄冰，寒色越发惊人。

竺暖还未走至楼下就被一只大手扯过，猛然被揽住腰身。

慌乱中，竺暖触及男子的幽暗眸光，她蓦然心惊——顾世弈？

他放开她，指尖抚着竺暖还未平静下来的脸，划至她下巴，转瞬收紧：“为什么不接我电话？”

竺暖吃痛地拿出手机，看见在医院被调成静音的手机上赫然显示着几十个未接来电。她歉意地望向他，不知该从何开始向他解释这一天的心路历程。

踟蹰间，却见他嘴角浮起一抹幽深，语出如剑：“忙着与司靖尘旧情复燃？”

竺暖惊讶地睁大了眼睛，定定地看了他一会儿，突然间身心俱疲。她推开他，沉默着转身离去。

“竺暖。”顾世弈惊痛地看着她离开的背影，疾步向前把她抓回来，“你连解释都没有？”

“如果你内心已经认定，我再解释还有什么用？”

“好，好。”顾世弈痛及反笑，“我们之间，一直被拒绝、一直没有被认可的人是我，竺暖你凭什么这么说？”

竺暖想起陆沛岚与她说的那些话，泪水盈满眼眶：“我们之间，到底还是有无法逾越的鸿沟。”

“无法逾越的鸿沟？”竺暖的话像有一股无形的力量，狠狠地捏住顾世弈布满碎片的心，疼得他连呼吸都是痛的，“那你只是让我做一场梦吗？给我希望、给我幻想，然后亲手撕碎？那还不如从头到尾地拒我于千里之外！”

竺暖往外看了看黑夜，泪水滑下：“是我做了一场不切实际的梦。”

顾世弈拿出那条被竺暖还回的项链，绕过她长发，缓缓戴于她雪色脖颈：“这颗钻石上刻着你的名字，竺暖，你扔不掉的。”

次日，竺暖去医院替换楚楚，程悠悠情况稍微好了一些。

竺暖给程悠悠置办了一些住院用品又找医生问了问情况，不知不觉间便到了中午，她看了眼时间下楼去给他们买午餐。

“竺小姐。”刚入餐厅，大堂经理就满面笑容地迎了上来，“包间有您的朋友邀请您一起共进午餐。”

竺暖诧异，转瞬间已被带至包间门口，看见房间里被几人簇拥着的陆沛岚，不自觉地想抗拒。

“坐。”陆沛岚指了指对面的座位对竺暖笑。

竺暖背脊僵直：“什么事？”

“听说你的小舒安莫名其妙地得了重度肺炎进了重症监护室？”

陆沛岚端起手中的咖啡，闲适地轻抿一口，轻松愉快得像是在讲一则笑话：“你知道吗，我们陆氏集团控股的一家生物科技公司，专门研究微生物菌群，有一百种不为人知的方法能轻而易举地让那些免疫力低下的人感染致病病菌。”

竺暖一瞬变了脸色，骇然望向陆沛岚，半天失语，瞳孔收缩，似是无法相信。

“怎么，不相信我能这么轻易地让他进重症监护室？”陆沛岚走到她面前，捏了捏她的脸蛋，似是在欣赏一件完美无瑕的瓷器，“花颜尽失的表情也这么美，我若是男人也会动心。”

竺暖一把推开她，愤怒地嘶喊：“舒安是白血病病人！抵抗力远远低于常人，随便一个感冒都可能致命，你怎么狠毒到这种事也能做得出来？”

陆沛岚微挑长睫，不以为意：“所以，这次算他命大活了过来，下次可就不一定了。不过下次，我也不一定会用这种方式，目标也不一定是舒安。可能是楚楚，可能是程悠悠，也可能是你的亲人。”

她冷笑：“让你的世界全盘崩塌，对我而言，轻而易举。”

竺暖愤怒的双眼似有赤焰燃烧，一呼一吸间却慢慢充满惊惧。她从未想过，舒安竟是因她差点儿殒命。从未想过，她以为的安稳生活竟也暗潮涌动。从未想过，她自私地享受爱情的同时却把身边人置于她无法控制的黑暗中！

这已经远远超过她所能接受的范围……

陆沛岚的眼神变得狠厉：“这是我最后一次警告你。下次，我就不会手下留情了。而你，除了在这儿大喊大叫，别无他法。

“如果你不相信我是高你一等的，我不介意用更多的方式让你相信。”陆沛岚起身，高傲地对身边人发号施令，“走。”

“哦，还有——”陆沛岚回头瞥竺暖一眼，“不要妄想着去找世弈帮忙，你没有证据，他不会信的。”

阴郁的天幕是极深的墨色，竺暖全身发抖，双手战栗得几乎无法拿住手机。

她不知道，这个世界上怎么会有这种事，她不明白，怎么会有人狠毒至此。她该怎么办？她能怎么办？

竺暖脸色青白得像是一碰就要碎裂的玉器，潜意识里的那一线希望让她不自知地朝着顾氏集团大楼的方向奔去，簌簌风声在耳边呜咽，到楼下时她几乎耗尽了所有的力气。

“请问您找谁？”前台礼貌地拦下竺暖。

“顾世弈。”

“请问您有预约吗？”

竺暖摇了摇头。

前台望着她，微笑着礼貌拒绝：“不好意思，您见顾总需要提前向总裁助理预约好时间。”

竺暖霎时全身冰凉,这段时间他和她的亲近几乎让她忘记了，他们的关系尚未在集团里公开，而他同时也是那位高权重的人，不是谁都能见到。

“竺小姐？”刚到集团大厅的林泽微诧地看着被前台拦住的竺暖，“您来找顾总吗？他现在在会议室，我带您上去。”

会议室旁边的休息厅，林泽为竺暖端来咖啡：“稍等，我现在去告诉顾总。”

“不用了。”竺暖摇头，她的脑袋很乱，几乎是条件反射地跑来找他，却不知该如何去说，“我在这里等他，不急，你先去忙吧。”

林泽没有细想，随即出了休息室，把门轻轻带住。

竺暖在休息室里坐着，心底却越来越慌乱，不由得起身，慢慢踱至会议室门口。她透过玻璃门栏看向会议室，却乍然惊醒，瞬间心中的慌乱更甚——顾世弈背对着她，正和坐于他对面的陆沛岚商讨一份合同。

陆沛岚米色的长裙勾勒出玲珑的身段，坐在顾世弈对面落落大方。察觉到门外竺暖的身影，陆沛岚抬起头来，扫过她一眼，似是挑衅地微扬了一下手中的合同，随后又投入到与顾世弈的交谈之中，眼眸微亮，巧笑嫣然，跟在餐厅面对她时的跋扈狠毒判若两人。

竺暖全身发抖，长久地望着陆沛岚，最终下定决心转身离去。

顾世弈从会议室里出来时，已是一个小时以后。从林泽处得知竺暖前来找他时，他怔了一怔："她人呢？"

"在休息室等——"

未说完的话被顾世弈急切的开门声打断，休息室里，那一杯未动过的咖啡早已凉透，哪还有她的身影。

一瞬涌起的欣喜全然散去，顾世弈眼眸转凉，把手中文件掷于林泽怀中。

林泽手忙脚乱地接住，惊异地看着顾总边拿出手机快速走至电梯，边对他冷言寒语："以后关于竺暖的一切，无论我在做什么，第一时间告知我。"

竺暖失魂落魄地回到医院接替楚楚时，程悠悠已经睡着。她出了病房，坐在病房外的长椅上长久失神，接到萧雨的电话时还如置梦中。

"竺暖，楚楚骨折了，在急救室刚打好石膏，今天需要留院观察，悠悠那边你就多辛苦一下了。"

"什么！"竺暖惊惧地从椅子上跳了起来，"我马上过来！"

“怎么回事？”竺暖以最快的速度跑到急诊室向萧雨问道，紧张得全身发抖。

萧雨惊诧地看着过度焦急的竺暖：“放心，没什么大事，电梯失控从三楼掉下来，她猝不及防地摔了，只是轻微的骨折。”

“电梯怎么会莫名其妙地掉下来呢？查找电梯失控原因了吗？有监控看到人动手脚了吗？”

萧雨安抚地对竺暖微笑了一下：“查过了，监控坏了没有拍到什么，电梯应该是到期未检修出了意外。你不用这么紧张，楚楚只是骨折，会恢复得很快。”

竺暖头痛欲裂，电梯失控——电梯失控——电梯失控！

天色已经完全暗了下来，咆哮而过的电闪雷鸣仿佛要吞噬一切，倾盆大雨在苍茫的夜色中呼啸而至。从医院出来的竺暖茫然地朝着家的方向走去，交加的风雨肆意地扑洒在她身上。

街角，一抹躲在阴暗处的身影拦住她。

“陆总让我转告你，如果还不离开顾总，还妄想着向顾总告发，将会有你无法承担的后果。如果你是聪明人，就不要再不自量力。”

果然，果然，果然！

还是因为她，舒安病危是因为她，楚楚骨折是因为她。

她竺暖都给身边的人带来了什么！

接下来呢，生活中是不是就像埋下了很多无形的定时炸弹，随时都有可能轰然炸裂？

竺暖麻木地走到小区门口，身体冰冷得好像不是自己的了。

“竺暖！”呼喊声由远及近，等在雨中的顾世弈远远看着呆立在雨中的她，稍稍松了口气。

顾世弈顾不上撑伞，淋着大雨向她奔跑而来：“你跑哪儿去了？电话也不接微信也不回，知不知道我找了多少地方！”

一动不动呆立原地的竺暖神情呆滞，如同魂飞魄散，直至顾世弈跑近她身侧，她才收回涣散的眸光。

看见顾世弈的那一瞬间，竺暖心中翻滚的复杂如浪滔天，她无力思考地扑向他怀里放肆大哭，紧搂着他的腰，泪水混着雨水全部洒在他身上，任他怎么温柔哄劝、焦灼询问都只是大哭着一语不发。

最后，他只得将她紧紧拥在胸口，然后拦腰抱上楼。

回到家中，裹在薄被中的竺暖依然目光涣散，沉默良久后，她带着浓浓的鼻音，轻声开口：“我们分手吧。”

这像一道惊雷在顾世弈耳边炸开，他遽然抬首用眸光擒住她，面容生寒，却还是以为自己听错了。他反问一句：“你说什么？”

竺暖把头埋进膝盖里，声音沉闷地传出：“分手吧，”

“竺暖——”顾世弈闭了闭眼睛，努力压制住内心的惊怒，停顿了好一会儿，才说，“有问题就沟通解决，有不满就说出来改正，我们之间的关系，不是你能一句话就可以随随便便结束的。”

竺暖无力再回应一个字。

顾世弈微微叹了口气，端着热水慢慢走近她，轻拍着她后背，把水递到她面前：“先喝点儿热水，暖暖身子。”

“小暖？”

呆呆的竺暖突然抬起头来，撞开顾世弈手中的杯子，在清脆的碎裂声中声嘶力竭：“你走！”

顾世弈全身冰冷，她失常的反应让他害怕又无措，他紧紧盯着她：“发生什么事了？”

竺暖自顾自地把身边的枕头砸到顾世弈身上，像是要把从陆沛岚那里受到的屈辱全发泄到他身上，一味重复着：“你走！”

“好，我走。”顾世弈指尖略微发颤，勉力控制着自己的情绪，“小暖，你先冷静。”

程悠悠的病情稳定住以后，李瀚就不顾父母反对坚持把悠悠带回家，辞掉工作寸步不离地照顾着。

悠悠的绝症如同倒计时，时间的沙漏随时都可能见底，所以他会更加珍惜，一分一秒都不想再错过。

竺暖再次去看舒安的时候，舒安正抱着霍金的《时间简史》看得津津有味，床边还放了一堆科普读物，精神同样也好了很多，苍白惯了的脸上竟浮现一抹红润。见竺暖进来，他双眼熠熠地喊着姐姐。

“舒安，你看起来好了很多。”竺暖坐在病床边，歉意的眼中浮现一丝安慰，“姐姐以后会经常来陪你，你会越来越好的。”

“太好了！”舒安雀跃着，“下午我准备去听一场音乐会，姐姐你陪我一起好不好？”

“音乐会？”竺暖微怔，“可是你的身体状况……”

“让他去吧，靖尘找医生说去了。”舒母眼中添了一抹释然。

在舒安经历过ICU的生死一线之后，她多年惊惶的心突然安稳了一些。既然不知道明天会突然发生什么，不知她还能留舒安在身边多久，那就尽量让他每一天都能开心愉快。

竺暖却是更加讶异，一时间没有反应过来：“司靖尘？”

“靖尘哥哥这几天每天都会来看我。你看，这些书都是他带给我的！”

正说着，司靖尘开门走进来，清眸带笑：“医生同意了。”

“太棒了！”一瞬间，舒安脸上光彩迸现。

舒安换上了一身蓝色小西装，衬着透白的皮肤和栗色卷发，像俊俏的小王子。虽然他身体好转，却还是无力行走过远，坐在轮椅里由竺暖推着入场，司靖尘跟在他们身后。

这是一场大提琴鉴赏会，演奏厅布场清雅，台下听众分散于各个小圆桌前，会场末端的吧台上摆着各类精致的甜点和红酒，偶有服务生端着放有酒杯的托盘在会场中礼貌而轻柔地走动着。

刚开始，舒安只是安静地坐在那里听着演奏，而当一个穿着雪青色长裙的少女出现在台上时，舒安远远地看着她，眼中却迸发出倾巢的暖意，专注地倾听着。

竺暖突然意识到，小舒安已经是十四岁的少年了，正是情窦初开的年纪。

一股涩意不可避免地涌上竺暖心头，舒安的病情注定让他的感情像是埋在保温室里的种子，只能默然萌芽于心田深处。

优雅柔美的曲子从琴弦间流淌而出，少女像是被笼罩上了一层透明而朦胧的光环，清丽脱俗。

一曲终，少女起身谢幕。

当雪青色长裙的少女消失在舞台尽头，舒安才把目光收了回来，眸中光芒也随之消退，笼罩上一丝茫然。

“舒安，我送给你的那几本书都看完了吗？”司靖尘突然出声。

“看完了，靖尘哥哥……”舒安的声音有些疲惫，像是陷于失落中。

司靖尘接着说：“你还记得有本书里写着，当我们的速度超越光速的时候，我们就能穿越时空回到过去，说不定我们很快就能实现时光倒流，很快就能等到可以治愈你的那天。”

舒安默然半晌，用力地点点头，眼中微光闪烁：“这个世界真的很神奇，几百年前的人怎么也想象不到我们现在可以上天下海，他们当年赶马车一周的路程，我们坐飞机一个小时就能到了。”

“或许再过几十年，我们从一个洲到另一个洲都能秒速到达了。”

“是呀！把人体打碎成粒子状态，通过渠道穿梭后再重组。”舒安的眼睛里慢慢地燃起一丝兴奋和希望。

“有可能。”司靖尘眉宇间浮动着淡淡的笑意，“这个世界上有很多奇妙的东西还没有被我们发觉。”

竺暖又想起司靖尘的话：精神力量对身体的恢复也起着至关重要的作用。看着此刻充满希望的舒安，竺暖亦是不自觉微笑：“所以舒安一定会好起来，以后会成为一个揭秘者。”

“嗯！”舒安用力地点点头，“我一定会好起来的！”

另一端，顾世弈静静地看着陆沛岚发来的竺暖与司靖尘一同出现在音乐会的照片，站于落日中的他把手中酒杯慢慢抬至唇边，一举饮尽，灼烧感在胸腔里织出锐利的网。

竺暖恢复了对他避而不见的状态，短短几日间，他们之间的亲密就好似前尘过往，遥远得再无法触及，就好像从来没有靠近过，就好像他曾经的欢喜只是一场笑话。

再次扫过那张照片，被痛意撕裂的心犹如沉入千年寒冰。

这是她要与他分手的原因？

顾世弈转身出了门。

赶至音乐厅的顾世弈冷眼扫过全场，清寒凌厉的目光锁定竺暖，身影一步步逼近。

乍然看到顾世弈，竺暖心里一惊，眼底闪过一丝防备。她温度骤降的眸子让顾世弈的内心瞬间充满了苍凉和愤怒，几乎要失去控制自己的能力。他竭力抓住竺暖的胳膊把她往外拉：“你跟我出来。”

司靖尘下意识地起身想抓住竺暖，伸出的手却顿在半空中。

当他反应过来时，迅速撤回手。

竺暖和顾世弈之间的事情与他何关？可是，舒安又与他何关？

可又为什么，他每次来找舒安的时候总带着遇见她的期冀？

顾世弈直把竺暖拉至音乐厅后台无人的休息室里才放开手，巨大的落地窗外是沉沉的夜色。他静静看着她，眼底流转着一抹深沉难言的伤痛。

竺暖深咬着唇，长睫微闪，同样望着他。

这个对视如同一个世纪般漫长。

最后，顾世弈移开目光，凝视着她手臂上的那一片红色，良久，缓缓地问：“疼吗？”

竺暖面容雪白，心底疼痛难抑：“我们分手吧。”

顾世弈仿佛是没有听见，伸手想抚过竺暖垂在肩头的长发。竺暖却迅速往后退了半步，躲开了他的手。

顾世弈身体一僵，眼中的沉痛更甚：“你就这样对我避之不及？”

竺暖深深地吸一口气，再次重复：“我们……分手吧。”

“你只有这一句话了吗？”顾世弈再也控制不住自己的情绪，他猛然扯过竺暖胳膊，逼着她看向自己，“竺暖你看着我的眼睛！你亲口答应我的，答应的我们一起看朝霞日落，答应的我们一起去暮雪千山，答应的与我一起面对未来，这些都还没来得及兑现——

“为什么忽然就全部都不算数了！”

竺暖在他的手掌中挣扎，听着他的话几欲落泪，是啊，都是她亲口承诺的，可是又能怎样呢？

“我们前几天不是还好好的吗？”顾世弈紧抱她入怀，不让她再挣扎，“你亲口说的爱我，为什么现在却对我如同不认识一样？”

只一句话。

他们之间，就这样被她只用一句话打回了原形！他倾尽全力的追求，他费尽心思的宠爱，全部在这一句话中付诸东流。而她，她竟能够对他如此决绝。

“之前是我的错觉，”竺暖眼中的水汽终于积聚成泪滑落下来，“我们终究是不适合的，分开对谁都好。”

“我不同意！”顾世弈把怀中的竺暖越箍越紧，仿若一松开她就会从他的世界中消失。

竺暖被压迫得几乎喘不过气来：“顾世弈，你松手，你放开我——”

“放开！”竺暖用尽全身力气把顾世弈推开，力气之大以至于让他趔趄着后退了几步，“顾世弈，你什么样的女朋友找不到？有必要自降身份来纠缠我吗？我们就像两条相交线，短暂相交之后必然会越走越远！我们本就是不同世界的人，为什么要在一起徒增伤害？”

“我怎么会伤害你？”几步之外，顾世弈看着她，如同隔了整个世界，些许凌乱的衣衫给他染上了一层难言的失魂，“竺暖，你这样说对我公平吗？”

“没有关系，我可以不要公平，但是小暖，你要对我有信心，好不好？”顾世弈急切地补充着，走过去想拉住竺暖的手。

竺暖擦干眼角的泪，仿佛在一瞬间决定了人生的方向，转身决然而去。

顾世弈站在窗边，空空如也的手心虚无地握了握，久久地凝视着窗外她越来越远的背影。

清冷的路灯下，风吹乱了她的长发，雪白的裙摆如同一朵巨大的雪莲花，冰冷得刺眼。

第十章

不允许你忘了我

舒安的精神状态愈渐好转。

而程悠悠的情况却不容乐观，李瀚找到了全国最好的医院，会诊之后决定为程悠悠做手术进一步治疗。程悠悠困难的家庭根本无法拿出手术费用，李瀚父母虽不反对他把程悠悠接回家照顾，却不可能再给她付这么大一笔费用。

楚楚和竺暖拿出了自己所有的积蓄，可离手术和术后护理所需的费用还差一大截。可程悠悠不能再拖下去了，手术迫在眉睫。

一切如同一团乱麻，搅得竺暖心绪难平。

竺暖焦虑地对着早餐食不下咽，目光不经意地落在桌边的浅色锦盒上。

她拿起来轻缓地打开，那颗蓝钻在锦盒中璀璨闪耀。在经历了无数次内心挣扎之后，她轻叹了口气，再不犹豫，拿起盒子装进背包，匆匆出了家门。

本市最大的一家典当行里——

“陆总，有位小姐拿着一颗钻石来典当。这颗钻石品相非凡，与她要求的典当金额极为不匹配，我不敢擅自决定，拿来给您过目。”

陆沛岚抬起眼睫，扫过下属手上的那抹光芒，神色一变。这颗独一无二的蓝钻，可不是顾世弈送给竺暖的那颗吗？

看向大堂的监控，果然那抹纤细身影静立其中，陆沛岚心中升起一股鄙夷：“她要多少钱？”

“那位小姐典当二十万，并再三嘱咐我们不要售出，她会尽快来赎回。”

“二十万？”陆沛岚嘴角的嘲讽更甚，几乎想放声大笑。

这颗世间罕见的纯净蓝钻价值连城，以二十万的价格拿来典当，陆沛岚觉得竺暖真是自己见过的最傻的人了。

“行，就给她二十万，把她打发了吧。”

竺暖刚走，陆沛岚就去了顾氏集团。

把锦盒置于顾世弈面前，陆沛岚亭立浅笑：“世弈，你的竺暖，刚才到我的典当行用你送她的蓝钻，典当——二十万。”

顾世弈眼神微凉，嘴唇紧抿成线，沉默地移目看向那颗钻石。

“世弈，”陆沛岚刻意放柔的声音牵出丝丝讽刺，“你对她视若珍宝，把这条全世界独一无二的蓝钻送给她，而她却转手卖掉，甚至还背着你天天跟别的男人混在一起，这种水性……”

陆沛岚嘴里“水性杨花”几个字还没说完，顾世弈豁然抬首望向她，目光像深潭寒水，并未说一个字，却让她未完的话霎时被惊断。

“世弈，”陆沛岚缓顿了几秒钟，言语断续，“我只是——想让你看清。”

顾世弈把手中的文件摔在桌上，目光沉落：“出去。”

另一边，筹到钱的竺暖马不停蹄地回到家。

“楚楚！”竺暖回到家，边换鞋边说着，“这个卡里有二十万，前期的手术费和护理费应该都够了，我们现在可以联系医院给悠悠动手术了。”

楚楚并没有接过她递过来的银行卡，怪异地看着她：“顾世弈刚送来了一张卡，用来给悠悠治疗，他没跟你说？”

竺暖惊滞：“他人呢？”

“在那边打电话。”楚楚指了指阳台，转身出了门，“你们聊，我去看看悠悠。”

顾世弈打完电话，回首便捕捉到竺暖凝视他的目光。一厅之隔的竺暖却在与他目光相撞时生生别开脑袋：“我们已经想办法给悠悠筹到了手术费。”

“怎么筹到的？”顾世弈目光沉沉地锁住她，话声掷地冰寒，“竺暖，我再跟你说一遍，这颗钻石被我刻上了你的名字，你是扔不掉的。”

竺暖看到蓝钻项链重新出现在顾世弈手中时有一刹的惊喜，物归原主了，真好。她其实也很担心，害怕等她筹好资金去赎回它的时候，它已经被售出。

“之前我不了解程悠悠的情况，如果你是因为这个要与我分手……”

笙暖摇摇头打断顾世弈：“跟悠悠没关系。”

“因为司靖尘？”

“我跟司靖尘早已恩怨两清。”

顾世弈微微蹙眉不再言语，凝神望着她，她眼中的挣扎与痛楚被他悉数收入目中。他伸手，想抚上她眉睫，她却如触电般惊惶地后退，躲闪着他的亲近，然后转身至楼梯口飞奔而下。

顾世弈心口窒闷至极，他尤其痛恨笙暖一次又一次地跑开。他把目光移至窗外，几乎觉得连呼吸都困难，就像有什么他抓不住的东西，飘离他万水千山的距离。

不知过了多久，手机响起，顾世弈无心接听，任由铃声响着，然后停止。

停顿了几秒钟后，铃声复而响起，他不耐烦地拿出手机扫了一眼，却指间倏忽一动，迅速滑开。

“世弈。”

笙暖的声音低怯嘶哑，像是刚刚大哭过一场。顾世弈蓦然心痛，眉心皱起。

她的声音断断续续传过来：“我想……找你聊聊。”

“好。”顾世弈抓起车钥匙，迅速出门，“你现在在哪儿？”

笙暖站在小区里繁盛的梧桐树下，眼圈红肿，看顾世弈遥遥走来，在她面前站定，还是那副美好的模样。她看着他，启唇缓语：“跟你在一起的那些天真美好，美好到让我误以为，我们适合长久地在一起。”

跟他在一起的八个月，她如此周全地被他照顾宠爱着，不用去担心早起迟到、客户责骂、同事纠纷，也不会遭受到外界的伤害，不用处理世交中的纷乱。

以至于，一遇到陆沛岚，她便失了所有心神。

她要与顾世弈分手确实因陆沛岚威胁所起，可细想后却惊觉，陆沛岚的话并非全无道理。竺暖相信，只要她把陆沛岚所为告诉顾世弈，他一定能处理得比她好，只是现在——她不能也不再愿意一辈子活在他的羽翼之下。

“我从未遇见过像你一样对我好的人，你对我太好，好到我怕我这一生还没想好要过什么样的生活，还没为自己的梦想付诸过努力，就已经迷失在你为我营造的美好梦境中。”

她不害怕做一辈子的梦，害怕的是梦境戛然断裂后的无边黑暗，她不确信，如果自己再经历一次，还能不能像上次那样收拾心情，重新启航。

之前受过的伤害那么深地隐藏在潜意识中，以至于爱情再次降临的时候，让她觉得如梦一场，让她最擅长的不再是勇往直前，而是怯懦退缩。

“所以，世弈——”

顾世弈眼角微微跳动，心口冗长的疼痛变得尖锐而无法抑制。

“我等你。”顾世弈抢在她之前开口，“你想要成长，我给你时间，你想要探寻世界，我给你空间。我等你，等你看完、走遍、感受够这个世界，再回来我身边。”

他不畏孤独，他只怕她的那句分手真的成为事实，他使尽浑身解数也无法再把她找回。

竺暖怔然：“为什么不愿放手？”

她拼命忍住眼睛里喷涌而出的泪水，生怕自己在下一秒扑入他的怀里。

“你知道吗……”隔着叠叠树影，顾世弈久久地望着她，“我这一生最好的回忆就是在波恩的樱花树下，我吻了你，你踮起脚回应了我。”

很多事情是无法说清楚的，就像为什么鸟能飞在空中，而花却只能生长在地上；就像有些人明明不在你的世界，却只需一眼，就能让你铭记一生。

顾世弈又想起初见她的那个深秋，那天天高云淡，她的笑容是那么清透动人。

让他，一见难忘。

眼泪终于汹涌而下，竺暖无法自持地转身，一步一步地远离梧桐树下凝视着她的那个人，这一刻，她无比厌恶着自己的懦弱，无比痛恨着，为什么这么美好的感情她却只能把它留在浅尝辄止上。

“小暖——”

顾世弈的声音遥遥传来，却似用尽全身的力气：

“别走太远……记得回来。”

竺暖直直地往前走，却是悲恸到不能自已。

她不知道，还有没有路，能让她回去。

竺暖很快找好了工作。

被全国排名第一的证券公司诺安证券录取，持有 CFA 的竺暖其实可以直接进投资顾问部做研发工作，但她还是选择了市场部。

因为她需要快速成长。

实习期考核要求是在公司不提供任何渠道和资源的情况下，

三个月完成一定量的股票托管资产，即可转正。

这对于有期货公司工作经验的竺暖来说很容易，做期货的客户大多都会涉及股票，她实现了半个月时间完成客户转化的目标，快速转正。

转正后，公司为竺暖提供了银行渠道，让她作为银行的三方驻点人员，在替银行给客户办理业务的同时寻找股票客户。

这天，竺暖在银行大厅站了一天，没开口说一句话。

观察了一天的竺暖发现这种方式对她来说效率太低，她必须有目标性，她没时间像别人一样散沙般地开发客户，她的目标是高净值客户。

于是，她直接敲响了银行行长办公室的门。

一番交谈，竺暖拿到了网点流失的大客户名单，与银行达成协议。银行提供客户信息，她重新帮银行把客户找回，从而在这些大客户中寻找风投客户。

竺暖一边白天约见客户，一边晚上研究大盘，并拟好第二天与客户交谈的内容。

这种特立独行的获客渠道效果显著，足够努力和专业的她很快实现了客户的裂变，名下托管的资产呈指数化增长。

在诺安证券里，这几乎是史无前例的优秀。

只有竺暖自己知道，她承担了多大的压力。几乎每天醒来，她都在逼自己，不能有一丝的松懈。

五个月后，因业绩尤为突出，竺暖被调到了机构部。

这相当于为她开启了一个新的征程，更高的台阶，更为广阔的前景。

当然，刚进机构部的竺暖无法接触到核心业务，刚开始只是做一些整理资料、接打电话的基础工作。

“竺暖，真有你的！”机构部的尤总激动万分地从办公室走到竺暖的工位上，着实把她吓了一跳。

就在刚才，尤总接到了一博投资负责人的电话，他们愿意和诺安证券合作推出一款私募产品。

而一博投资，几乎是投资界的神话。

在熟练运用期权期货等金融衍生品对冲风险、保证本金安全的前提下，能精准选择有爆发性的股票，收益率高居全国私募榜首持久不下。由一博投资发行的私募，个人投资者门槛都已由100万提高到了500万，可这不仅没有浇灭投资者的热情，反而吸引了更多的高净值客户。

不需要主动、不需要营销，一旦发售产品立刻就会被一抢而空。所以哪家券商能取得与一博投资合作的机会，一定会毫无意外地名利双收。

“一博投资那边都跟我说了，”尤总深呼吸了一口气，略微缓解内心的激动，“是因为竺暖你的努力他们才愿意跟我们合作，他们希望以后你来负责这个项目，而且希望明天由你代表诺安证券去一博投资聊具体的合作细节。”

一博投资？我做什么努力了？

竺暖有些蒙，飞快在脑袋里过了一遍自己最近的工作内容，她有些不明所以，她什么时候联系过一博投资了？

尤总自顾兴奋：“大家都应该向你学习啊竺暖，如果都像你一样的话，那我们很快能被评为AAA级券商了。”

“尤总，我没有……”

“好了，别谦虚了，你的努力我都看在眼里。”

“尤总，我……”

“赶快去准备吧，不懂的来问我，明天一定要把最专业的姿态展现给一博私募。”

伦敦市中心写字楼。

顾世弈看着手机屏幕上突然跳动起的名字，如置梦中。

这个在他脑海里回旋了无数次的名字，这个每天叨念在心底的名字，乍然出现，让他突生一种近乡情怯的不适感。

良久，他才缓缓接起：“小暖……”

“你好，顾先生。”

顾世弈的心口仿佛有什么钝痛的东西狠狠敲过，她是这样疏离。

竺暖接着说：“一博投资跟你有关系吗？”

一博投资？顾世弈淡淡地皱起眉头，心头泛起疑问，声音却是低低沉沉：“没有。”

“那不好意思打扰了。”竺暖稍稍停顿了一下，“再见。”

“等一下！”

电话那端只传来了“嘟嘟”的忙音。

顾世弈握紧手机，看着屏幕由亮转暗，移过眼神把它扔进了沙发。他转身看向窗外，颀长身影静立于城市璀璨之巅，却寂寞如斯。

他揉了揉眉心，却没有揉开眉间的那片寥落。

也只有竺暖，两句话便搅得他心神不宁，一举一动都能控制他的呼吸。

“林泽。”顾世弈叫来了特助，“帮我订最近一班回国的机票，顺便查一下一博投资。”

竺暖放下电话，阳光透过玻璃扫过她皎洁的脸颊，把她额头上细密的汗珠映得一片晶莹。

拨通这个电话几乎用尽了她所有的勇气，她几乎是逃一样，把电话挂掉。但是还好，这件事与他无关。

竺暖连夜准备好所有材料，提早赶到一博投资。初次接触机构业务的她略微忐忑地等在会议室，上午九点，一博投资的负责人如约而至。

“司靖尘？”见到来人，竺暖呆立当场。

司靖尘嘴角隐然含笑，在竺暖对面坐了下来：“上大学的时候陪你上过几节证券投资课，喜欢上了风险投资，便开始自己操盘。没想到，比本专业做得还好。”

竺暖一时不知道该说些什么，两个人已是半年多未见，不承想再次相见竟是因为工作的契机。

清透的阳光落在竺暖脸上，扫过她略微低着的长睫，司靖尘望着她，有一刹那的恍惚。

竺暖突然问：“一博投资是你什么时候创办的？”

“你大三的时候。”

她哑然，不由得感叹自己的初恋是多么失败，当年两人竟然疏离到她连他最初建立的工作室是做什么的都一无所知。

初见到司靖尘时的震惊逐渐褪去，竺暖叹然：“你真是‘雪中送炭’，我刚进机构部急需做出成绩。”

司靖尘微凉双眸深处浅浅浮出一丝温色，半晌后，他望着她道：“竺暖，我欠你一句对不起。”

竺暖看着眼前的司靖尘，这个代表着她整个青春的司靖尘，这个骄傲如斯才华卓然的司靖尘，这个情路同样坎坷辗转的司靖尘。

真是浮生若梦啊。

她怅然道：“我们之间的那些旧时恩怨就不用再提了，只希望你今后所有的深情都不会被辜负。”

司靖尘静默一会儿，忽而笑了，笑意极浅，丝毫无法遮掩眸底的清冷。他不欲再聊这个话题，缓缓向她伸出手：“合作愉快。”

商量完合作的各项事宜，司靖尘把竺暖送至公司楼下，黑曜石般的瞳仁长久地望着她离开的背影。

他愿她以后的深情都不会被辜负，可是时过境迁，她却不再是愿意做那个不被他辜负的人了。

北临的深秋，竺暖独自逆光沿着路边缓缓前行，见过司靖尘的她，这一刻眼前却不自觉地浮现了另一张灿若繁星的脸。

竺暖终于放下心中给自己设定的枷锁，终于不再抗拒那磅礴而至的想念。

顾世弈，好遗憾没有和你一起去看接下来的风景。

回公司的路上，竺暖竟不知不觉走至顾氏大楼下，五个月没有再联系的顾世弈无端撞入她眼中。阳光如碎金般落满他全身，他就刚刚好地站在那里望着她微笑，眼睛深处如绽烟花。

这一瞬，竺暖以为是自己因为过度的思念而产生了幻觉。

在人来人往的梧桐树下，顾世弈一把抱住她。

她瘦了，头发长了，一日不见如隔三秋的思念让他觉得，上次见到她仿佛是在上个世纪，此时再见却依然让他心动如斯。

积聚已久的思念让他的拥抱很紧,不留给她一丝挣扎的余地:“小暖，我想给你成长的时间，可是我等不下去了。”

他放任她去自由发展，换来的却是她越来越远的疏离。

竺暖眼圈发红，仿若贪恋着温暖般在他怀里一动不动，而说出来的话却依旧刺人：“别来找我了，让我忘了你吧。”

这几个月，她摒弃一切杂念努力工作、快速提升，接触了无数客户才终于明了，她最初的想法无异于痴人说梦。

她终其一生的努力，也无法赶得上他的十分之一。

经历，总会逼着人去成长。而成长，总会让人看到不切实际的自己。

顾世弈放开她，他心间的苍凉如雾般散开，却是在笑：“竺暖，你是不是忘了，我从来没有答应过与你分手。你凭什么忘了我？谁允许你忘了我？”

竺暖挣开他的怀抱，往后退了一步，眼前浓雾散开，她看不清他的样子，那一步的距离却像是永远也跨越不了的鸿沟，砸落的泪水亦如她碎裂的心：“我努力过的，终于还是决定向现实妥协了。”

“竺暖，你给我听好。”在她转身的瞬间，顾世弈掷地冰寒的声音响起，“我不管你是怯懦退缩，还是对司靖尘旧情未了，我顾世弈终此一生，就算竭尽全力，也一定不会让你从我身边逃离。”

她只能是他的，他这一生都没打算放过她。

竺暖的脸上霎时血色尽褪，白至透明，她没有回首看向他。他站在熙攘的长街中央，眉目坚定，却依然茕茕孑立。

她的眼泪越发汹涌，真的，没有比他更好的人了吧。

新一季度的私募净值排行榜出来，一博投资的财务樊康反反复复看了好几遍，喜不自胜。

“老大，这半年我们发行的私募产品，净值又是不断地创新高。”

司靖尘笑：“辛苦大家了，这次的季度奖金多发一些。”

车子路过银行，樊康灵机一动：“我们的奖金发现金怎么样？这视觉冲击力度，是不是更能激励大家奋勇向前？”

司靖尘侧首看他一眼，不置可否：“随你。”

樊康自顾兴奋：“老大，你在车里等着我，我去对面银行取现金。”

“我跟诺安证券约的十点去看路演的准备情况，你快一点。”

樊康惊讶，转身下车自顾嘀咕：“平时发产品路演都没见去过，这次怎么前期准备都这么上心？”

坐在车中的司靖尘扫了眼腕表上的时间，拿出手机切换至与竺暖的聊天页面正欲告知她可能要晚到一会儿，却收到了她的消息：“我在公司楼下处理点儿纠纷，晚点儿到会议室。”

司靖尘指尖顿了顿，微蹙起眉心。

“咦，怎么先跑了？”提着一包现金从银行出来的樊康遥遥地看着司靖尘驾车而去，挠了挠脑袋，喃喃自语，“奖金直接发成沓的现金是庸俗了点儿，可也不至于嫌弃到这种程度吧？”遂而抱紧手中提包，拦了一辆出租车，紧跟而上。

司靖尘到了竺暖公司附近，停好车，凉眸扫去，见不远处一个奔驰车主正对着竺暖嚣张嗤笑：“你是不是眼瞎？一破自行车都骑不好，知不知道我这车值多少钱？我给你说不赔我一万别想走！”

竺暖哑然：“明明是你撞上我的共享单车，你这是讹人。”

“你说谁讹人？”那人伸出手几乎戳到竺暖脸上，气势凶狠，“我可警告你……”

司靖尘瞥见樊康从前面的出租车上下来，疾步走至他身旁，夺过他手中提包一把撕开拉链，拿起一沓现金毫不客气地向那个奔驰车主扔过去，直接砸断他粗暴的言语。司靖尘怒火冲天，接二连三地拿起一沓沓现金汹涌砸去：“开个奔驰上天入地无所不能了是吗？这些都给你，过来捡！”

奔驰车主明显受到了惊吓，躲避不及被现金砸得步步后退，嚣张气焰尽褪，脸色千变万化，无法辨别眼前究竟是什么状况，目光流连在地面成沓的钞票和司靖尘盛怒的面容之间，最后也只得虚张声势地低声骂了句“神经病”，急忙上了车加油门快速离开。

竺暖亦是瞠目结舌，反应过来后赶忙去拉住司靖尘。

司靖尘微红了眼眶：“我一想到我曾经也是把这千万倍的委屈强加到你身上的人，我都恨死我自己。”

竺暖有些愕然，随即轻声道：“过去的事情，就不要想了。”

“不用安慰我，我知道的。”

司靖尘猛然转身走至一旁，静立于树下，沉默了很久，眸光才渐回清冷，又恢复了那个疏离冷静的模样：“上楼吧。”

竺暖看了一眼振动的手机：“稍等一下，我接个电话。”

那边声音似笑非笑，听不出来是谁：“竺暖，听说，你昨天又和顾世弈见面了？你不害怕你身边……”

“放心，”竺暖淡淡打断说话的人，“告诉陆沛岚，我不会再和顾世弈有什么牵连了。”

不会再有这份妄念了。

转身，却看见司靖尘微蹙眉心盯着她，随即他低头扫过她手机上的那串号码，漆黑瞳仁复杂难测。

竺暖笑笑：“走吧。”

樊康拾完满地现金追了上来，拿胳膊撞撞司靖尘，一脸看热闹的兴奋：“没想到你还有这么气势磅礴的一面，我取现金的提议是不是同时满足了你‘一掷千金’和‘英雄救美’两个梦想？”

司靖尘却默然，半晌，收回不知游离在何处的思绪，缓慢道：“我需要查一个号码，以及一个人的社交关系。”

另一端，顾氏集团内。

“顾总，下周全国十大杰出金融贡献人物颁奖仪式邀请您去颁奖。”

顾世弈翻看手中的文件，没有抬头：“以后这种邀约直接拒绝。”

“这次……”林泽有些迟疑，“您的颁奖对象是一博投资的司靖尘。”

动作停止，顾世弈微不可察地皱了皱眉。

“好。”他合住文件，极简的金属质袖扣撞在大理石桌面上发出突兀的声响，“告诉主办方，我会准时参加。”

当主办方的策划经理得知顾世弈应允参会的消息时，瞬间收回准备给其他人选打电话的手，愕然地看着同事：“你确定？”

“我已再三确认过了。顾氏集团总裁特助已收下邀请函，明确表示顾总一定会出席。”

策划经理大喜过望，喊来助理：“快，再去申请一笔布场经费，重新布场，通知各大媒体及直播平台，这可是顾世弈首次受邀出席颁奖典礼啊！把准备发给赞助商的广告费用报价，在原有的基础上翻三倍，不不不——至少要翻五倍！”

颁奖典礼因顾世弈的参与被布置得格外高端，各大公司的高层云集，各大媒体早早地都来到了会场翘首以盼。

很少露面的顾氏集团掌门人，竟然会来参加这种直播的颁奖典礼，听起来怎么都有些不可思议。难道顾氏集团有意大举涉及金融行业？抑或准备改变低调的行事模式，以自身来建立品牌形象？还是说，只是随口答应而并不会出席？

大家津津有味地讨论着，猜测不一。

而电梯里此刻的冷凝却与会场上的空前盛况形成鲜明的对比，顾世弈与司靖尘竟然在电梯里碰在了一起。

顾世弈盯着司靖尘，轻淡一笑：“有兴趣合作吗？发行一支期货类的私募基金。”

“没有。”司靖尘直接回绝，睫毛在眼睑处映出扇形的阴影，掩住清冷的眸光。

“叮”的一声。

电梯很快到达，司靖尘率先走出去。

顾世弈的声音蓦然拔高：“为什么又来找她？”

“因为我后悔了。”司靖尘侧过脸看向他，眼神清冷到透明，“你在担心？”

“是，我担心，担心你会再次伤害她。”

司靖尘脸色淡了几分：“我和竺暖——也曾有过好时光。”

这些天，司靖尘不止一次地梦见那个鲜明生动的竺暖，在潋滟的流光里明媚地向他微笑。在过往的那些好时光里，他早就不知不觉爱上了她，只是一直抗拒着不肯承认而已。

司靖尘挑衅的态度，让顾世弈觉得，此时仿佛有谁用缠满荆棘的手，狠狠地在他的心脏上捏了一把。他用冷笑极力压抑着心痛，低声道：“动不动‘雷鸣电闪’的日子也叫好时光？我警告你，再敢伤害她分毫，我让你百倍奉还。”

闻言，司靖尘顿了顿，缓缓收回目光，转身一言不发地走进会场。

举办方没有想到，从不参加任何颁奖典礼的顾世弈会真的出席，也没想到声名鹊起的司靖尘是如此气质卓然。

当他们一前一后入场时，主持人兴奋地用尽各种华丽辞藻来介绍他们，几乎引爆了全场的气氛。聚光灯长久地停留在两个人的座位上，一个如诗如画，一个如星辰般耀眼。

而会议所有的流程都似变成了陪衬，大家都翘首以盼着最后的颁奖典礼。二人同台，那简直是无法想象的惊艳。

终于，会议进行到最后压轴的颁奖，顾世弈在被主持人渲染得无比热烈的气氛下走上台。银质的落地话筒前，一束光打在颁奖台上，司靖尘静静地站在台上等待颁奖，神色冷淡，气质清远。

顾世弈冷着脸走向他，一句简单的恭喜便没了下文。获奖者司靖尘接过奖杯，亦是眉目冰冷，连句谢谢都没有。

会场出现了短暂的凝滞，主持人有些尴尬，试探性地暖场：“两位如此卓尔不群，难得同台，要不要一起合个照？”

“不用了。”司靖尘直接拒绝。

顾世弈忽地粲然一笑，话语却是暗潮涌动：“你躲什么？”

司靖尘也笑了，但依旧清冷：“刚才我已经拒绝了你提出的合作，又何必违心地同框合照？”

大名鼎鼎的顾氏集团被拒绝了！全场惊炸！大家面面相觑着，终于明白两个人之间冰冻三尺的寒意是从哪里来的了。

初出茅庐的金融奇才司靖尘，竟然公然挑战商业神话顾世弈的权威！

典礼上虽然其他人的颁奖仍在继续，但台下的讨论声越来越大。

关掉手中的话筒，借着吵闹的环境，司靖尘的声音格外清晰地传入顾世弈的耳朵：

“你身边自诩站在金字塔顶端的陆沛岚，不止一次地羞辱竺暖，利用公司资源让她在意的舒安感染肺炎命悬一线，又让楚楚乘坐的电梯失控，以至于摔倒而骨折住院，逼得竺暖无路可退，整日惶惶不安。你以为，你一直是在保护竺暖吗？”

灯光打在地板上反射出清冷的光，刺得顾世弈眼睛微微眯起，他下意识地反问：“你说什么？”

司靖尘冷冷地直视着他，挺拔的鼻梁一半在灯光里，一半在阴影处：“你也可以不信。”

/ 第十一章 /

除了你，任何人都不行

“顾总，您之前吩咐调查的事，结果出来了……”

顾世弈一页一页地逐字逐句翻看着手中林泽送过来的资料，眼底聚涌起的寒意与怒气瞬间濒临爆裂的边缘，一旁的林泽不由得有些心惊胆战。

顾世弈死命地捏着文件的手指在失控的力度下已然关节泛白：“证据直接交给有关部门，断掉陆氏的资金链，放出顾氏停止与之合作的消息，陆氏股价下挫后二级市场大量收购。不必仁慈，快速动手。”

“是。”林泽微微欠了欠身，“那一会儿的会议……”

“全部取消。”顾世弈拿起外套，迅速离去。

顾世弈找到竺暖时，她正在酒店指挥布置一博投资的路演会场，后背的蝴蝶骨在衬衣下清晰可见，修长脖颈在轻颤的长发下偶现白皙。

他沉默地看着她，心脏仿佛被扎入了无数根钉子，随着心跳，每一下都是尖锐的疼。他以为他毫无保留地对她好，以为给了她全世界，以为是在保护她，却终究只是他以为。

陆沛岚肆无忌惮地欺凌着她，而他用他的疏忽，用他的大意，在变相地推波助澜着。他不敢想象她含泪屈辱的样子，不敢想象她默然惊惶的样子。

原来是他逼走了她……

酒店会场的入口处是一条长而亮的甬道，竺暖布置到很晚才离开，锁上门转身，却被人拥入怀中。

“我都知道了。”怀中人仿佛比上次更瘦了，骨骼越发清晰，顾世弈抱着她全身颤抖，“我不会放过陆沛岚的。对不起，小暖对不起……”

竺暖看清来人后，沉默了几秒，心下了然，随后微微地叹息：“不是你的错。”

顾世弈的手指轻轻按住她柔软的唇，阻止她再继续说下去：“我说过要给你肆意无忧的生活，不让你受委屈，不让你难过。小暖，是我食言了。”

竺暖心里酸痛，却强迫自己露出微笑：“你不必这样，我的委屈我的忧虑，都是我自己的，不再会是因为任何人。”

顾世弈眼圈发红，血丝浅淡的星目再无光芒迸发。他无法控制地俯身吻住这个让他朝思暮念的人，托住她的后背把她紧紧地箍在怀里，灼热用力地在她的唇瓣辗转缠绵。

“你放……开……”竺暖用力地在他怀中挣扎，大脑却被这炽热的力度燃成一片混沌。

一番挣扎下，竺暖被禁锢在他胸前的双手无意识地抓住了他的领带，伴随着她的抗拒，越拉越紧。顾世弈只觉得越来越无法呼吸，空气越来越稀薄，可依旧不愿放开怀中的这份柔软。

“啊——”有服务员路过，看到这一幕却吓得惊叫起来。高大的男人被领带紧勒住脖子，额头筋脉暴起，面色发青，却依然紧拥着那个女孩。

蓦然的惊叫声让竺暖瞬间清明了理智，赶紧松开手。顾世弈剧烈地咳嗽起来，脖子上有触目惊心的勒痕。

竺暖吓得脸色苍白，扑上去扯松他脖子上的领带。等他的呼吸稍稍平稳，她回想起刚才却愈加后怕，眼泪汹涌流下：“顾世弈，你为什么不放手！你差点被我勒死知不知道？”

他望着她，眼眸中有看不到底的雾气。差点窒息吗……那种情况下，他竟然依旧本能地不愿放开。

“我们去医院。”竺暖的声音软了下来，却依旧抑制不住流泪，“我带你去医院。”

特助林泽在夜色里平稳地开着车,坐在车内的竺暖肤白如雪，唇色惨淡。

她频频地扭头看向坐在身侧的顾世弈，四目相对，他眼中暗波涌动，她哑着嗓子想说些什么，却最终什么都没有说出来。

空气清冷到凝滞。

“怎么开到公司了？”看到顾氏集团的大楼,竺暖皱眉，“去医院。”

“我没事了。”顾世弈下车，俯身替她解开安全带，并未给她选择的余地，执起她手腕将她拉向电梯，“不放心，就留下来陪着我。”

顾世弈办公室内侧是一个套房，拿铁灰的大理石地板，云端白的大理石桌子，冷峻简奢。

他拿出一瓶红酒，打开后把浓郁深沉的颜色倾入两只酒杯，让之慢慢醒着。

离别数月，对她的思忧早已折磨得他苦不堪言。

而这次再见，不管他自责也好，生气也罢，无论他以哪种方式表达对她的想念，她都像事不关己，以旁观者的态度淡淡疏离。

她总让他觉得自己抓不住她，一开始便如此，明明就在身边，明明近在咫尺，却依然觉得下一秒就好像要失去。

屡次的纠缠断离让他几乎恍惚，他从未曾得到过她。

记得在波恩的时候，他看见一对情侣在繁盛的鲜花中拍摄婚纱照，如果说那时候他是羡慕的，那么这些天以来，每每看见路边有人在拍摄婚纱照，便是赤裸裸地嫉妒了。

顾世弈拿起其中一只酒杯递给竺暖：“陪我喝两杯吧。”

竺暖摇摇头，只坐在沙发上静静地盯着他。

“竺暖，你是怎么忘记我的？”顾世弈笑了笑，收回酒杯一饮而尽，“来，教教我。”

我是怎么忘记你的？竺暖垂下眼睫，遮住眼中升起的水汽。怎么忘记你？不妄念，便可不思念。

馥郁幽香的酒气散满整个房间，顾世弈没等到回答，心中微恼，捏起她的下巴，惩罚般地吻了上去。

竺暖身上淡淡的香气，混合着屋子里微醺的酒香，让他越吻越深，越吻越停不下来。竺暖猝不及防，越是挣扎，他便箍得越紧，不留一丝让她挣脱的余地。

混乱的呼吸中，顾世弈把竺暖拦腰抱起，重重地压在床上，狂风骤雨般地吻着她的额头、她的眼睛、她的嘴角、她的锁骨，攫取着她的每一寸气息。

竺暖艰难低吟：“不要……”

“我控制不住。”顾世弈嘶哑道，“我想你快想疯了。”

他不知道，为什么这世界上会有这样让他心动的人，会有这样对于他无可替代的人。当年惊鸿一瞥，几乎锁死了他的后半生，让他除了她之外再也无力爱上别人。

“我爱你。”他的声音低沉沙哑，“嫁给我……竺暖，我要你嫁给我。”

竺暖无力抵抗，最终泪落枕旁，全然弃守。

良久，顾世弈微凉的手搂紧她的腰：“我们和好吧。”

竺暖沉默，推开他的手臂，起身走到卫生间打开淋浴，闭上眼睛，喷流的水至发间汹涌而下。冲了很久很久，她才出来。

顾世弈立于窗边，像是等了一个世纪，他侧首看向她，目光依然灼热：“回答我。”

竺暖避开他的目光，淡淡道：“明天说。”

顾世弈看着她，目光渐失温度，许久才僵硬回答：“好。”

这一夜，竺暖睡得并不安稳，冷气十足的房间里，总觉得有视线无声无息地落于她身上。

竺暖断断续续地做了很多梦，梦见自己与顾世弈漂流在山间小溪，被瀑布冲入深潭，她沉溺窒息，他拼死相救。又梦见她穿着婚纱与他奔跑在繁花丛中，白纱飞扬，明媚鲜艳。还梦见她一个人站在深不见底的湖边，遥遥望着与别人相拥相依的他，满目凄凉。

一整晚，她都昏昏沉沉，直至被门外的声响吵醒。

“世弈，你怎么断掉了我们之间的项目合作和资金链？”

是陆沛岚惊急的声音。

竺暖蓦然清醒，看了看手表，早上九点。她茫然起身，看向窗外，白茫茫的一片浓雾里，什么都看不清。

顾世弈早已起床，带着眼下浅淡的青色，在外侧的办公室里已不知工作了多久。

此时他并没有作答，盯着电脑屏幕，只用余光淡淡扫过惊慌失措的陆沛岚，键盘上如飞十指没有停顿分毫。

陆沛岚没预想到他会如此反应，呆立在场，心间一片恐慌蔓延。

随后，林泽敲门进来，身后带着两名警察。警察趁着陆沛岚惊诧间迅速以手铐锁住她双手：“陆小姐，现在有明确证据指证你用非法手段故意伤害他人，希望你配合我们调查。”

“我什么时候害人了？”陆沛岚直挺着背脊，怒意横生，“放开我，污蔑我是能告你们的！”

挣扎间，陆沛岚撞见顾世弈毫无耐心的寒眸，脑袋轰然炸开，惊煞间愕然恍悟：“世弈，难道是你……”

“是我。”冰寒声音冷掷而出。

“世弈！”陆沛岚惊叫着扑向他，却被警察压住，手铐的碰撞声刺耳尖锐，“只是她身边几个无足轻重的人，你竟然要把我关进监狱！”

“无足轻重？”顾世弈勾出一抹犹带寒刃的薄笑，“人生来平等，你并不比谁高贵。”

他那么小心翼翼地捧在掌心的情感，几乎断送于她的一念之间。她的所作所为，几乎冰封了竺暖欲向他靠近的心，他有种预感，或许他一生都无法抚平这件事在竺暖心底造成的伤痕。

陆沛岚惊恐惶然，她从未见过他这样的眼神，烈烈怒意几欲将她撕碎，又有冷冽寒霜直刺她心底。

陆沛岚眼中的泪水夺堤而下："世弈，我们二十几年的情分难道还抵不过你和她的几个月？"

顾世弈眼中有火焰般的流光闪过："不要太自以为是。你入狱期间，看在父辈面子上我会帮你管理陆氏的产业，等你出狱后全数还给你。"

他"砰"的一声合上笔记本电脑，不顾陆沛岚的呼喊，起身进了内侧卧室。

竺暖已经穿戴完毕，怔怔地坐在床边。看他进来，她迟疑地问："陆沛岚——需要坐牢？"

"无论是谁，都要为自己的错误负责。"他看着竺暖，却深知无论给陆沛岚多少的惩戒也丝毫弥补不了他对竺暖的歉疚，"我保证，以后这种事情绝对不会再发生。"

看到竺暖略略垂下眼睫，顾世弈停顿了一下，继续说："全国所有的投资公司，随便你想跟谁合作，我都帮你找来。不要再跟一博投资合作了。"

竺暖眼睛里泛起浅薄的微光："这个项目完成后，我准备辞职。"

顾世弈听闻，双眼倏然点亮，可还没来得及欢喜，她的下一句就再次把他打入冰窟："这六个月，我努力工作，想提升、想成长、想向你靠近，而现在，我准备放弃了。"

冷寒霎时袭上顾世弈的双眸。

"准备——放、弃、了？"

他一步一步走向她，一字一顿地重复，每吐出一个字，语气便多了一份冷意。而后，他死死盯住她，几欲用眼神将她撕碎，空气凝滞到了极点。

“呵！”突然，他怒极反笑，瞬间全身迸发出凌厉之气，“你就不怕今天我让你出不了顾氏集团的门，把你一直禁锢在我身边？”

顾世弈更近一步，紧捏她削薄的肩膀，居高临下地逼迫她看向他：“毕竟，对于我，没有什么比你更重要了，不是只有花六个月时间去努力的价值。”

竺暖挺直了背脊，迎上他暴怒寒然的目光，缓缓地取下脖子上的那条项链。晨光下，蓝色的钻石发出冷冷的光。

“从我知道这颗钻石的价值开始我就应该明白，有些距离，一辈子都无法跨越。”说到这儿，她自嘲地笑了笑，“价值倾城的蓝钻我曾经竟然只以二十万抵押出去。顾氏集团并不是我最初以为的普通上市公司，而是翻手为云覆手为雨的大财团。你放手吧，我本就是井底之蛙，让我守回自己的一寸方圆，我只求简单安宁。”

“你要的简单安宁，我给不了是吗？谁能给你，司靖尘？”

竺暖轻轻摇头：“世弈，你高高在上太久了，没有体验过平常人的生活。我连你点菜的菜单都看不懂。每次听见你和别人打电话，交谈的内容我根本连听都听不懂……你在楼上与别人谈着对我来说是天文数字的合同，而我在顾氏集团的楼下因为没有预约被前台拒之门外。陆沛岚手中一瓶矿泉水的价钱甚至是我大学时期半个月的生活费，就连刚才你还在说，全国的任何一家投资公司，任我想合作，你都能轻易找来。而我想与一家优质的投资公司合发产品，却需要付出无数努力……”

竺暖双拳攥紧：“我们之间，资源不对等，消费不对等，思维不对等。这半年的工作让我越来越看清自己，无论是精神上还是实力上，都无法与你顾世弈比拟。”

更何况，她永远也忘不了陆沛岚对舒安和楚楚的恣意妄为，即便陆沛岚已经得到惩罚，却依然改变不了阶层差距带给她的沉重伤害。这次万幸舒安被抢救回来、楚楚骨折痊愈，可如果舒安和楚楚没能顺利治好，真酿成什么大错，她要如何自处？以后呢，还会不会有其他像陆沛岚那样的人，再次出现在顾世弈身边？

竺暖承认，她的心被纷杂的各种原因刺痛了，同时也自卑了、退缩了。

她清楚地明白，再浓烈的爱情也会归于平静。到那个时候，这一切的矛盾会被无比地凸显、激化，会让两个人之间更加面目全非。

竺暖迎上顾世弈的眼神，缓缓地沉下声音：“所以，和你在一起，我会把自己过成一座孤岛，融不进你的圈子，脱离自己的世界。甚至，还要面对更多未知的风险。”

顾世弈觉得心脏一点一点地在冻结，眼中寒意升起，紧紧地盯着竺暖，他失望得几乎窒息。

高高在上？融不进他的世界？未知风险？

他们在一起这么长的时间，他是怎么倾尽全力对她的？明明是她总在对他全盘否定！她的信任、公平，对他丝毫不给！

顾世弈猛然抄起床边的锦盒摔了出去。

这是竺暖第三次将项链还给他！他一遍一遍地强调，一遍一遍地为她戴上，她依然一遍一遍地抛弃。一颗心任她随意践踏早已是千疮百孔，她有没有考虑过他的感受？哪怕半分！

她是不是以为，他就真的非她不可？

是不是以为，他真的会任她随意刺伤？

顾世弈握紧拳头，决然地转身，背朝竺暖走至窗前，声音冰寒：“你走吧。”

竺暖停滞了几秒，默然起身。没有道别，没有情绪，只有关门声，如同画句号般干脆利落。

竺暖离开了不知多久，顾世弈依然僵立在窗前，眼眸深处的极致寒色丝毫没有消退。

一博投资新发的私募产品君明 1 号路演非常成功，投资者热情高涨。因为私募基金是向特定的高净值客户募集资金，单笔投资金额 100 万起，投资人数不能超过两百人，路演当天投资者申购人数很快达到两百人，很多人因没有抢到而扼腕叹息。

尤总非常高兴，尤其是在一博投资表示持续合作意向之后。

产品发行结束后，尤总专门把竺暖叫到办公室，准备给她加薪，而她却在此刻提交了辞呈。

“为什么？”尤总无法理解。

竺暖低头浅笑：“工作了这么久，虽然成长了不少，却发现这一切并不是我所追求的。我不快乐，或者说，我穷尽一生去努力也达不到我想要的高度。人生短暂无常，谁也不知道明天会发生什么，能活到几时。我一天的不开心，便是对自己一天的辜负。”

人生已是二十几载，年少无知，在老师和家人的牵引下幸而没走歪路，大学时期和初入职场时爱过的那两个惊才绝艳的男人，仿佛耗尽了人生中所有的大喜大悲。她想从今以后为自己而活，做自己喜欢的事情，顺心而走，寻得安宁人生。

尤总虽然遗憾，却也欣赏竺暖决断的勇气，发给她一笔丰厚的奖金，没再过多挽留。

每一个能释怀过往不拖沓而行的人，都是值得敬佩的！

竺暖自大学起便坚持写作、摄影，如今拥有几万微博粉丝，加上曾给多个微信公众号写过文案，很容易地在一家新媒体文化运营公司找到一份兼职工作。

此后的大部分时间里，竺暖是在家创作微信公众号的推广文章或写一些新闻时事，偶尔需要去公司开会，这种能让她潜心创作的工作才是她真正喜欢的。

她每天给自己安排大量的创作工作，让脑子一刻不停地运转着。这是在麻痹自己的悲伤情绪，还是在逃避她与顾世弈已经分手的事实？她也说不清。

竺暖发现身体不对劲是在一个多月以后，她开始频繁地肠胃不适，呕吐不止，有时候还嗜睡懒散。去医院检查，得到的却是她最怕的那种结果。

“怀孕七周，发育很好，回去好好休息，下个月来医院给胎儿建档。”医生很和蔼，看向竺暖的眼神带着恭喜，却无形中加重了她的无措。

竺暖在心底交战了上百次，终于咬紧唇：“这个孩子，我不要。”

她那么坚决地与顾世弈分手，一个多月后，再让她怀着他的孩子去找他？两人因为要生下孩子被迫重新在一起或一起决定打掉孩子？那未免也太可笑。

医生不赞成地看着竺暖，脸上的和蔼缓缓褪去：“流产对身体会有很大的影响，你自己想清楚。”

医生低头又开了几个单子，递给竺暖，声音严肃：“想好了就去把这些检查做了，检查没问题的话，我给你安排手术时间。”

做检查的化验室前，抽血的队伍很长，竺暖茫茫然地排队。

排在竺暖前面的是一个与她年龄相仿的女孩，正拿着电话无比兴奋地与家人通话：“医生说我怀孕七周，胚胎已经具有人的雏形了！现在胎儿体节已经全部分化，四肢分出，各系统进一步发育……”

竺暖听闻身形一晃，已具有人的雏形了……

前方姑娘的声音断断续续地接着传来：“已经是一个小生命了啊，下次再来检查时，可能就能看见宝宝的小手小脚了……”

竺暖瞬间泪流满面，再也听不下去，在旁人异样的眼神中跑离化验室。她来到楼梯间，靠着墙壁缓缓蹲下去，脸深埋于膝盖间，抱着哭泣不止的自己。

B超医生的话语，清晰地回响在她耳边：“看到胎芽及胎心，发育良好。”

竺暖抚摸着腹部，想到她肚子里的那个小小胎芽是有心跳的，心中犹豫。

竺暖想起程悠悠曾经在宿舍里说过，她母亲在怀她的时候，家里条件恶劣得超乎想象，蚊虫泛滥，缺衣少食，又气温诡变，她母亲在那种艰苦的条件下仍坚持到生产。那么苛刻的条件下，她母亲都不忍舍弃她。

对比程妈妈，现在医疗条件好，竺暖的收入和存款也完全可以支付得起抚养孩子的费用。她可以懦弱地放弃自己的爱情，可有什么资格残忍地去扼杀一个新生命？

已经是一个明明确确的小生命了啊。

她做不到。

或许独自把孩子抚养长大是条艰难的路，但选择流产，却一定会让她一生都背负着无法释怀的愧疚。

从医院出来，竺暖一路沿河往家走，最终把医生开的那些化验单撕碎扔进河流中。看着小小的激浪把那些白色纸片吞噬，突然如释重负。

司靖尘很快得知了竺暖从诺安证券离职的消息，与她约在餐厅见面。

点完菜后，司靖尘又加了一道甜点。他仍记得饭前吃甜点是竺暖一直以来的喜好，不是什么好习惯，当年他说过她很多遍，她却依然没有改掉。

除了工作，两个人很久都没有这样面对面地私下一起吃饭了，一时有些相顾无言。

“你最喜欢的雪山蛋糕。”司靖尘把白瓷小盘放到竺暖面前，他带有清浅笑意的目光扫过她脸颊，“为什么辞职了？”

“想去做一些自己喜欢的事情。”竺暖回以礼貌微笑，“就像你，学的自动化最后却去做了私募。”

“也好。新工作适应吗？”司靖尘点点头。

“挺好。”

司靖尘接着说：“分开这么久，我一直在反思你说的话。当年你说得对，我一直在逃避自己，自私地拿你发泄自己无处可去的仇恨。”他沉默稍许，缓缓道，“竺暖，对不起。”

竺暖轻轻摇了摇头，表情平静：“你当年的遭遇放在任何人身上都会是不小的打击。我们已经重新开始各自的人生，再提那些过往，没有太多的意义。况且，舒安的事情我还要好好谢谢你，那段时间如果不是你一直给他精神力量，他也不会恢复得这么快。”

竺暖说完，低头吃了口蛋糕，没想到却一阵反胃。

“我去一下洗手间。”

冲到洗手台，竺暖吐得昏天暗地，孕吐从胎儿六周就开始了，这几天越发厉害。

竺暖用温水拍了拍脸，好不容易按捺下胃里的不适。

从洗手间出来，竺暖却在洗手间门口一侧与司靖尘四目相对。他望着她，眉心微蹙，乌黑的眼眸里藏满了暗潮。

“回去吃饭吧。”竺暖笑，掩饰般地往外走。

司靖尘拉住她，指尖冰凉：“顾世弈知道吗？”

竺暖惊讶于他的敏睿，沉默了几秒，看向他：“没有打算让他知道。既然分开了，就不会给他找牵绊的事由。”

司靖尘点点头没再说话，回到餐桌上把所有寒凉的菜品都换掉，再抬起头，却见外面已是白茫茫的一片。

飘飞的雪花，羽毛一样悠悠落下，又是一年的初雪。

温柔的光线把餐厅装饰得格外和暖，司靖尘夹了一小块红豆糯米糍给竺暖：“尝一尝。”

是旧年回忆中的味道，糯软而甘甜，竺暖惊喜：“竟然有西川特产。”

“这个城市什么都有。”司靖尘缓缓放下筷子，望向她的目光宛若明澈湖水，“以后怎么打算？”

“过段时间，等胎位稳定，我准备离开北临，到一个没人认识我的城市。”

司靖尘点点头，她选的这条路，如果一个人走下去，太过于步履维艰。

“如果你不介意……我希望能和你一起照顾这个孩子，我会视如己出。”

闻言，竺暖抬眼看向他，又慢慢地把目光移向窗外，漫天的大雪中，行人们脸上满是惊喜，而她的心里，却早已落尽千帆。

“司靖尘，你有大好的时光和前景。我不该是你的牵挂，我的孩子更不该是，你不欠我的。”

“我的大好时光？”司靖尘在那一瞬间笑了，嘴角弯起的弧度给他染上一层柔光，“我的大好时光开始于我向你道歉的那一刻。那一刻我才真正地清明释怀，才知道自己到底想要的是什么。竺暖，从今以后，你需要我的时候，我都在。”

顾氏集团大楼内，顾世弈一如既往地忙。

顾母久不见儿子回家，前段时间允诺她带回去见家长的女朋友如今也没了音信，越想越不安心，决定这天亲自来看看儿子。

集团的顶层，清冷如斯，偌大的办公室空荡得连走路几乎都能听见回声。巨大的环形落地窗外是鲜明生动的城市夜景，越发把办公室里的顾世弈衬托得孤独。

“女朋友呢？”顾母坐在沙发上把包重重一放，开门见山地问。

“女朋友？”顾世弈停住在触屏办公桌上快速移动的手指，嘴角弯出一丝浅薄的笑，“我哪有什么女朋友？”

“你这么大的人了，谈恋爱怎么还当游戏一样，也该为你的婚姻大事认真考虑了。”顾母嗔怪，“你要是没时间，我来帮你找。”

“好啊。”顾世弈靠进椅背里，整个人闲适而放松，隐去眼中深浅交织的冷冽孤寂，“可一定要帮我找一个惊为天人、容貌倾城的女朋友。”

顾母雷厉风行，第二天就把她挑好的姑娘带来和顾世弈见面，门当户对、美丽动人，闺名南芷。顾母随意地介绍了几句，便留他们两人独处。

顾世弈神色如常，对南芷笑了笑，倾身给坐在对面的她加水。清冽的气息把南芷包围，他却并未在靠近时与她搭话，眉宇微微皱起，像是在想什么无关的事情。

南芷凝视着他，忽然心跳加速，她觉得这可能是迄今为止让她最动心的一幕了。她双唇微翘，目光不舍得移开分毫，眸底闪着微光。

从小优越的生活环境和贵族式教育，让南芷平日里惯性地保持沉静和矜持，而此刻面对顾世弈这样清隽非凡的男人，却不自觉地流露出钦慕之意。

碰及南芷的目光，顾世弈愣了一愣，随后嘴角也展开了一丝笑意，提起精神与她交谈，尽量不让她觉得受到冷遇。

南芷符合完美女友的一切标准，与顾世弈在一起以后，不黏人不多语，美丽大方、举止得宜。他有时候便想，如果他没有遇到过竺暖，如果最初他认识的是南芷，就这样与南芷一生相敬如宾，该多好。

与诸多女孩子一样，南芷喜欢甜点。这天是冬日里难得的晴好，顾世弈便驱车带她来到一家甜品店。

顾世弈无声地看着面前的雪域芝士，又抬起眼睫看向坐在对面的南芷，一瞬间有些恍惚。他不知道为什么坐在他面前的不是竺暖，这明明是她最喜爱的甜品店，明明是她一次又一次吵着要来吃的蛋糕。

他侧过脸，寂寥地望向别处，忽然看到一道清素的身影。

顾世弈倏然坐直身体，灼热滚烫的思念瞬间从眼中迸发而出。

隔着冬日里显得清冷的灯光，他们目光相撞。

竺暖似是极为惊愕，她来为这家店拍摄照片并做公众号推广，竟没想到会遇见他。眼神扫过顾世弈对面的女伴时，竺暖的目光中多了一份了然，很快平静了下来。

她不再看他，低下头重新摆弄相机，对着别的方向按下快门。随意拍摄几张之后，她穿上外套无声离开。

顾世弈双手侧握成拳，极力压制自己追出去的冲动。

竺暖从甜品店里出来后，脚步凝滞在街边一角，她调出最后拍摄的那一张照片放大，照片的边缘，顾世弈恰好入镜。

他目光安定，姿态闲适，安静地望着坐在对面的那个美丽女子，如斯温柔。

竺暖指间微凉，定定地看着，浓重的酸涩在心间铺散开。顾世弈的车无声地从她身旁驶过，他盯着后视镜中那个立在路边的身影，看着她慢慢变小，慢慢从镜中消失不见。

一瞬间，顾世弈不知自己身处何地，神思恍惚地往前开着，四周的一切仿佛都变得无比陌生。

“世弈，红灯。”南芷轻声提醒。

顾世弈这才回过神，却已是来不及，生生地闯过十字路口。

他条件反射地又看了一下后视镜，却只有一片空荡的路。

顾世弈的胸口如同被掏空了般，声音空洞：“我们去哪儿？”

南芷有些讶异，看向他：“你刚才说要回公司。”

他点点头，似无法思考了一样：“怎么走？”

“世弈，你没事吧？”南芷有些无法置信，这么熟悉的城市，这些走过千百遍的道路，他竟然问她怎么走？

顾世弈手指冰凉，猛然打过方向盘，变换三个车道把车子停在了路边。打开窗户，冷风肆意地吹了进来，寒意似刀子般剜向他的心脏。

无法抑制的疼痛让他脑子渐回清明，下一秒，他迅速掉头，飞驰过刚才行驶的道路，回到竺暖站立的那个街角。

却是空无痕迹。

顾世弈无力地把头埋在方向盘上，又坐直，闭上双目靠向座椅。

他以为这世间千万女子，总能有比她更适合自己的，他以为他那样为她心痛过，此生绝不会再想回到她身边，可他所有的以为，都在看到她的那一瞬间全然崩塌。

其实他早该彻悟，自己真的无法有一丝一毫的将就，真的是除了她任何人都不行。

静默良久，他侧首看向南芷，眼神犹如破碎的星空。

“对不起。”

南芷沉默了下来，她一直知道，他心里有一个还未忘记的人，她想，自己那么好，给他时间总能让他爱上自己。

可现在看来，那个人怕是早已渗入他的血脉骨髓。

半晌，南芷慢慢道：“跟我说说，你心里的那个人吧。”

至少要让她知道，她输在了哪里。

顾世弈望着路边落尽繁叶的树枝，灰白干涩的枝丫好像再无一丝生机，缓缓道：“她没有什么特别的，只是我，非她不可。”

南芷动动嘴角，却展不出半分微笑：“既然如此，为什么不去找她？”

顾世弈笑，那笑容却无限凄凉：“每找她一次，就会被她逼入绝境一次。”

他哪有那么多勇气让她一次次消磨，哪有那么坚硬的心让她一次次刺伤。

“如果她还对你有一丝情意的话，我就能让她来找你。”南芷笑得凄清，“也算圆我自己的一个梦。”

闻言，顾世弈眉心动了一动，脸色埋于阴影里朦胧未明。

良久，他缓缓道：“你说。”

/第十二章/

终究物是人非

很快，全城几乎所有人都知道了，顾氏集团掌门人顾世弈好事将近，很快将举办盛大的订婚仪式。

竺暖是在去公司开会的时候得知这个消息的。这半个月来她深居简出，几乎和所有的新闻绝缘，现在听着整个部门所有人都在津津乐道，感觉像是在梦中。

“听说顾大总裁对他未婚妻是一见钟情的啊！”

竺暖心中酸涩，他也曾对她温柔耳语，轻声说出一见钟情。

“听说顾世弈求婚用的钻戒是私人定制的粉钻，价值连城啊！”

他的新女友应该不会像她一样愚蠢地把这独一无二的钻石拿去抵押吧？

“你知道吗，他们准备去大溪地拍婚纱照。全世界最美最浪漫的海岛啊，海上水房都是用透明玻璃建成，抬头就能看见星空，脚下就是珊瑚和鱼群！”

他也带她去普者黑看过星空，承诺与她拍出世间最美的婚纱照。

原来，他对人好的时候真的是竭尽全力，而忘记也会是那么轻而易举。无边的酸涩痛楚在竺暖五脏六腑里横冲直撞，她扶住胸口，心如蚁噬。

“开会了，都别八卦了。”主编笑着喊着大家，“顾氏集团总裁后天订婚，这可是旷世绝恋啊。竺暖，你去现场……”

主编看向竺暖，却发现她泪眼婆娑。

“你怎么哭了？”主编不解。

“感动。”竺暖抹掉眼泪，拼命压抑着反胃。分手是她提的，她有什么资格难过。

“主编，现场报道你换个人吧，我见证不了这场旷世绝恋。”竺暖接着道。

“为什么？这么好的素材、这么好的吸粉机会你不去？”

竺暖僵硬地笑：“顾世弈是我前男友啊，这种场景再次相见，我怕自己会去抢亲。”

主编“扑哧”一下笑了出来：“好了，别闹，我知道顾总裁是你们的‘梦中情人’，突然订婚的确很让人怅然若失。”她拍了拍竺暖的肩膀，“但是这篇新闻太重要了，你的文笔最好，除了你别人不一定能弄出效果。就这么定了，后天你去现场，认真拍摄、好好宣传。”

最终，竺暖只能无奈应下。

订婚当天，会场的布置毫无意外地震撼了所有人。

一千平方米的大厅里，3D 打印材料建造出半透明的古典宫殿，锐蓝和雾白的光线映照在宫殿上，特殊的材料让建筑看起来似实又如幻，好看得让人如置幻境。宫殿中央的巨大舞台雕刻着飞鸟环绕，周边鲜花繁盛，在静静地恭候着男女主角登场。

镁光灯闪个不停，所有媒体惊叹着，期待着看这个拯救了银河系的女孩是什么样子，能得到顾世弈如此青睐。

“竺暖曾说，她希望自己的婚礼能在鲜花盛开的宫殿中举行。”顾世弈站在后台，望着身前如梦境般的场景，薄雾笼上他的眼睛，“她会来吗？”

“她会来。”站在他身侧的南芷轻声回答，“我找人向她的杂志社打听过了。”

顾世弈低下头苦笑：“我真怕，怕她会再次拒绝我。”

“你为她建造了这么美的一座宫殿，会当着这么多人的面重新向她倾诉衷情，向她求婚。”南芷眼神蒙眬，“就算她曾经因懦弱而退缩，但今天，只要她来到现场，你们一定还有转圜的余地。”

南芷不信，会有女生逃得出这种深情，也不信会有人真的放得下顾世弈。

连她，在这个男人无人能抵抗的吸引力中，奢望的，不过是想让自己的名字和他出现在一起，看到那铺天盖地的新闻，就仿佛真的要与他订婚了。

真是场镜花水月的美梦啊。

南芷明白，真心深坠爱河的人，都是没有理智的。

竺暖很晚才来到现场，她茫然立在人群边，看着眼前的梦幻，突然丧失了举起相机的力气。渺小如她，很快被淹没在熙熙攘攘的人群中。

司靖尘看着电脑上铺天盖地关于顾世弈订婚的直播，皱了皱眉头，他拿起电话拨给竺暖：“你在哪儿？”

竺暖周围嘈杂，断断续续各路新闻主播的声音通过电话模糊地传过来，司靖尘当下了然，一下子从座椅上站起来：“我现在去找你！”

另一边，婚礼后台。

顾世弈手机铃声响起，林泽发来消息：“顾总，六号无人机在现场拍摄到竺暖小姐，舞台下面偏外侧十一点方向。”

顾世弈看向身后的监控屏幕：“好，继续密切关注，按原计划进行。”

荧幕中，竺暖那道熟悉的身影落到顾世弈的眼里，似一道夺目光芒。顾世弈的手心生出细密的汗，他走上舞台，看向十一点钟的方向，在现场寻觅着竺暖。

顾世弈嘴角不自觉地扬起。她来了，他的竺暖还是为了他来了，她并不是完全忘了他。

南芷提着裙摆，跟在顾世弈身后上台。此刻的顾世弈笑容耀眼如星芒，南芷美如童话，这幅情景落入大家的眼中，像催化剂一样加速了人群的沸腾。

与此同时，司靖尘奔至订婚现场，在沸腾的人群中，一眼就看见了静默的竺暖。

竺暖怔怔地看着台上，身形飘摇，被人流挤得像一株飘摇的水草。

前不久，那个光芒万丈的顾世弈也对她温柔如斯，眸色清亮地承诺带她穿上婚纱，转眼间却站在万人中央，与他人执手一生。

在无数的炽白闪光中，竺暖仿若在这一瞬尝尽了足以置她于死地的伤心欲绝，渐渐地，肤色苍白如雪。

“小暖！”司靖尘挤到竺暖身边把她揽入怀里，紧皱眉头轻唤一声，将她带离人群，却看见刺眼的鲜血顺着她的腿缓缓流下。

司靖尘惊惧的声音乍然响起：“竺暖！”

竺暖小腹疼痛如绞，靠着司靖尘的肩膀寻得一丝支撑后，便没了意识。

她真的很疼很疼，一倒下去，像是飘浮在了云端，再也不想起来。她以为自己能做到波澜不惊，还是不行啊……

司靖尘抱着竺暖冲出人潮的这一股逆流引起了骚动，很快吸引了正在寻觅竺暖的顾世弈，他远远看见，心底蔓延出一丝恐慌，笑容瞬间褪去，所有关于求婚的计划都被抛之脑后。他跳下台子，在惊诧的人群中迅速跑了出去。

到达医院时，见司靖尘一个人站在手术室门口，顾世弈强自镇定地问：“竺暖呢？发生什么事了？”

司靖尘缓缓侧目看着他，平日里惯常清冷的眼眸剧烈地波动着：“你平日行事不都是很低调的吗？这次阵仗搞得这么大，是生怕竺暖看不见你离了她后，过得有多好？”

这时，医生匆忙从手术室里走出来：“过来签字。”

司靖尘率先冲过去，迅速签好，抓住医生紧张地问：“她现在怎么样了？”

医生摇摇头：“病人情绪波动太大，孩子保不住了。好在只有两个多月，对母体伤害有限。”说完转身进了手术室。

顾世弈如被五雷轰顶，脸色霎时变得苍白。

孩子……两个多月……

顾世弈开口，嗓音颤抖嘶哑：“我的孩子吗？”

“你、说、呢？”司靖尘手指骨节握得嘎吱作响，连冷笑都吝啬给他，“在竺暖准备把你的孩子生下来独自抚养长大的时候，你都做了些什么？”

顾世弈怔忡了半天，突然发疯般跑过去拍打手术室的门，喊得撕心裂肺：“让我进去，竺暖！竺暖！”

路过的护士和医生大惊失色，用力阻拦着他。

“你们让我进去——让我进去看看她！”

顾世弈无力地望向手术室里面，此时竺暖躺在冰冷的床上，长发散落在雪白的枕头上，疼痛伴随着绝望一波一波地向她袭来。

没有了，最后一丝与顾世弈的牵连也没有了……

急救室外亮起的红灯转灭，竺暖被推着从里面出来。麻药褪去，她在病房里悠悠转醒。

“小暖。”顾世弈握紧她冰冷无力的手，见她醒来，战栗地盯着她，“我们还会有的。”

竺暖还是疼得无法动弹，看着双眼通红的顾世弈，她说：“你走吧，不要让你的未婚妻等太久。”

那么别出心裁的订婚现场，那么得天独厚的一对，她光想着，都心如刀绞。

顾世弈拼命地摇头，心痛得仿佛要死掉，紧握着她的手难以自抑地颤抖着：“我只要你。”

竺暖的眼睛里是一片清冷的灰色，看着他，缓缓地说：“是我不要你了。”

有人说，时光是一切的终点，亦是一切的起点。在冗长的岁月里，无数人在身边走走停停。

而竺暖，在没有希望的年岁里，在顾世弈知道或不知道的光阴里，却依然从未停止过爱他。

哪怕荒谬如瀑布逆流而上。

哪怕绝望如星辰陨落大海。

三年后。

顾氏集团顶层的办公室里。

“地产行业还能不能持续爆发我不知道，证券行业牛短熊长的格局会不会改变我不知道，但我所能确定的是，在这个时代，越来越多的岗位会被人工智能代替，但精神力量却无法被任何东西替代。青芒不仅是一个优质的创作互动和个性化推送阅读平台，还专设一栏为大家挑选了全世界范围内最优质的书籍和文章，在这个知识迁移信息爆炸的时代，我们可以让很多人对阅读的选择不再迷茫。”

竺暖有条不紊地说着，把手中的策划方案递过去：“这是细节文案，您过目。”

顾世弈接过文件在手中把玩，却并没有翻开，似笑非笑地看着她：“想法很棒。不过，我拒绝投资。”

竺暖低头浅笑，把文件拿了回来：“好的，再见顾先生。”

“连话都不愿意多说一句就想拿到融资，哪有这么容易的事。”顾世弈的声音在身后淡淡响起。

笠暖回眸，安静地看着他。

她没想到，青芒融资的第一个阻力竟是来自顾世弈。她明明与很多投资方约好了面谈，最后他们却不约而同地都爽了约。她千方百计地打探原因，得知竟然是顾氏集团在明里暗里地给予他们拒绝青芒的指示。

而后，她收到了顾氏集团的邀约。来到公司后，面见的不是投资部，而是他。

他来亲自拒绝她。

就算她曾经和他有过感情纠葛还误了他的订婚，他又何必与她小小的青芒过不去。

笠暖淡笑："顾氏这么大的集团，两千万的投资，投资部应该能直接做决定，用不着惊动你吧？你不过就是想让我过来看看，你已经不是三年前那个为我孤注一掷的顾世弈了。我已经看到了，所以，何必多浪费口舌。"

说完，她很快消失在办公室门前，只留下一抹美丽而清冷的影子。

顾世弈缓缓起身，长久地凝视着那扇将笠暖背影隔绝在外的门。

她的变化很大，当年那个清甜动人的少女在她身上已然找不到痕迹，泰然处之的成熟与自信却依然让她美得纤尘不染。

没想到三年后会是以这样的形式相见。

消失了三年的她，刚一出现便迅速成立了青芒文化，推出青芒读书 App。前期推广取得不菲的成绩后，便开始找各个企业谈融资。

他从中作梗，让企业把她拒之门外，然后向她抛出橄榄枝，逼得她只能来顾氏集团，没想到她一句话都不愿与他多说。

顾世弈自嘲地笑了笑，拨内线给投资部：“青芒文化要的两千万融资批过了，尽快把合同签下来。”

他怎么可能真的拒绝她，他期冀的，不过是能多见她一眼。

两天后，林泽却来汇报：因为司靖尘的推荐，安南证券准备给青芒文化发行两千万的企业债。以一博投资的信誉为保障，这个债券会非常容易卖，不再需要顾氏的融资了。

顾世弈听完后眉心皱起，忽然有些控制不住自己的情绪，他伸手一挥，桌上文件水杯悉数落地。他按着太阳穴，隐忍而又愤愤道：“去把青芒文化发行的企业债全部买下！”

果然，他在她的生活里还是这样无足轻重。

三年前，她不负责任地走了，带走了他生命中的所有阳光，而如今，又若无其事地回来，依旧那样云淡风轻。

就像，从没爱过一样。

作为青芒文化的创始人加 CEO，竺暖尤为尽职尽心，每半个月都来顾氏集团向她的债权人汇报公司的发展情况。每次汇报完半个字都不多说，鞠躬走人，态度毕恭毕敬，礼仪完美周到。

顾世弈几乎每次都想逼问她是不是没有心，为什么要这么明确地划开距离，为什么要比陌生人还要疏离。

这天竺暖刚走，顾世弈如往常一样一脸冰寒，不知道第几次想干脆把青芒的企业债折价全部卖掉算了，也好过像现在这样见一次恨一次。

林泽犹豫着汇报：“竺小姐今晚会出席云水酒店的一个酒会，就青芒阅读明星和音乐推广的板块，去和几个传媒公司谈合作。”

顾世弈听闻，嘴角勾出一抹讥讽：“真是长能耐了，这么声色犬马的地方也敢去。”

晚上，竺暖一出现，就吸引了全场的目光，一双晶瞳流光四溢，一袭白色长裙妙曼生姿，绝丽容色不可方物。她仿若不自知地顾自前行，繁复的水晶灯在她身上洒落一身光芒。而她，比光芒还夺目。

远远望着的顾世弈眼眸暗了暗，身边被惊艳而倒吸气的声音不绝于耳。

“没想到青芒文化的 CEO 竟是位绝色佳人，失敬失敬啊。”竺暖一入场，星浩传媒的王总就端着酒杯向她走来，手自然而然地抚上她的腰。

竺暖不着痕迹地扭身躲开，在王总眼里却是别具情趣，他笑道：“这绝色佳人害羞起来，还真是独具风情啊。”说罢，又搂上她的肩。

环顾四周，竺暖发现不少男人目光反复流连于她身上，有的甚至带着一丝轻佻。她心间生出一丝不快，收回目光之时却看见遥遥闲坐于一旁的顾世弈，一瞬的惊诧后下意识地向他发出求救信号。而顾世弈嘴角微扬，嘲讽的意味更浓，手指轻叩酒杯丝毫不动，半分来救场的意思都没有。

竺暖轻呼一口气，自己这是在做什么呢……

只能自己周旋的竺暖好不容易脱身，刚松了一口气，那边新美传媒的李总又拿着酒杯过来，觥筹交错间，手不自觉地握住她的纤纤玉指，反复婆娑。

竺暖一阵反胃，正想着如何脱身，却被一股强大的力道揽上腰肢，硬生生地把她拽离李总三尺远。

李总被人打断了兴致正要发火，一看来人是顾世弈，瞬间噤声。

竺暖抬起头来看向顾世弈，他本想训谑几句，可她身上传来的浅淡香气让他一阵心悸。

那么熟悉的味道，仿佛缺失了千年。

揽在她腰上的手指不自觉地紧了紧，怀中的温软，眼前的娇颜犹如罂粟般让他沉迷。顾世弈屏住呼吸，眸中的惊世温柔一闪而过，下一秒，便如疾风劲雨一样，吻上她的唇，撬开她的贝齿，深入探索，痴缠沉溺。

他清楚地听见自己的心跳，如鼓喧天。

全场瞬间鸦雀无声，看着璀璨灯光下的一双璧人，所有蠢蠢欲动的人心下了然，竺暖不是他们能染指的姑娘。

酒会后半场，竺暖项目谈得一路顺畅，再无人敢骚扰。

结束后，顾世弈把竺暖送回家楼下。

“以后，这种场所还来吗？”

“不用你管。”

“我不管？”他的嘴角勾出一丝讥诮，眼神清楚明白地传递了他后半句懒得说出的话。

今天如果他不管，她怎么可能完好无损地回到家。

“下车。”他扭过头冷冷道，不再看她一眼。

“竺暖姐，这是刚才顾氏集团送过来的。”一大早，竺暖的助理安小宁就送来了一份文件。

竺暖打开，翻看后脸色突变，竟然是一份收购青芒文化的合同。顾世弈已经签好名，只在她的签名处留白。

“这是怎么回事？”竺暖跑到顾氏集团，把合同扔在顾世弈面前。几个月来，她脸上精心维持的完美表情终于出现裂纹。

“如你所见，我要收购青芒文化。”

“为什么？”

他望着她，眼眸幽深：“一个女人如果太美，尤其是在她不知道自己这么美的情况下，去谈项目，是很危险的。”

“我不同意！”

“不同意？”顾世弈轻哂，“就算司靖尘能无数次帮你发企业债又能怎么样？我不要的，谁敢接手？”

他把合同翻到签字那一栏，扔到她面前，逼视她：“签字。我给的收购价格不知道是你公司估值的多少倍。被收购后你专心做你的决策写你的文章，数据分析、项目签约、市场推广都会有集团的专业团队帮你完成。这场交易谁赔谁赚，一清二楚。”

竺暖惊愕地看向他，他竟是这样周全地为她考虑的，她还以为他要——

是她太狭隘了。

顾世弈看着竺暖不断变换的眼色，慢慢靠近她，眼眸转凉：“你是怎么想我的？”

“不择手段打击青芒？还是——”他冰冷的气息逼至她耳畔，“把你禁锢在身边不让你好过？”

竺暖抵住他即将逼近的身子，尴尬地扭过头：“你已经订过婚了，别这样。”

“昨天在酒会上你为什么不这么说？”顾世弈抓住她的手

指，“我对你而言，是不是有价值的时候就加以利用，没价值的时候就弃而远之？”

“不是……”

“那是什么？”顾世弈突然愤怒，一把甩开她的手，“竺暖，你当年如果来质问我一句、见我一面，就不会有那场可笑的订婚！我在赌，赌你看到那铺天盖地的新闻会不会在意我会不会来挽留我，我还真是高估了自己。”

他想起那场闹剧中他们失去的那个孩子，握成拳的手抵在桌子上死死支撑着他的身体，直至无法维持，才无力地坐回椅子里，闭上眼睛按住突突直跳的太阳穴，声音低沉：“把合同签了，回去吧。”

出了顾氏集团大楼，竺暖抬起头望向天空，努力地不让自己的眼泪滴落。那场订婚，同样也是她心中无法散去的伤痛。

青芒被收购后，搬到了顾氏集团的大楼里，宣传和资金上没有了任何的后顾之忧。可那天被勾起的回忆却让竺暖郁郁寡欢，连着好几天，她都有些精神萎靡。恰好她新书的封面和青芒阅读新一期专题关于海洋的图片还没有着落。她想干脆趁这个机会去海边一趟，转移一下思绪，抚平心底越发酸痛的伤痕。

定好行程后，给顾世弈发了个邮件简单汇报了一下，竺暖便收拾行李拿着单反相机走人。

北京时间上午十一点到达马尔代夫首都马累，一下飞机，一股热带海洋的清新气息扑面而来。

这是全世界最大的珊瑚岛国，由上千个小岛组成，竺暖订的是白马兰德利岛，上岛还需从马累转机。从转乘的水上飞机俯瞰望去，海面上的一个个小岛犹如珍珠般铺洒在印度洋上，像一颗颗希望的种子，让竺暖心中阴霾散去，不由自主地期待接下来会邂逅怎样的美景。

一下飞机，竺暖便被一片海阔天空的景色震慑，近处是晶莹剔透的浅碧，远处是无边无际的蔚蓝，倒映着白得发光的云朵，细波微浪，美得宁静而辽远。

直到热情的工作人员帮她办理入住,她才从美景中回过神来。平静了一下悸动的心，她浅笑着递上证件。

她在岛上一共订了三天的房，一晚沙屋两晚水屋，首先入住的是沙滩别墅，别墅被茂盛的植被和高大的百年棕榈环绕着，营造出一个葱茏迷蒙的私人世界，紧连着卧室的就是巨大的私人泳池和沙滩，明亮宽敞直通大海。

竺暖再次惊叹，在二百多平方米宽敞的房间里细致观赏，轻声拍摄，好像生怕声响大一点就扰了这一片绝世之境。

她从沙滩不知不觉间绕进了海岛上葱郁的植被群，不少奇花异草生在一起与风缠绵絮语，给海岛增添了不少灵气之美。她走在其中，清透气息扑面而来，忽觉自己如置深林幻境。

“竺暖。”

司靖尘的笑颜突然入目，他站在她身后的阳光里，如同温润有方的和田玉。

竺暖惊诧：“这么巧？”

“不巧，”他从银色的细沙滩中走向她，举起相机拍下这一刻的美好，“我故意和你订了同一个岛。”

此刻，竺暖的长发被风吹起，娇柔动人的花瓣飘落。她微微笑了起来，颜色倾城。

午后。

与海连接在一起仿若无边的泳池清澈透明，在阳光下微光闪闪，换上了泳裤的司靖尘一跃而入，修长身材在水中沉浮，打散一池波光。

“没想到你看似清瘦的身材竟然这么好。”坐在一旁的竺暖赞叹，“给我们青芒阅读软件做一个专访好不好？今年一年的粉丝增量目标做你的一期就有望完成了。”

司靖尘笑，有粼粼水波在他眼中飘荡开来：“好。”

这个笑瞬间被竺暖精准地拍摄下来，天高云淡、海天一线的碧蓝里，如画的一人，用风轻云淡的笑容与风景相映生辉。

竺暖拿着相机啧啧调笑他：“这算不算‘男色’当前啊？”

“别闹。”司靖尘爬上泳池，走过来轻拍她的脑袋，“专访还做不做了，不然我就要反悔了。”

“马上！”竺暖收起相机拿出笔记本，转身看着他近在咫尺的俊容，又赶忙用手捂住眼睛，“你还是先把衣服穿上吧，我可不想看这幅美男出浴图啊。”

司靖尘再次忍俊不禁。

等到专访做完，已是日落，大海的颜色慢慢地由淡转暗，映出点点星光。司靖尘的眼睛里映出薄薄的晚霞之色，覆盖了眸中所有情绪。

两人一起去了一家名叫 The Deelani 的餐厅吃晚饭，餐厅坐落于海边露台，风景独好。服务员端上马尔代夫最新鲜的海鲜料理，每一盘都精致美丽。

推杯换盏间，只饮浅浅两杯红酒，竺暖的脸色已红成了桃花，露出这三年以来少见的娇俏轻松。

“司靖尘，谢谢你。”

这三年，如果没有他，不知道她能不能顺利走出那个心坎。

失去孩子后，她开始怕见光，怕看见孩子，怕见到所有有关欢乐童真的事物。同时她开始自闭，不愿和任何人交流说话，不想见到任何熟悉的人，害怕给别人带来伤害，同样也受不了任何一点刺激。

她想离开，却不知道去哪里。

司靖尘知道她喜欢文学，大学报选金融专业并非她所愿，便安排她在他母亲教授的大学里旁听汉语言文学，并请来了他当年的心理医生，为她开导治疗。

竺暖一度以为，她一生都不会再有希望了。而司靖尘，却每日陪伴着她。

整整三年，她才走出心结，才有勇气走出学校大门，开启自己新的人生。

隔着温暖的灯光，司靖尘脉脉看向她：“你我之间，不用言谢。”

她帮他走出一场心魔，他亦陪她释怀一段过往，虽然方式大庭相径，但也算殊途同归。这些年一路走得千转百回，他们两人到现在竟成了挚友，竟能比之前更安心地相处和信任。

竺暖目光微微上移，静谧的夜空银河和大团的星云清晰可见，她在星光下仰起脸对他笑，一双眼眸亮得好像要溢出水来，美好的面容就像是月色里盛放的昙花。

这一瞬间，让司靖尘觉得，她还是大学时给予他无限温暖的竺暖。

可终究，已物是人非。

司靖尘约了竺暖去海里浮潜。

拿到浮潜工具时，竺暖不乐意了：“水母衣怎么这么难看，能不能不穿？”

司靖尘说：“珊瑚虫都是有毒的，被划伤可能一个月都好不了。而且面罩一戴上，正好掩饰了你无知又无赖的气质。”

“喂！”竺暖忍不住“扑哧”一笑。

司靖尘把水母衣放到她手里，潋滟的水光在他脸上流过，笑容鲜明得令人侧目。

“听话，快去换上，我等你。”

浅水区里，成群的热带鱼和五颜六色的珊瑚在穿透海水的阳光下闪闪发光，一入海，竺暖就被这一片不同于宁静海岸的繁华所吸引。

原来海底是另一片蔚蓝无际的天空。

深邃的蓝吸引着竺暖向前游去，可出了浅水区深不见底的海域又让她心生胆怯。原地踟蹰间，司靖尘那双指骨分明的手牵起她，带她游向前方。

深水区里生物种类更加繁多，身体晶莹剔透的水母、憨态可掬的海龟、艳丽缤纷的海葵，还有大片的鱼群把他们包围，友好地在他们周身转着圈。

竺暖流连忘返，这一片片生长了上万年的珊瑚礁，像是一座座无与伦比的海底城堡，隐藏了无数不为人知的美丽。

不知不觉间，竺暖想更深入地往前探索，却被司靖尘拉出水面。摘下面罩，他望着她笑：“再往前去，就可以开启寻找鲨鱼之旅了。”

竺暖回头，这才发现他们已经游出了很远。她环顾四周茫茫的大海，心生畏惧，赶快往回游。

“你还是怕水。”司靖尘眸光柔和，揽着竺暖的腰带着她往岸边靠近。他想起大二他教她游泳的那个夏日，无论他教她多少遍，一旦他放开手，她便立刻像是孤立无援的溺水者，惊叫着扯住他。

他教了很久很久，最后以她套着游泳圈在水里漂浮了一下午而告终。

此时今日，虽然已经进步了很多，但她还是她。只是那一年的少女，是谈着笑、伴着风，永远不怕没有明天。

浮潜结束后，竺暖去换了房间，从沙滩别墅换入了水上别墅。走过海上的木制浮桥一入房门，明亮落地窗前的绝美大海便跃入眼睛，房间三百六十度被大海环绕，让她不会错过阳光下任何一刻美丽的印度洋。

竺暖再次被惊艳得不敢呼吸，在这乐不思蜀的地方再待上几天，她怕是连家都不想回了。

下午微风和煦，阳光浅暖。

竺暖和司靖尘坐着玻璃底的小船漂在海上，果冻般的海水清澈到过分，远远看去，小船仿佛在水面上空悬着，童话一样。

海底的珊瑚和奇珍鱼群透过船底清晰可见，再往海洋深处划一些，甚至能看见靠近岸边游动的温柔的斑马鲨鱼。

“马尔代夫跟你想象中一样吗？”

听司靖尘这样问，竺暖把目光投向无际的大海深处。

“十六岁那年，我去了趟三亚，站在蜈支洲岛，以为那就是水天一色的极致。二十六岁的今天才知道，原来世间真的有这样我穷尽所有想象也想不到的景色。”

听她说着，司靖尘侧过脸，不知不觉间，脸颊越来越靠近她的樱瓣粉唇。

竺暖说完，回头一惊，她偏开脸，不动声色地拒绝了司靖尘的吻：“靖尘，你知道我……”

她每一次催眠治疗，司靖尘都在一旁，她对顾世弈的用情之深，他不可能不知道。

“我……明白。”司靖尘失控的情绪瞬间收回。

遥远的天边渐渐出现层层晚霞，漫天的绚丽伴着水光十色美得惊人，他的眼中映出了浅浅霞光。

“谢谢你还记得白马兰德利岛。”司靖尘的声音被风吹得散开。

在大四竺暖生日时，他与她相约以后要一起去马尔代夫看大海。马尔代夫上百个可去的岛屿，他们一个一个地筛选，最后选中了这个把现代化视觉空间和原始海域融为一体的海岛。

这是当年在一起时他对她的最后一个承诺。不曾想过，斗转星移，此生真的有机会能一起同游。

竺暖也不知道是听到了还是没有听到，没有回话。

晚餐后，司靖尘把竺暖送至她房间门口，淡笑着告别后他才转身走向自己的房间。

刚回屋子，竺暖嘴角的笑意还未来得及收敛，便被惊得凝滞在唇边。顾世弈站在窗边看着她，黑暗的眼神如深渊一样要把她吞噬。

“因公出差还有时间谈情说爱，你就是这么敬业的吗？”顾世弈说着，一步一步逼近竺暖，修长干净的手指赫然捏住她的下巴，抬起她的脸，“一边对我欲擒故纵，一边和司靖尘旧情未了？”

竺暖皱眉：“我没有。”

“你当我是瞎了吗？”

他那么清楚地看见司靖尘吻在了她唇边。

司靖尘吻在了她唇边！

怕她一个人在异国不安全，处理完所有紧急工作后，他便马不停蹄地坐八个小时的飞机赶过来陪她。谁知一上岛就看见夕阳余晖下，一对才子佳人情深似海的画面。

顾世弈慢慢地收紧手指，竺暖因痛挣脱开来，却像触碰到了他的逆鳞。他暴怒着将她扛起摔到床上，噬咬她的脖颈，强势地吻掉她所有的抗拒。

“不要这样。”竺暖哀求着用力推他，眼泪汹涌而下。

顾世弈擒住她挣扎的双手扣向头顶，炽热的身躯贴紧于她，动作仍没有半分停歇，全然不管她的痛苦，在她身上反复地游走。

竺暖被钳制住，被迫地承受着，唇齿之间逸出痛苦的呻吟。

他像一头受伤的野兽，对她的渴望伴随着恨意滋生蔓延，喊出压抑在心底多年的痛：“为什么不负责任地一走了之？为什么不告诉我你有了我们的孩子？”

他从未像今天这么疯狂暴烈过，像是要把滔天的怒意全数发泄在她身上：“你是铁石心肠吗？故意消失，让我哪儿都找不到你，如果不是知道你还活着，我连去死的心都有！”

竺暖被撕扯得意识涣散，全身绷紧，额头上的汗如瀑般落下。

“疼……”她哀声低喊。

顾世弈身形一顿，克制着起身，撑起胳膊看着她咬紧牙齿战栗又痛苦的神色，忽而眼中又生出一股怜惜，玉色的手指轻拂过她脸上的泪，吻上她被咬出一排齿印的唇，细致而浅淡地引诱着。

骤然的疼痛渐渐被一池春水般的柔情化解，惹得竺暖不由自主地迷乱轻呓。然后，他一点一点地蜿蜒而入，一寸一寸地把她抛入天堂。

这一夜，他对竺暖毫无克制、不断索取，仿佛只有这样紧紧地贴合在一起，才能找到地方安置这么多年无处安放的心。

被折腾得精疲力竭的竺暖终于沉沉睡去时，天已快至黎明。

顾世弈拉开窗帘，走到建在水上的临海露台，看着暗淡下去的星辰，没有丝毫困意。

他害怕一闭上眼睛，她又会像梦一样消失不见。三年前，她就是这样不见的，仿佛是一眨眼，就再也找不到她了。

竺暖刚失踪的时候，他在监控里只查到她独自坐电梯到医院车库，而车库里面和车库出入口的监控那天恰巧坏了。

她上了哪辆车，去了哪个方向便无从得知。

之后，他查遍了火车、汽车、飞机、地铁等等有记录可寻的交通工具，也没有她半点儿的痕迹。任他怎么苦苦哀求，她父母始终对她的去向闭口不提，他派人守在她家门口，一直未发现她的蛛丝马迹。他去寻找楚楚、程悠悠、舒安等所有和她有关联的人，依然一无所获。

之后，他甚至开始监控竺暖的银行卡和各种支付工具，只要她有消费，只要她使用身份证，他就能立刻得知。

可一个月、两个月、三个月，却依然找不到她的任何痕迹。

找不到任何生活痕迹意味着什么？午夜梦回时他突然惊醒，半夜去砸开警局的门，疯了一样去查她的生死状态。得知她并没有被销户，她还活着的时候，他在寒冬深夜里站在警局的办公室里觉得恍如隔世。

他徒有通天的本事，却无法找到她的一丝痕迹。

直到两个月前，林泽打来电话告诉他，在临西广场地铁口碰见了竺暖。

他永远都不会忘记，在办公室里重新看到她那一瞬间的心跳如雷，让他几乎话不成形，几乎无法呼吸，用尽全力才控制住自己没冲过去把她紧紧抱住。而之后，他却突然变得胆怯，变得不敢靠近。

失去的感觉，此生他再也无法承受第二次。

/ 第十三章 /
我会一直在原地等你

ne.yushengqingdarao

因为时差原因，以为自己睡到日上三竿的竺暖醒来时也不过是当地时间七点多。

透明如绿松石的海域在清明的光线里越发剔透，顾世弈站在建于海中的露台上，转身看向卧室里已穿戴好的竺暖，眸光柔和："过来。"

竺暖心里的感觉很奇怪，仿佛时光又回到了两个人亲密无间的时刻，仿佛一切的蚀骨伤痛都没有发生过。

她走了过去，视野宽广的露台上已经摆好了餐点。顾世弈倒好牛奶，放到她面前，有一丝温暖眷恋在他眼底流转："先吃点儿东西。"

竺暖小口喝着牛奶，迟疑着，不知道该说些什么。

两个人都沉默了许久，顾世弈终于问道："这三年，你去哪里了？”

竺暖一怔，目光移向他：“我一直都在北临，哪里都没去。”

他皱眉，无声无息地静坐良久，忽而轻笑：“怎么可能？”

整个北临市几乎被他掘地三尺，每个路口、商场、地铁、各个小区的监控都被他装上了她的人脸识别，只要她一出现，他就能立刻得知。

竺暖目光定格在微起波澜的海面，声音低低地道：“这三年，我一直在明仁大学旁听汉语言文学，教室、图书馆、宿舍、食堂，四点一线地生活着，没踏出过学校一步，没有和任何朋友联系。”

顾世弈眼中的温情渐渐转淡：“你在故意躲着我？”

“没有。”竺暖摇摇头，没有刻意躲开，只是这种生活恰巧没有留下任何可以追寻的踪迹。当时的她意志消沉，就连饭卡和借书证还有所有的生活用品，都是司靖尘帮她置办的。

“那为什么三年后又出现了？”顾世弈的笑容渐失温度，“为什么不在那里读书读到地老天荒？”

竺暖默默地叹息：“三年，足够我们彼此释怀了。”

顾世弈心中埋藏了多年的痛苦无法抑制地开始汹涌滋生，眸光因心绪的剧烈波动而越发暗沉，倏地爆发：“你凭什么自以为是地以为我会释怀会忘记？竺暖，我最恨的就是你这一点，自作聪明什么都不说，以为自己能默默地承担下一切！不自量力！”

他一双眼睛漆黑无底，燃烧着磅礴的恨意。

“你有没有尝过，自己满心念着的人生死未卜的仓皇不安？有没有尝过，被愧疚悔恨吞噬却无处弥补的窒息感？你太自私了，竺暖，如果可以重新开始，我一定不会选择爱你。”

指间，海风，心脏，好像一切都变得冰冷，只有眼角的泪，炽热滚烫，在竺暖模糊如雨的视线里，顾世弈夺门而去。

司靖尘来找竺暖的时候，她抱着双膝，对着大海无声哭泣。

看着露台上的一片狼藉，司靖尘微蹙眉头，侧首凝视着她微微颤抖着的削薄双肩，渐渐了然于心。

“小暖。”他缓缓走过去陪她坐在露台上，面朝大海，“如果有一天你累了，还有我。”

我会一直在原地等你。

从马尔代夫回来后，竺暖终于见到了楚楚。

楚楚变化很大，她蓄长了头发，轻描淡妆，穿着一件烟青色旗袍，远远看去，像一幅雨雾朦胧的山水写意画。如今，是真真正正的楚楚动人。

“去年我才知道你去了燕大，司靖尘带我去看过你。你的心理医生说，你还抗拒着一切与过去有关的事情，我就没打扰你。”

“都好起来了。”竺暖笑，“倒是我对不起你，没有参加你和萧雨的婚礼。”

“没关系，有人替你来了。”

“谁？”

“司靖尘。他替你给我包了一个大红包，你可得记得还给他。”

竺暖低下头微微叹息，欠司靖尘的，好像已经太多了。

她们边走边聊，然而北临这个季节的天气却是变幻无常，没走几步，晴空万里转眼间就乌云密布了。

突如其来的大雨让楚楚拉起竺暖在雨中奔跑，最后躲进一家书店。雨水湿润的清新从她们周身沁漫出来，楚楚的目光越过竺暖，拿起热销榜中的一本，惊喜道：“你的书！恭喜你，终于实现了你的梦想。”

“你也是。”竺暖与楚楚相视一笑。

楚楚婚后，与萧雨寻了一处山角，开了一间民宿。跟楚楚期许的一样，他作画她题词，笑看旅客人来人往故事绵长。

而这次楚楚为了回来北临见竺暖，跑了很远的路程。

“你知道吗，熙乐已经是两个孩子的妈妈了。”

坐在书店靠窗的桌边，她们一人点了一杯咖啡，边喝边聊。

楚楚接着道：“她最终还是留在了这里。我上次见她，正跟两个孩子一起玩呢，还跟没长大似的。”

竺暖笑着：“看来苏一凡对她挺好的。”能永远保持着一颗童心的女人无疑是最幸福不过的。

“小暖你呢？其实这些年看过来，司靖尘——他已经跟我最初认识的那个人完全不一样了。”

竺暖摇摇头，略微怅然：“我和他，只能做朋友了。”

楚楚不再多说：“随心而走吧。”

不知不觉，两人已经聊了两三个小时。

聊到最后，楚楚看着竺暖沉默了。即便是多年未见，一个眼神也能代替千言万语。

竺暖很快明白了她的欲言又止，也同样沉默了，过了一会儿，低声缓缓说：“带我去看看悠悠吧。”

程悠悠葬在离市区不远的一个墓园，四周笼罩着薄薄的雨雾，静籁无声。

竺暖轻轻地把一束雏菊放在碑前：“悠悠，我来看你了。”

楚楚不由得落泪叹息：“悠悠这一生啊……李瀚陪她到了最后，顾世弈把悠悠的父母安顿在离她家不远的一个县城，既能远离村民们的那些闲言碎语，又方便回去看望亲人。公司每个月给他们发抚恤金，后半生也能安稳地度过了。”

还好双亲老有所依，终归不算是最坏的结局。

经历马尔代夫一事后，竺暖开始有意避开顾世弈。她需要冷静，有些情感她本来准备独自深埋心底。而被顾世弈这样赤裸掀开后，她有些慌乱。

接到顾世弈拨给她的内线电话时，竺暖停滞了几秒才按下接听，他声音阴沉：“你上来。”

顶层偌大的办公室清冷如斯，竺暖敲了敲门。

“顾总，您找我？”

顾世弈看着她，声音冷得几乎可以结水成冰：“你的青芒，什么时候落到要以‘男色’为诱饵增加粉丝量的地步了？”

竺暖瞬间明白他是在暗指什么，故意道：“我竟然不知道你这么关注司靖尘，只是有几张他的照片而已，你就这样爱不释手。”

顾世弈淡淡地讥讽：“我爱不释手？”

林泽在旁边轻咳：“顾总，您已经拿着 iPad 翻来覆去看了好几遍了。”

顾世弈皱眉，把 iPad 扔到了一旁，神色不豫。

林泽悄悄溜出办公室，这么低沉的气压，再待下去怕是会殃及池鱼。

竺暖淡然道：“食色，性也，能刊登千娇百媚的女人，为什么不能有秀色可餐的男人？更何况，司靖尘这样的相貌条件配上他全国私募第一人的身份，给我们做专访，对青芒是百利而无一害。”

“秀色可餐？”顾世弈的眼神几乎可以杀人，“近距离拍摄接触什么感觉？嗯？更加撩拨动人？”

竺暖与他对视：“如果顾总您肯屈尊为我们拍一组照片，做一个专访，那一定会让青芒获得更多支持。毕竟您的魅力可是无人能匹敌的，一定会帮青芒圈到万千女性粉丝。”

真是伶牙俐齿。

顾世弈的眼神越发暗沉：“万千女性包括你吗？”

竺暖笑笑，答非所问：“不管怎么样，这期专访出来后，青芒软件的会员增量环比上月增长了三倍，效果超出了预期。”

顾世弈走到她面前，逼视着她，又问一遍：“包括你吗？”

竺暖微微叹息：“何必这么较真。”

“回答我！”

她抬头，目光浅浅扫过他，转身想离开办公室。

顾世弈回身按下桌边触屏，办公室门迅速合紧，竺暖皱眉回头，顾世弈从桌前向她走去，嘴角的微扬与眼中的寒光泾渭分明。这异色的冲突让竺暖心念微沉，她转身欲逃时，却被他伸手抓住手臂。

顾世弈把她甩至身前抵在桌边，单手扣紧她纤腰，嘴角的弧线讥诮分明，眸中染上自嘲与薄怒：“这样玩弄我很有意思？”

“我……”

还没等竺暖回答，顾世弈蓦地俯身噬咬她的唇，用力之大以至于她的柔嫩唇瓣瞬间受损。

“你疯了！”竺暖惊痛，试图推开他，却被扣得更紧。

“我是疯了。”顾世弈抬起头来，染血的唇色嫣红，“我是疯了才会苦苦等你回来，才会一次又一次地让你践踏。”

他的辛苦等待，他的念念不忘，他的情不自禁，在她眼里，是不是都是可笑的存在？

顾世弈的声音近乎森冷，说的话却是沉痛无比：“竺暖，我真是拿你没有任何办法。”

一博投资里，也同样炸开了锅。

樊康捧着手机，一脸的不可置信。从来不喜欢招摇的老大竟然会接受一个阅读软件的公开专访，还拍摄了如此……诱人的照片。

“老大，你怎么会接受这种采访？竺暖……这个名字好熟，是之前跟我们合作诺安证券私募路演的负责人？”樊康对这件事印象深刻，当时那女生出了事故，被奔驰车主看不起，路过的司靖尘瞬间暴怒，用一沓一沓的现金把人砸得落荒而逃。

面对八卦的下属，司靖尘一言不发，却让樊康看出了点儿端倪。樊康惊疑地问：“不会和那个电梯事件是同一个人吧？”

那场电梯事件，时间上更久远了一些。

当时，一博投资刚成立，他们好不容易把用自有资金成立的私募收益做到私募排行榜的前三，好不容易谈到了一家券商为他们发行私募。足足准备了三个月，在第一次公开募集资金的路演现场，司靖尘却在讲到一半时接了个电话突然离场，把所有人晾在那里，再也没有回来。

灵魂人物对产品思路讲解到一半突然消失，主办券商和全场的意向投资者觉得自己受到了极大的不尊敬，很多人愤然离场，主办券商更是生气到当场表示再也不会跟一博投资有任何的合作。

那个电话是竺暖打给司靖尘的。

彼时，竺暖刚去实习，他们还没有分手，她给他打电话，哭着说她被独自困在电梯里无法出去，怎么喊都没有人回应她。

听着她声音里的恐慌和无助，他毫不犹豫地跑了过去，联系到电梯救援人员，站在电梯门口陪她说话给她安慰直至她被解救出来。

尽管这场失误几乎让刚成立没多久的一博投资公司受到毁灭性的打击，事后整整一年，才靠司靖尘鬼斧神工的技术分析做出的惊人收益率挽救回来。

那个时候，明明本能比大脑更真实，明明他潜意识里她比任何事情都重要。只是如果当时他能明白，是不是，现在的结局就会不一样。

“真的是一个人？”樊康看着司靖尘不断变换的脸色惊叫出声，把他从纷杂的思绪中拉回现实。

司靖尘淡淡地看他一眼：“你知道得太多了。”

竺暖的工作效率越来越低，来上班的时间也越来越早。

去乘坐电梯时，顾世弈的专属电梯却叮地打开，她目光浅淡掠过，并未停顿地走向一旁的普通电梯。

这个专属电梯能够人脸识别自动打开，除了顾世弈，便只有她能乘坐。她知道，却从未去僭越独自擅用。

还未走至普通电梯，竺暖便被一股大力从身后拉入专属电梯。

她惊异回身，撞入顾世弈凝望于她的幽瞳：“才六点多，为了不碰见我，每天这么早来上班，不辛苦吗？”

竺暖看着他才几天未见却清减不少的容颜，满心酸涩，硬生生地别过脸：“我来加班。”

“为什么不上来汇报工作了？”

“发你邮箱了。”

“我没看，等你亲自来汇报。”

两人的谈话陷入僵局。

沉默了一会儿，竺暖开口：“我们青芒能不能搬回被收购前的工作地点？集团大楼离我们员工住宿的地方还有合作客户都很远，我可以每周按时回来汇报工作。”

顾世弈淡淡抬眸：“你就这么不想跟我一起工作？”

竺暖咬着唇，低头看向别处。每一次想到他在楼上，她便如坐针毡，他每来靠近她一次，便让她几天都无法专心工作。

沉默良久，顾世弈低叹：“小暖，你一定要这样吗？”他捏着她的下巴将她脑袋转至眸下，目光停在她泛着桃花之色的樱唇上，俯身轻轻吻上，却只是浅尝辄止。

“你是不是以为我能忘得掉你？”顾世弈的眼眸离竺暖很近，带着一丝疲惫，“这么多年了，我爱你一如往昔，你难道真的一点都感觉不到吗？面对我时，你能不能有哪怕一次，不要想着逃避我。”

竺暖的掌心已经被她掐出极深的痕迹。

这一瞬，她用尽全力压制在心底的记忆，翻江倒海一样，把她淹没在洪潮中，让她不堪承受的身体剧颤着。

“当年的那场订婚，在我和南芷漫天的报道中，我以为你会来质问我一句，会表现出对我一丝的不舍，可你连一条消息都没有。”顾世弈眼眸低垂，“当天，我在现场苦等你，只为了引你来，向你求婚。难道你没有发现，订婚现场的布置全部是按你的喜好定制的？竺暖，那天所有的一切都是为你准备的。”

顾世弈继续回忆着：“我现在还记忆犹新，你出现的那一刻，我那种无法自持的喜悦。我在人群中寻找你，想向你告白，想在所有人面前挽留你，却没有想到——”

顾世弈停顿了下来，眼底的痛苦使他无法再继续这个话题。

他没想到，事态被推入无法挽回的深渊。

这么久，他从没有一刻停止过懊悔，从没一刻停止过对她的思渴。

稍稍平缓了一下心绪，顾世弈接着说：“包括对青芒的收购，也是我自私地想把你留在身边。可再次相见后，你却对我垒出厚重的心防，对我的疏离更甚以往。小暖，我希望你扪心自问，你真的对我一丝感情都没有了吗？”

竺暖紧紧地攥着电梯中的扶栏，脑袋里一片兵荒马乱。她看着顾世弈，眼神却怎么都无法聚焦。

电梯叮地到达，竺暖蓦然惊醒，慌乱着退后，转身仓皇而逃。

一整天，竺暖的工作效率几乎降为零，顾世弈早上的话彻底引爆她绷于心底的那根弦。

他以为她不爱他吗？不，她同样也是做不到不爱啊。

最初，她便以天壤之别为由拒绝他的靠近，之后，她被他的温柔诚挚打动，两人度过了一段使她一生都无法淡忘的美好时光。

而后，陆沛岚一盆冷水使她彻底清醒，让她明白阶级差距是多么可怕的障碍。

她开始退缩。

再然后，她亲眼看见他与南芷一起出现在订婚仪式上，伤心过度，失去了两人的孩子。

当时的她是那么怯懦无助，陷入了无法走出的心理困境，他不知道这三年里她流了多少的泪，伤了多久的心，经历了怎样的心路历程，思念了他多少次，才明白，人生终有不可得，有些遗憾只能入土为安，有些情感只能深埋心底。

重新见面时，以为他早已订婚忘却自己的她，也唯有用波澜不惊来掩饰她对他如海的情深。

可是，为什么重新相见以来，事态的发展，事情的缘由，还有今天他说的话，跟她所思所想全都不一样？

她以为他真要与南芷订婚，却不料那场仪式是他为了挽回她而准备的。她以为他欲毁了青芒，却不料他收购只是为了留她在他身边。她曾认为顾世弈对她只是一时兴起，可是他不止一次地表达了对她的一往情深。

如此来看，她要扪心自问的不是她是否对他还有一丝情意，而是难道他对她的爱，还不值得她摆脱内心的各种莫须有，勇敢地重新与他在一起？

原来两人感情所有纠葛的根源都在她，在于她的狭隘，在于她的懦弱，在于她的不信任。而顾世弈，一直站于她身后，任她刺伤、质疑、逃跑，从未改变。

两人之间的一百步，他已向她走出了九十九步，而她连那仅剩的一步，都没有跨出。

就这样思绪纷杂地呆坐至傍晚，竺暖才想起还有很多工作必须今天做完，手忙脚乱地打开电脑，密码输了好几遍才输对。

顾世弈下班后走入电梯，准备按向负一层的手指却按下了二十六层。

——那是竺暖所在的楼层。

如他所料，她依然在忙碌地工作着，夜风夹着雨丝吹进办公室里，不时吹得她耳畔长发轻柔翻飞。

顾世弈敲敲门走进来：“还没有回去？”

看他进来，竺暖从电脑前抬起头，神情略为僵硬，没有答话。

顾世弈也不恼，自顾自拿起她刚打好的一份报告翻看起来。

是一份数据分析申请报告，以增加青芒读书软件的注册会员量为诉求，从时间、代言人、作者、文案关键词等几个影响因素进行了全面的分析。

顾世弈飞快地把文件看完，心中有不小的惊讶。

数据分析的关键在于，策划者能不能明确指出影响目标的关键因素。不可否认，竺暖把分析变量抓得尤为精准。

他缺失的这三年，她的进步很大。

雨越下越大，闪电划破夜空，窗外夜色霎时亮如白昼。顾世弈走至窗前，帮她把窗户关住：“走吧，我送你回家。”

“不用，你先走吧，我明天要签约几个作者，还有一些东西要准备。”

顾世弈皱眉：“雨下得这么大——”

话还没说完，就听到“啪”的一声，办公室的灯管爆了，陷入一片黑暗。顾世弈神情微动，拿起竺暖的笔记本电脑：“去我办公室。”

迟疑了一下，竺暖还是跟着他去了，因为东西必须赶在明天之前做完。又或许，是她对他，捋清思路后无法自控地想靠近。

顶层办公室里。

竺暖坐在顾世弈的办公桌前努力凝神地写着文件，他背对着她，看向窗外。阴冷黑暗的天空有种彻骨的寒意，高达七十七层的办公室如置云间，模糊了城市的璀璨华灯。

他记起，三年前，他找不到竺暖的那天也是这种天气。

如瀑的暴雨中，他在尖锐的鸣笛声中冲破雨幕，一边一辆又一辆地超着车，一边不断地拨打着她始终无人接听的电话。那时，他清楚地听见血液在脑袋里翻腾的呼啸声，他清楚地触到心脏在绝望中爆炸的窒息感。

当晚，他跑遍了所有她可能去的地方，寒冷和恐惧几乎把他吞噬。那种滋味，现在回想起来依旧让他全身发冷，依然让他……不知所措。

不知过了多久，竺暖终于忙完，她关掉电脑，看了一下时间，惊诧道：“竟然已经十一点了。”

“晚上你睡这里。”顾世弈依然看着窗外。

竺暖刚要拒绝，他的目光淡淡地落回她身上：“外面下冰雹了。”

竺暖看向窗外，弹珠大小的冰雹铺天盖地地落下，因为楼层太高，所以她才完全没注意冰雹降落时候的声响。

顾世弈走过去，打开内侧套房的门，指尖的力气有些失控，曾经为了寻找竺暖而出车祸断过的无名指开始隐隐作痛。

“过来。”他站在套房门口，看向竺暖，唇色浅淡。

套房内干净而清冷，有经常打扫的痕迹，却似好久都未有人住过，竺暖微微诧异地看向他。

顾世弈仿佛是解释她的诧异，又好像是顾自进入了回忆：“你走之后，我就再也没有进过这个房间。”他的眼中忽而呈现出一种沉痛之色，“你知道三年前你留给我的最后一句话是什么吗？”

那日，她躺在病床上，清冷的目光把他身上的温度抽得一丝不剩。

她缓缓地告诉他：“是我不要你了。”

然后，她就真的不要他了。

这些年来，让他日日夜夜黯然灼心。

“三年前你怪过我吗？”顾世弈沉声问出。

竺暖咬住唇：“没有。”

“可是我宁愿你怪我、恨我，起码我有机会去弥补，而不是像现在这样，做什么都无济于事。”

三年的缺失，将永远是他心里填不满的沟壑。

“对不起。”竺暖有些晃神，声音低低的，“不全怪你，我也有错。”

当年陆沛岚的事情是她没给他足够的信任，而后的分手是她因不自信而逃避，孩子的事情也是源起她的私心。

顾世弈恍若未闻，看着她，像是隔了山长水远的距离：“你休息吧，有点紧急的工作，我处理完马上就走。”

那颗被她还给他的蓝色钻石还静静地放置在原处，他一分钟都不想在这个房间多待。桌子上耀眼的蓝色光芒仿佛一遍一遍地在提醒他，他的挚爱，已离他远去。

窗外的风声不绝入耳，竺暖长久地坐在床边。

或许是夜色太苍茫，或许是天气太清冷，她突然觉得今天的顾世弈和往常不太一样，周身流淌出来的悲凉，让她忍不住心底颤动。

她出了房间，发现电脑的荧光还亮着，顾世弈还没走，他闭着双眼，胳膊支撑着脑袋，竟已沉沉睡去。

“世弈。”竺暖在他身后轻轻喊，“去卧室睡吧。”她拉起他，触碰到他的额头，却是滚烫。

“你发烧了？”竺暖赶忙把他扶到卧室床边。

顾世弈双目迷蒙，睫毛颤了颤，目不转睛地盯着她。

“竺暖。”他轻唤，“你终于……回到我身边了。”

下一秒，他红了眼眶，烧得鲜红的双颊让他整个人散发出一种惑人之色。氤氲的光线中，他一遍一遍地抚摸她的脸，喃喃低语：“你真的回到我身边了。”

竺暖说：“你发烧了，我去给你找药。”

他死死拉住她的手：“不要走。”

她重新坐回他身边，轻轻拍着他的背安抚他：“我不走。”

顾世弈瞬间望着她笑了，仿佛安心了下来，笑容纯净而简单。

竺暖第一次见到这样的顾世弈，脆弱的、依恋的，如孩子般欣喜的。这一刻，她才惊觉，原来当年她的不辞而别，带给他的伤害如此之大。原来，他真的像她一样，从未淡忘过对方。

不知过了多久，顾世弈才终于睡去，依旧紧抓着竺暖的手，长长的睫毛在面容下落出扇形的阴影。竺暖慢慢地抽回手，抚上他的额头，依旧一片炽热。

没有找到药，她不敢睡下，熬夜一遍一遍地用酒精给他擦拭掌心和额头，直到清晨他才退烧。

天亮之后，见他还沉沉睡着，竺暖去买来了清淡的早餐放在他的办公桌上，又简单交代了林泽几句，才回到二十六楼。

顾世弈一觉睡到九点，他记得，昨晚竺暖在这里，待在他身边，可等到他清醒，她又不知去向。

他走到桌前，拿起素色锦盒中的项链，蓝色的钻石纯净得没有一点瑕疵，在阳光下光芒万丈，深深地灼痛了他的眼睛。

他曾告诉过她，这颗钻石被他亲手刻上她的名字，她是舍弃不掉的。可她还是一次又一次地还给了他，毫无眷恋地还给了他。就像今天，即便她知道他情绪不佳，却还是一声不吭地走掉。昨天她的所有温情，果然都只是一场梦。

“顾总，”看顾世弈从内侧套房出来，林泽微微欠身，“竺小姐走之前，特意交代我一定要看着您把早餐吃完。”

顾世弈身体微微僵硬，心中突然生出点欣喜，又担心是自己自作多情，反而恼怒起来，冷冷地看着桌旁的清粥，吩咐道：“倒掉。”

林泽捧起一堆文件：“顾总，您不要和自己身体过不去，这些都是竺小姐亲自买的早餐。您不高兴的话，这么多文件，随便摔。”

亲自买的早餐？

不能否认，这句话让他心神动摇。顾世弈警告地盯着林泽，可最后却还是端起粥一口气喝完。

“还有别的事吗？没有就出去。”

“还有。”林泽赶忙说，“近期分析数据的排期已满，您昨夜安排下来对青芒文化的分析报告可能要三天后才能排上。”

顾世弈沉思了一下：“先把青芒的需求分析做出来，同时对数据分析部进行扩招。大数据的时代，以后对数据分析的需求会越来越多。”

“是。”

竺暖又是一整天无法安心工作，昨夜那个异样的顾世弈，他异样的脆弱，异样的依恋，一直在她心头萦绕，让她酸痛而心疼。

三年，她以为至少他会淡忘，可他对她一如既往的关切，一点一点地融化了她深埋冰山的心。好不容易熬到下班后，她借用集团的餐厅给他煨了一锅适合病人的清淡鸡汤，送去顶楼办公室。

顾世弈正在用 3D 全息看一个视频。

下班后的他穿了一件毛衣外套，里面是一件简单的白色T恤，让他整个人看起来温暖和煦。而他抬起头看向她的眼神，却是反差的冰冷。

“有事？”

“你……发烧好了吗？”

“你在意吗？”顾世弈冷笑。

竺暖似是没想到他会这么说，微微一滞，默默地把保温壶放在他桌子上，转身离开。

“你回来！”他冲过去一把抓住她，“走得这么干脆。昨天让你留下来为什么早上不见你？”

竺暖身形晃了晃，低低垂下眼睫，扭过脸去：“我不知道该怎么做才能让你不生气。你变得，比之前容易生气很多。”

容易生气很多，是，他承认。

可他为什么变得易愤怒？因为，愤怒要比承受心碎简单得多。

并且——

“我在试探，生气会不会给你压力，会不会让你产生内疚感，会不会让你在乎我。”

顾世弈缓缓移开目光，背过身去：“显而易见，你根本不在乎。”

“我在乎。”

竺暖慢慢收敛了神色，低声道。

“你在乎？你的在乎就是做一个置身事外的观察者？”顾世弈冷笑，“竺暖，你以为你一贯的抽离，就不是一种暴力吗？

“即便是此刻，我生气，你依然收起了你所有的表情心绪，让我觉得无论我说什么做什么你都无动于衷。你不知道，这多让人心寒。”

竺暖心中一凛：“对不起。”

“你这样的对不起，”顾世弈嘴角染上一丝讥讽，“我不接受。”

他说得对，是她太胆怯，她用漠然给自己安上了厚厚的保护壳，懦弱着不肯打破。其实，她同样也柔肠百转，她也同样不知道，如果没有他，她后半生的路，要怎样才能走好。

两个受过伤的人，迟疑着，害怕着，退缩着。

如果她能勇敢一次——

仿佛是跨越了千山万水，耗尽了所有勇气，竺暖终于说出——

“前几天我看到了一句话：人生唯一的安全感，来自充分体验人生的不安全感。如果我不再怯懦，我不再退缩，世弈，你还会给我和好的机会吗？”

顾世弈身形一顿，随后，慢慢地转过脸看向她，动作慢得像电影中的定格镜头：“你说……和好？

“你凭什么以为，我愿意和你和好，你凭什么以为，你回头我就在原地等你——”顾世弈的声音清远悲愤，带着一丝彻骨痛意，“凭什么以为，我非你不可？”

而后，他悱恻的目光却久久地落于她身上。

三年前他发誓，如果再让他见到她，一定不会让她好过。

可真当再见面时，他还是他，还是那个对她没有任何抵抗力的，爱入骨髓的他。

他真的，拿她没有任何的办法。

竺暖望着顾世弈，瞳仁微波轻漾，紧握的十指透露了些许紧张。

随后，顾世弈再没说一句话，整个办公室里安静得可怕。长时间的等待几乎让竺暖勇气尽失，转身欲逃时，他却把她用力地抱入怀中：“竺暖，我不会给你反悔的机会。”

竺暖从他怀中抬起头，一瞬泪流满面。

他俯下身，吻过她微凉的脸颊、眉心和嘴角，最后捧起她的脸，轻柔指尖帮她拭干脸上的泪。

“竺暖，你不知道，这话从你嘴里说出来，有多动听。谢谢你，给我们重新开始的机会。”

这么长久的等待，这么多次的被远离，让他几乎失去了把她紧紧攥在身边的力量。

当年那一瞬间的邂逅，这些年让他如此噬骨铭心，希望此生接下来的时光，在跨越这么长的距离后，能够让他好好地诠释钟情。

“拿着。”顾世弈拿出一串钥匙，心中蔓延出无限的酸涩，“这么多年，今天终于有机会把它交给你。”

竺暖把钥匙接了过来，玉质的平安扣挂坠在她掌心生出了些暖意，她看着这串钥匙，微微有些出神。

顾世弈的指尖略微颤抖，抵上她额头，低声说：“跟我回家。”

/ 第十四章 /
护你一生安稳

晚上到家已经十点多了。

洗完澡穿着浴袍出来的竺暖问向顾世弈："刚才我打电话让商场送的衣物到了没？"

顾世弈在她耳畔轻轻一吻，笑道："右侧衣帽间里有你的衣服。"

她前去打开，偌大的衣帽间里，竟然全是她尺寸的衣物，各式各样、不同季节，甚至内衣、睡衣、饰品都一应俱全。

竺暖惊讶地转身看向他。

"这三年，每当我看见适合你的任何东西，都会买回来。我总幻想着有一天你能回来，能在这里，使用它们。"

竺暖愣住了。

顾世弈拿出吹风机，一点一点细致而沉默地给她吹头发。

竺暖安静地坐在沙沙的暖风里，眼眶湿润，像蕴含了说不出口的千言万语。

Lime不知道什么时候来到她身边，它海水般温柔清亮的眼睛，仿佛也染上了一层雾气，低声喵着在她身边打转，好像在跟她说着，小主人，你终于回来了。

竺暖眼中的泪水滑了下来，抱住顾世弈的腰，将脸颊贴近他胸前，轻声低喃：“谢谢。”

顾世弈看着怀中的她，美得近乎幻觉。

他的吻覆了下来，如山泉般清甜温润。

翌日清晨。

似乎好久都没有睡过这样的好觉了，一夜无梦，窗外虽无花，却仿佛有馥郁的香气传来。

“小暖。”顾世弈发出梦呓般的声音，伸手向身边揽去，却一片空荡荡，他立刻清醒，惊坐了起来。

听到餐厅传来声响，他按了按太阳穴，惊惶的情绪才缓和下来，嘲笑了一下自己，还是下意识地患得患失。

他起身来到餐厅，空气中散发着粥的香气。

看顾世弈过来，竺暖端上煎蛋和果蔬，指尖上还留有晶莹的水珠，笑着看他：“起床了？快去洗漱一下吃早餐。”

“这是什么，这么香？”

“菊花粥，持之以恒的食疗可以改善你的头痛。”

他的头痛，是她离开之后日日无眠落下的病根。医药无治，竟不知什么时候已被她察觉。

顾世弈心底一片温暖，持之以恒，这个词真是让他欢喜。

他端起菊花粥品尝，糯软馨香，十分可口，很快碗就见底了。

“还要。”他把碗放到竺暖面前。

“这是药膳，不能多吃。”竺暖笑盈盈地在他对面坐了下来，“快把鸡蛋和果蔬吃掉。”

“还有——”竺暖用勺子搅着碗里的粥，看着顾世弈几次都欲言又止，“那个——”

察觉到她的迟疑，顾世弈问：“你想说什么？”

“这套餐具怎么在这里？”

是她曾经用过的那套，干净无瑕的白瓷，当年她把它们留在公寓没有带走，而如今却出现在顾世弈的家中。

顾世弈笑了笑：“你留下的东西出现在我这儿，有什么不正常的？”

Lime 闻见香气也凑了过来，在两人脚下绕来绕去。

顾世弈抱起它，对竺暖说：“Lime 可比你温顺乖巧多了，不像你，一生气还会离家出走。”他想起三年前他找不到竺暖的那天，他失魂落魄地回来，Lime 安静地卧在他的身旁，细密富有光泽的白色长毛没了平日的蓬松，蔫蔫地耷拉着，像是在陪着他难过。

“有时候，我觉得，Lime 比你还要懂我。”

竺暖笑，阳光里，她的肌肤莹润微红：“以后，我留在这里，补偿你好不好？”

闻言，顾世弈笑容尽展。

吃完早餐，两人一起去上班。车窗外不断退后着城市明亮的光景，十来分钟的车程顾世弈第一次觉得太短。

电梯里，他浅笑如晨光，目送她在二十六楼与他分别：“中午上来跟我一起吃饭。”

她回以甜笑：“好。”

顶层办公室里，林泽一本正经地道：“顾总，我能提出加薪的要求吗？”

淡淡走神的顾世弈把目光移向他：“为什么？”

林泽今早目睹顾世弈和竺暖手牵着手进公司，深知此时顾世弈心情很好，便道：“算是……‘趁火打劫’吧。”

顾世弈突然想起，他对竺暖也说过同样的话，在竺暖第一次对他真心而笑的那天。

恍然如梦的记忆里——

阳光轻柔的初冬里，有略带甜意的微风。

他问她：“那你现在确定要做我女朋友了吗？”

她灵动俏皮：“我现在撵你走算不算是‘过河拆桥’啊？”

“不算吧，因为我是‘趁火打劫’。”

……

顾世弈的目光变得柔软而迷蒙，和煦地对林泽说：“好。”

而习惯了被清冷相对的林泽，被这个笑容吓得做了三天的噩梦。

果然加薪是要付出代价的。

想念是一个会生根发芽的东西，最初顾世弈想着每天能见到竺暖就满足了，他们和好之后，他又每天期盼着下班一起回家，而现在却时时刻刻都想见到她。

顾世弈打电话给她：“拿着电脑上来一下。”

竺暖一头雾水走进他的办公室：“什么事？还需要带着电脑？”

“以后在这里办公。”顾世弈重重地用手叩击身侧的新办公桌。

林泽端着竺暖的办公用品跟了进来，整整齐齐码在顾世弈给她准备的办公桌上，说：“竺小姐，风水大师说了，顾总这里阳盛阴衰，必须有一美人坐镇其中，才能保顾氏集团长盛不衰。”

顾世弈赞赏地看过去，给他一个再加薪的眼神。

林泽喜不自胜，自觉地溜出办公室。

竺暖哑然失笑：“你什么时候还信这一套了？”

“你不觉得我的办公室太萧条了吗？忍心留我一个人在这里？”

“萧条？”竺暖叹然，“你知不知道，你这间办公室可以看见全市最美的景色。”

“不能和你一起欣赏的景色算什么美景？”他从身后抱住她，“留在这里陪我。”

竺暖微微红了脸，挣扎开来：“赶快去工作。”然后坐回了自己的电脑前。

顾世弈的目光跟随了过去，隔着一张桌子柔柔地看着她。

她雪白的肌肤被阳光映出一种暖色，睫毛纤长动人。如同一颗明珠，在悠长的时光里，被细细地打磨，深蕴光华。

察觉到他的目光，她抬头向他莞尔一笑。

那一瞬间，顾世弈清楚地听见自己心脏怦怦怦地剧烈跳动。如少年般，柔情百转。

某日，顾世弈坐早上九点的航班飞东京处理一些事情，下午一点抵达，忙完已是六点，他唤来林泽：“帮我订回北临最快的航班，一会儿回国。”

林泽愣住：“顾总，明天去上海的行程取消了吗？”

“没有，明早从北临飞。”

“为……”为什么不明早从东京直飞上海？

看着顾世弈的神色，林泽心下了然，把没问出口的问题咽了下去。保守估计到北临最快凌晨两点，明天一早还要赶去上海，要不要这么难舍难分。林泽在心里默默感叹，这一把糖撒得，真是让他猝不及防。

顾世弈回到家中，再不觉得满屋清冷，那一盏为他留的灯，温暖了他的心。

竺暖已经睡着，雪白的枕头映着她樱花般的面容，安然静谧。他生怕弄出了声响会把她吵醒，轻声掀开被子躺到她身侧，把她抱入怀中。

清凉的触感让竺暖微微睁开眼睛，半梦半醒地冲他笑：“你回来了。”

“嗯。”看着怀中人迷蒙的笑脸，顾世弈心都快要融化，像哄孩子般轻拍着她，“快睡吧。”

竺暖往他怀里靠了靠，找了个更舒服的位置，又安稳睡去。

柔和美好的气息填满他的怀抱，这种充实的感觉，这三年来，他真是想都不敢想。

第二天在阳光中醒来的顾世弈，看着怀中柔美娇颜，心情异常美妙，他吻了吻她的额头：“我一会儿去趟上海，照顾好自己。”

“又要走？”竺暖嘟囔，“好几天晚上都没有跟我一起吃饭了。”

最无法抵挡她这样的小性子，顾世弈几乎冲动地想要把今天的行程取消。

顾世弈挣扎了好久才起床，等他穿戴完毕回到卧室看着依旧在恬睡的她，不由得诧异：“小暖，你不去上班吗？”

竺暖把眼睛睁开一条小小的缝，被扰清梦又不愿醒来地抱怨着：“今天是周末，大老板，不是每个人都像你一样有个集团要打理。”

他的工作从来都是按日期排，并未在意都是周几。

顾世弈不由得有些愧疚。

竺暖懒懒的声音再度响起：“餐厅里有我昨晚定时熬好的菊花粥，你喝完再走。”

顾世弈的自制力一下又被击为泡影，定了好久的神，才艰难地说出：“晚上我早点回来。”

转身出门，他的脚步却越来越慢，抵不住那一抹眷恋，又轻声折回卧室，坐在床边，看着阳光中她呼吸清浅的睡颜，拂开她落在眼睑处的碎发，细致地给她盖好薄被才重新出门去。

上午十点，竺暖慢悠悠地起床，而顾世弈，终于登上了去上海的航班，看着窗外的云蒸霞蔚，不由得轻叹，这真是他乘坐过的最艰难的一次飞机了。

临近春节，竺暖要回西川陪父母过年。她计划回去七天，顾世弈不依，七天太难熬。

最终拗不过他，竺暖只得把七天缩减为四天，答应他初三的上午准时回北临。

城市过年的气氛完全不浓郁，或许是因为心境略为孤单，和家人一起吃年夜饭的时候，顾世弈有些意兴阑珊，便提前退场。

他去商场购置了些礼品,开了两个多小时的车独自来到西川。

当他敲响竺暖家门的时候已是晚上九点多，彼时她正陪着父母一起看春晚。开门看到是顾世弈,竺暖脸上掠过一抹不可思议,随即展颜而笑，赶忙招呼他进来："你怎么来啦？吃过年夜饭了吗？"

"吃过了。"顾世弈把礼袋放置在屏风处，"略备薄礼，叔叔阿姨，新年好。"

竺暖一眼扫过去，不由得暗自吸气，顾世弈的"略备薄礼"未免也太厚重了些。幸好父母对这些奢侈品牌不甚了解，不然一定不会安然接受。

竺父看着非凡俊秀的顾世弈，惊讶之情溢于言表，不确定地问女儿："这位是？"

竺暖笑意盈盈，正式介绍："我的男朋友，顾世弈。"

得到确定的答案后，竺父的神色略略淡了下来。

这个年轻人，他记得。三年前他忽然上门声称自己是竺暖的男朋友,屡次来家里找竺暖,之后又不断派人来打探竺暖的下落。竺父见他的谈吐举止非一般人，隐约猜到他家世不凡，没有与他多说。

当年女儿走了那么久，竺父没想到三年后他们还在一起。

"大老远跑过来，累不累，赶快来吃点儿东西。"竺母没注意到丈夫表情的细微变化,尤为高兴,赶忙拉着顾世弈坐下来,水果茶点摆满了一桌。

寒暄了几句之后,竺父便让竺暖母女一起去给顾世弈下饺子,而他则把顾世弈叫到庭院里,拿出当地特产的竹筒酒,邀他品尝。

“这个酒啊,是把优质高粱原浆酒注入竹腔,竹酒共融,让酒充分吸取竹中养分。”竺父说着,把清澈微翠的酒从竹子里倒入杯中,递给顾世弈,“尝尝。”

汲取过竹之精华与灵气的酒带着淡淡清香和丝丝甜味,入喉仿若有呼吸和生命似的,沁得人每个细胞都因之而舒畅。

顾世弈不由得赞叹:“竹酒融为一体,浑然天成,甘醇温润。”

“是啊,喝多了也不会头疼,到了夏天,酒里放两块冰,清爽又消暑。”竺父道。

顾世弈眼眸幽光流转,看着自打他到来就有些心不在焉的竺父,没有继续这个话题。他顿了顿,说:“叔叔,我很喜欢竺暖。”

竺父神情微动,却一时没有说话,气氛有些僵滞。过了一会儿,竺父才问出:“你们认识多久了?”

“五年三个月十二天。”从他初次见到她的那天起。

对于这样精准的数字,竺父有些惊讶,接着问:“一生很长,你对她的喜欢能持续一辈子吗?”

“三生三世都不为过。”

“竺暖虽然出身平凡,我却并没有希望她能攀龙附凤,我怕她会受委屈,会不开心。”竺父感叹着,“我这一生啊,最大的愿望就是希望女儿能够平安快乐。”

竺父的心愿,又何尝不是他的。

顾世弈郑重地道:“您放心,我会护她一生安稳。”

竺父缓缓地点点头:“三年前,小暖一个电话突然告诉我,公司有研发项目需要去外地,然后便三年不回家,只每个月让人捎来一封信报平安。等她三年后回来时，整个人都变得不一样了。我问她这三年发生了什么，她什么都不说，但我能感受到，只有打击和伤害才能让一个人这么快地成长。我不知道这打击和伤害跟你有没有关系，但我希望——”

竺父加重了声调：“如果有一天你做不到今天的承诺了，能让她不受伤害地离开。”

说完，竺父起身，温热有力的手掌拍了拍顾世弈的肩膀，转身回到了屋里。

看着竺父的背影，顾世弈胸口缓缓漫上了窒息感。

“想什么呢，这么认真？”不知什么时候，竺暖来到了顾世弈身边。

顾世弈的声音轻缓而沉闷：“你竟然没有把我们的关系告诉你父母。”

竺暖失笑：“还没来得及说。”

顾世弈倚着院子里的一株梅树，抬头望着星光。

“你有想过嫁给我吗？”

“有。”

“如果你父亲不同意呢？”

“我就拿着户口本，直接去跟你去登记。”

顾世弈侧身看向她，眼眸透出一抹讶异，压抑的情绪突然如拨开了云雾般明朗起来：“你确定？”

“确定。”竺暖走上前去抱住他，把脸埋在他的颈窝，“太晚了，今晚你住这儿吧，我已经让妈妈给你铺好床铺了。”

“不了，我一会儿回去，明天一早还有公事。”他捧起她的脸，吻上她脸颊，“我只是太想你了，忍不住来看看你。初三早点儿回来。”

而初三那天，两人却没有如期见面。

初二晚上，竺暖年事已高的姥姥因为心脏病住进了医院。事发突然，情况危急，当时只有竺暖和竺母在姥姥跟前。缴费、办住院、抢救找医生、守病房忙得马不停蹄，等姥姥脱离危险已是一天以后。

对于顾世弈，这一天，却仿佛是又经历一次痛苦的轮回。

初三那天，顾世弈从清晨等到深夜却依然不见竺暖身影，她的电话也没人接，最后干脆关机了。放心不下的他半夜驱车去西川，一家人却不知所终，巨大的恐惧再次笼罩住他。

除夕夜那晚，竺父表现出了对他那么明显的不信任，他不知道在他走后他们父女交谈过什么。他甚至没有自信，如果竺父反对，她是否真的还会坚定地站在他这一方。

可能他有些草木皆兵，但失去她，是他此生唯一一件无法承受第二遍的事情。

竺暖回到北临已是初四的晚上。

“你去哪里了？”

顾世弈坐在黑暗里，身后万家灯火明明灭灭，周身弥漫着极低的气压。

“就是去了医院，不过现在已经没事了。”竺暖打开灯，撞上顾世弈眼中沉沉的阴霾，不由得惊诧，“世弈，你怎么了？”

又是这样的风轻云淡。

“为什么不跟我说？”

涌上心头的钝痛猛然席卷了顾世弈。

“我不是给你发短信了吗？”

事发突然，刚开始情况紧急，竺暖没顾得上跟他说。在急救之后姥姥的病情稍微稳定下来时，已经是第二天的黎明。为了不打扰他休息让他担心，她便给他发了条短信简要说了姥姥的状况，她要多陪姥姥两天再回北临，让他不用过多担心。

刚编辑发送完，手机便没电了，没带充电器的她在医院也没找到型号相同的充电器，只得作罢。

“我有没有跟你说过，无论遇到什么事第一时间跟我说？”如同伤口被撕开，顾世弈恼怒疼痛得不可抑制，紧紧地攥住她的手腕，“竺暖，你有时候真让我觉得，你根本不需要我。如果我不逼你来顾氏集团融资，如果我没去强行收购青芒……是不是你永远都不会主动找我？永远都不会回到我身边？

“我们之间，永远都是我在追、你在跑，你就不怕有一天……”

两天没有休息加上长途的劳累让竺暖头痛欲裂，耳边的轰鸣声让她根本听不清他在说什么，一片混沌中，她甩开了他的手——

“行了！”

顾世弈的声音戛然而止。

他不可思议地盯着她，良久，他撤回目光转身走向楼梯，心一点一点地下沉，缓缓拾级而上，消失在她的视线里。

在客厅里呆愣了一会儿，竺暖察觉有什么不对，赶忙拿出回程时在出租车上刚充了会儿电的手机——那条短信旁边赫然标着一个醒目的红色感叹号，显示发送失败。

竺暖不由得头疼地按住太阳穴，她的手机竟然停机了。而且，她竟然以那种反应，对待他对她的关心。于是，她赶忙上楼，推开书房的门。

顾世弈站在窗边，侧过脸，双眸定定地看着她，如同千万年照不进光亮的深海。

“对不起。我保证，以后无论遇到什么事第一时间跟你说。”竺暖走上前去，把脸埋进他的胸膛，“这次我并不是有意不告诉你，我没有想到会因为手机停机短信没发出去。以后，我一定做好万全的准备，和你保持联系。”

顾世弈背脊僵直，沉默着。

“我知道，你是在担心我。”竺暖将顾世弈抱得更紧了几分，“别生气了，好不好？”

轻暖的拥抱一点一点平复他那翻天覆地的苦涩，顾世弈再次妥协。他抬起她的下巴，俯身在她的唇上辗转，有些急切地攫取她的一切。

年后。

经历了一个长假，顾世弈和竺暖不约而同地忙了起来。他出差的频率增加，而她也经常忙到半夜。

这天顾世弈出差很晚才回来，以为竺暖已经睡了，开门却见她还抱着电脑坐在窗边，对着璀璨夜景，时而在凝神思索时端起身边快见底的咖啡小啜一口，时而茅塞顿开，青葱十指在键盘上轻击如飞。

“怎么还不睡？”顾世弈走向她，略微好奇地想看她在做什么。

竺暖微微侧开身体，挡住他扫向她电脑的视线，眼睛亮如星子：“马上。”

他笑笑，不再坚持，转身去换衣服。

好不容易这个周末两人都没有安排事情，顾世弈已经命林泽提前订好山顶温泉，想带她去放松一下。

正准备跟她说，却见她绽放笑容，瞬间接通桌上响起的电话。

“暖姐姐我回来了！”轻快明亮的声音从电话里飞出。

“舒安！你回北临了？”竺暖惊喜道，“今天到的吗？明天在不在家，我去看你。”

“是呀，今天到的北临，明天在家呢，暖姐姐我好想你啊。”

“那一言为定，我们明天见！”

竺暖得知两年前舒安成功换了骨髓，之后就与家人一起去了美国。这样算算，他们也是好几年没见了。

挂了电话，竺暖依然兴奋：“世弈，舒安回来了，明天我去看看他。”

顾世弈的脸上看不出喜怒：“用我陪你吗？”

“不用，我自己去就行了。”

“好，结束了我去接你。”

第二天，竺暖到舒安家的时候司靖尘已经在那儿了，舒安正与他火热地聊着人工智能。

几年不见，舒安长高了不少，已是少年的模样，一贯苍白的脸色也变得红润。看见竺暖进来，舒安跑过去欢喜地拥抱她：“暖姐姐，好久不见。”

“好久不见。”竺暖捏捏他的脸，微微侧身对着沙发中的人笑，“靖尘，你也在。”

司靖尘嘴角微弯，眼底清亮，对她点点头。

看见这么个活蹦乱跳的舒安，竺暖真是感慨万千。当年，舒安一直找不到配型合适的人，而干细胞移植是唯一能治愈白血病的手段，他几度被下病危通知书，后来竟然能遇见一个HLA分型检验结果与他高度吻合的人，现在还能治愈，真好啊。

舒安初回国内，对国内的巨大变化尤为感叹，不断兴奋地和他们聊着天。竺暖亦是兴奋地给舒安介绍着北临日新月异的变化，司靖尘在一旁安静地笑看他们聊天，偶尔插上几句。

直至日落西山，竺暖和司靖尘才与舒安告别离开。

走到小区门口，恰好碰见舒母外出归来。打过招呼后，舒母定定地看着司靖尘，情绪略显激动："靖尘，最近一切都好吗？"

"我很好。"

司靖尘侧过身，似是想阻止她说下去，她却一把攥住他的手："如果不是你两年前把造血干细胞捐给舒安，说不定舒安就已经……"她说到激动处不禁落泪，"那段时间你那么忙，还要麻烦你天天来医院注射干细胞动员剂，采集造血干细胞那天你出现不适也没空在医院多休息。我一直担心这件事会对你的身体造成什么影响……"

舒母又絮絮叨叨地说了很多，司靖尘再三安慰，舒母这才离开。

竺暖怔怔地立于原地，慢慢地才捋清舒母说的话。也就是说，司靖尘为了舒安，特意去做了配型？在他给舒安捐献造血干细胞的整个过程中，又为了陪她，从未在医院休养过一天？

有股热气冲出眼底，她看着站在渐暗暮色里的司靖尘。

此情此债，她竺暖今生都无以为报。

“谢谢……”感动、愧疚，让她除了哽咽着说谢谢，别的什么都说不出来了。

“谢什么，又不是为了你。”司靖尘抚慰着轻拍她肩膀，“救人一命胜造七级浮屠，这是我和舒安之间的秘密，本来不想告诉你的。”

司靖尘嘴角隐约含笑，眼眸深处浮动着难解的温柔，低头为竺暖擦着眼泪，劝她：“乖，不哭。”

竺暖勉力把涌出的眼泪逼回去，抬起头来看着他，眼中有什么挣扎迟疑着想要表述。

“我送你回家。”司靖尘打断了她的迟疑。

他什么都懂，她的那句对不起，不必说出口。

竺暖定了定神：“不用送了，我自己回去，我现在住……”

“好。”他微微笑着，再次打断她。即便是知道她和顾世弈住在一起，他也不愿亲耳听她说出口。

分别后，竺暖一个人沿着回家的路走着，却忽然被扯入一个炽热而危险的怀抱。

顾世弈一双手极力箍紧着她的腰，声音压抑暗哑：“这就是你不让我陪你来的原因？”

竺暖心中一凛，抬起头，撞入了他的眼眸：“世弈。”

她扶上他的手臂，试图让他放松一点。他却更加牢固地扣紧她，不容她移动分毫。

“你觉得我会不介意吗？可是我介意了，非常介意。”

“不是你想的那样。”

“我不想听你解释！”

不管是什么原因，他远远地看见她和司靖尘的亲昵已是既定事实，再多说一个字都能引发他内心更强烈的海啸。

“一会儿林泽送你回西川，拿上户口本，明天上午十点，我在民政局等你。”

竺暖呆住：“什么？”

扣在她腰上的手指缩紧，他问：“你不愿意？”

“不是我不愿意，而是……”

“而是什么？”

“你确定现在的情绪适合……”

“我不想这样下去了。”顾世弈的声音突然低了下来，在夜风中格外清晰，“除非你嫁给我，不然，让我怎么安心。”

竺暖怔然，近在咫尺的他眼眸里有藏不住的黯然，眉间因心绪剧烈的波动而染上了浓重的忧思。

她伸手抚上他皱起的眉宇，轻声道：“好。”

林泽很快到达，载上竺暖，车子渐行渐远。

顾世弈站在原地一动不动地望着，有雨丝落在他身上，凉意入骨。不知过了多久，手机铃声突兀地响起，他扫了一眼跳动的数字，指尖一动，按下接听键。

电话那端传来的声音清冷如斯：“谈谈吧。”

顾世弈到约定的地方时，司靖尘早已等在桌前，他面容清隽，如同破晓时分收敛了光华的明月，沉静如海的目光望着窗外。

顾世弈微微皱起眉头，一股气息微滞胸前，不得不承认，面前的男人很出色。

直到顾世弈在面前坐下，司靖尘才从窗外移回目光，黑曜石般的眼睛看着他，开门见山：“刚才看见我给竺暖擦眼泪了？

然后迫不及待地逼婚？”

和竺暖分别后没多久，司靖尘发现舒安送竺暖的礼物还在自己手中，便追了过来，于是刚才发生的一切悉数入目。

顾世弈面色不豫：“你想说什么？”

司靖尘微微垂下眼眸，搅拌着面前的薄荷冰水，平静淡然：“我想告诉你，竺暖离开你的那三年，每天都跟我在一起。”

“每、一、天？”

“对，每一天。”

顾世弈眸底的痛苦如海般深不见底，心里冒出的冷意怎么也驱散不掉。

“嫉妒我？”仿佛是看透了他，司靖尘露出一抹浅薄的笑。

记忆拉开帷幕，司靖尘缓缓开口：“当年，竺暖失去孩子后——”

她要离开，他便带她走，把她安顿在清净单纯的校园里。

他预想到她会伤心，却没想到她会伤心到那种程度。

最初，她只会沉默着坐在窗前，再热烈的晚霞在她脸上都映不出一丝鲜活，如瀑的黑发却把她的苍白衬托得更加触目惊心。

持续很多天，她一坐就是一夜，不说话，不理人，不会微笑不会发怒，看不出悲伤，甚至滴水不进，整个人就像被抽离了灵魂一样，天一亮就抱着书走进无垠的晨雾里。

那时他才知道，原来一个人可以悲伤到没有情绪、没有言语，更没有表情。

她的样子，让他害怕她真的会做出什么伤害自己的事情。于是他每天和她寸步不离，看着她做心理治疗。直到半年后，他在桌子上看到了她的书签。

她在书签上写着——天涯地角有穷时，只有相思无尽处。其余的空白处，写满了顾世弈的名字。

拿着书签，尽管他心痛如绞，但还是喜极而泣。她总算有了情绪，有了牵挂，这样至少就愿意好好活下去。

在接下来的催眠治疗中，她表现出了对顾世弈强烈的思念和渴望。她开始期待被催眠，因为只有在那种情境下，她才能像真实一样触摸到他。她开始写文章，所有的故事都是以他为原型，所有的词句都在表达对他的情感。两年半，她写了整整一百万字。

画地为牢共三年，她才放开对自己的禁锢，重新找回自己，才敢与外界接触。

“你一直怕失去她，却没有想过，她决定重新跟你在一起，克服了多少心理障碍。你觉得她不够喜欢你，可如果不够喜欢，她又怎么会把自己陷入这种境地？你失去的安全感源于觉得自己这三年被不公平的对待，现在你知道了，其实她并不比你好过。

“青芒的成功不是巧合，是她多年沉淀厚积薄发，无论多难过，无论多绝望，这三年她从未停止过学习，从未停止过努力向你靠近。不要再逼她，不要再质疑她，你难过的时候，她的悲伤从来都没比你少。”

顾世弈的大脑里一片空白，一切像是被按下了静音键：“为什么告诉我这些？”

这些，竟然会是司靖尘来告诉他。

司靖尘重新把目光移向窗外，没人看见他此刻眼中满满的涩意。

他只是竺暖的整个青春。

而顾世弈，是她的整个生命。

良久，司靖尘终于说出：“没有你的三年，我都无法改变她分毫，如果我再一味坚持，会让她为难。”

细雨如丝的夜晚，顾世弈回到家，安静地坐在桌前。面前有一本装订完成的书，应该是竺暖早上刚放至在这里的。

翻开后，扉页是竺暖清新逸丽的字迹：

世间唯一孤本，致我最亲爱的弈。我此生见过的最好风景，不是星辰海洋，不是湖泊高山，而是遇见你。

再往下翻。

一张张精美的图片，细致地记录着他们走过的每一处风景，一段段温暖的文字，诠释着她的每一片深情。

原来她这样的用心，原来她什么都记得，原来这就是她最近忙碌的原因。

顾世弈缓缓地把书合上，他突然明白了，他不必对她身边的男人都如临大敌，不必因为一些小事患得患失，更不必惊天动地地去表达感情。

他的竺暖，要的从来都不是全世界。

西川，竺暖父母家中。

竺父沉默着把户口本递给女儿，坚强了一辈子的男人，此刻却红了眼眶：“以后，你们一起常回来看看我和你妈妈。如果有一天，你受委屈了，不想和他在一起了，告诉爸爸，爸爸带你回家。”

竺暖一瞬间落下泪来，她把户口本放至胸前，靠在父亲肩膀上：“爸爸，放心，我一定会幸福的。”

第二日清晨，林泽接到竺暖，并没有把她送往民政局，而是直接把她送回了顾世弈家中。

竺暖打开门的瞬间，满屋的阳光向她直射而来。顾世弈迎着光站在窗前，他转过身，面容在明亮到晃眼的阳光里看得并不清楚。他逆着光向她走来，把她抱入怀中。

一室的宁静中，竺暖抬起头，他正看着她，笑容清澈，眼神温暖。

竺暖忽然觉得今天的顾世弈有哪里不一样。

“我带你去个地方。”

直到他的声音响起，她才惊觉，这才是他，是他们初识时那个自信又温暖的顾世弈。

“什么地方？”

“我父母家。”

顾世弈父母所居住的别墅隐藏在市郊湖边的山顶上。他们到达时，顾世弈的父母已坐在大厅沙发里，正装以待。

竺暖微微欠身，礼貌问候：“伯父伯母好。”

顾母不动声色地打量竺暖，秀美文雅，沉静大气。与丈夫相视一笑，释怀且欣慰。他们而立之年才得一子，一直期冀半百之前能抱上孙子，奈何将近耳顺才终于见到儿子把女朋友带回家。

“一路累了吧，快坐快坐。”二老的满意之色溢于言表，热情到让竺暖招架不住。顾母尤甚，午餐之时，止不住地劝她多吃，各种嘘寒问暖。午饭后，依旧拉着她的手从午时说到傍晚，说得顾世弈都有些不耐烦。

“妈，一会儿再聊。”顾世弈终于忍不住，从母亲手里夺回竺暖，“我带小暖出去转转。”

竺暖猝不及防地跌入他怀中，赶忙回头看向顾母：“伯母再见。”

“走了。”顾世弈扳过她的脑袋，似笑非笑地看着她，“跟我在一起时怎么没见你这样的难舍难分过。”

别墅外是下沉式休息区，里面摆放着座椅，外侧有面朝湖水的 L 形泳池。

走至其间，顾世弈未语先笑：“真是不容易，我已经快二十年没吃过母亲亲手做的饭菜了。她做的饭……难为你了。”

竺暖笑出声来：“还好。”

“累不累？”顾世弈不轻不重地揉着她的肩膀。

“不累。”

目及旁边有一架古筝，竺暖走过去伸手随意拨弄，划出的旋律像翠鸟弹水叮叮动听。

“你会古筝？”顾世弈眉间一动。

竺暖在琴前坐定，用行动回答了他。

抚上琴弦，琴音如初显月华缓缓流出，宛若千里之外，又似作耳边轻语。她指间轻转，忽而玲珑剔透，轻盈飘逸，忽而空灵缥缈，幽远意长。

渐渐地，琴声染上缥缈哀思，犹如被秋风轻轻吹落的花瓣，又如微风拂过冬日屋檐下的冰凌，声声渗入人心。

再渐渐，琴声逸出一丝欢快，几分欢喜，带走最后一抹忧叹，曲终，余音袅袅不绝。

一曲《长相思》。

顾世弈低头看向竺暖，眼中有深邃的光亮。

他的竺暖，从不善于表达，古筝一曲却把一路走来所有的情感都诉说得淋漓尽致。

满腔柔情难以言喻，顾世弈倾身吻住了她。

她花瓣一样柔软的唇，仿佛带着夜露的清香，在他的唇上绽放出月光一样的温润，是不带有任何的瑕疵的心灵相融。

暮色降临得很快，一轮满月已经悄悄挂上天空，映在水上朦胧的雾气里，恍若从湖面浮出，盈盈地被湖水托着，好似触手可及。

散落的月光让整个湖面呈现出一种奇异的翠蓝迷蒙。竺暖目光微微上移，静谧而璀璨的夜空立刻闯入眼帘。

她忆起那夜的普者黑。

他说："我见过一片夜空，星月成辉。"

她笑他："都说月明星稀，怎么可能会有星月成辉。"

原来真的有。

竺暖望着这一片星月成辉，是这样的不可思议，这样的震撼美丽。

顾世弈凝视着她眼中越燃越亮的光，再次吻住她。这个吻，不同于刚才的温柔，而是带着一种霸道的占有。

"竺暖，"他在她耳边说，"我知道，你再也不会离开我了。"

顾世弈拿出一个浅色锦盒打开，素色戒环上一颗纯净裸钻与星光相映闪耀。

他轻柔地为她戴上，执手放在心口：“竺暖，嫁给我。”

这夜明媚的星光，如幻的月色，梦境般晶莹微澜的湖水，在他们的世界里落下了无以复加的璀璨。

以往的生命中，无论有过什么样的误解，什么样的离别，在这样的夜空下，一切都能被抚平。

再没有什么能耗尽我对未来的向往，因为你的温柔，是人间最坚韧的力量。

/ 番外 /

十年一梦

收到竺暖和顾世弈结婚的消息时，司靖尘盯着手机屏幕出神地看了好久，直到新一条消息进来，他才蓦然回神，僵着手指给她回短信，编辑到一半却再也写不下去了。

他还是做不到，祝福她和别人在一起。

他按了返回键，看着手机屏幕上的那个女孩，看着她望向他的那双晶亮眼眸，突然恍如隔世。

十年，他们相识整整十年了，却是，十年一梦。

他与竺暖相识的第一年，他怀着恨意靠近，却不知初见时犯下的错，注定在两人之间划下难以跨越的银河，会让他追悔一生。

两人相识的第二年，是阳光很好的一年，起一场风开一朵花落一片叶，她都跑来与他分享。

那时，他一点都没有珍惜。

之后，却是他最想让时光倒流回去的一年。

第三年，他发现自己有些失控，明明是恨她的，明明是要折磨她的，却一次又一次地融化在她的笑容中。

他一遍一遍地告诫自己。

不要爱上她，不要想念她。

第四年，他终于报复了她，终于让她伤痛，却幡然醒悟，原来自己错得有多离谱。

第五年，他得到了她的原谅。她告诉他，她放下了。他心痛如裂，却依然淡然微笑。

他以为，自己也一定能放得下。

第六年，他骗自己，对她的心动是暂时的，可离别后那种思之若狂的感觉越演越烈。

他重新出现在她的世界里，他想找回她。

可从她的眼神里,再也无法看到曾经对他的那种热烈的光芒。

第七年，她陷入了严重的自闭，他日日陪在她身旁，全力帮她走出心魔。

同样，他也有私心，他知道顾世弈在找她，他不着声色地抹去了她所有可寻的痕迹。

第八年，她无数次地在催眠治疗中喊另一个男人的名字。而他，在心里无数次地喊她的名字。

他想问她，小暖，我爱你，听得到吗？

第九年，她在慢慢好转，她在一点点进步。

可是，一旦她走出这个封闭的校园，他就留不住她在身边了。

有一瞬，他甚至自私地想，如果她一直不好起来，也好。

第十年，她对他说谢谢，却依然不会再喜欢他。

没有人可以感同身受他对她的那种深埋于心的喜欢。

喜欢到，可以放弃一切，喜欢到，亲手把她送回顾世弈身边。

她发来短信，告诉他，她结婚了。

那一瞬间，他知道，他心脏的缺口，永远都无法再弥补起来了。

司靖尘关了手机，抬头望了望窗外，雨雾模糊了玻璃，他什么都看不清。

多年前，他抱过她，吻过她，他们曾经那么近距离地靠近过。

那时候的她，身上总有青柠的淡淡香气，像是还未全绽的蔷薇，鲜明而灵动。

“别看书了，陪我去操场转转！”空气中仿佛传来她清甜的声音。

他转身，好像看见竺暖轻快地向他跑来，带着微笑。

他的心脏忽然剧烈地跳动起来，伸手去触，才发现是幻影。

跌入谷底的心久久不愿回到现实中来，却是清晰地知道，从此，他生命中的任何一个旅程，都不会再有她。

他知道，他失去的，是一生的幸福。他知道，他能放手，却终究放不了自己。他希望，能用他此生幸福换她一生喜乐。

而他的此生，就这样吧。
